天下第一奇書

紫青雙劍錄 8

老怪·魔樓

倪匡 新著

還珠樓主 原著

目錄

本卷一開始，有旁門第一高手之稱，得道千年的老怪丌南公出場。本書作者寫高手出場，每一個人有每一個人的氣派，各顯神通，大不相同，丌南公更是不同凡響，難有人能及。

丌南公和他的女徒兒沙紅燕（旁門第一美女）之間，有不清不楚的關係。他們雖然身在旁門，但並不惹人討厭，反倒叫人好感。丌南公能憑自己法力，通行聖姑伽因佈下五行生剋陣的幻波池，當真不簡單之至。

本卷又有易靜和陳岩之間兩生情意結的糾纏——這一情節，和後來易靜大鬥鳩盤婆一段有關，由小情節引出大故事。

邪派之中，另兩個重要人物，九烈神君和梟神娘夫婦也在本卷正式現身，他的法寶「九子陰雷」的威力，能使「方圓千里內外，無論山川人物一起消滅」，而且描寫法寶爆炸的情景，竟和核武器爆炸後的景象十分吻合，而當還珠樓主寫這一段時，世界上還未曾有過核武器爆炸，想像力何其豐富！

別以為「九子陰雷」已經是最厲害的了！還有更甚的，就在本卷中，另有一個九十七島妖人之首，本身並不是太重要的人物烏龍珠，有一件名叫「諸天秘魔烏梭」的法寶，一經施為，「諸天日月星辰齊受感應」，書中描寫的威力之大，不可想像，人類至今未有這樣大威力的武器（焉知日後不會有）。

而可以隨意升上水面，沉進海底的金銀島，水母和赤屍神君的鬥法，無不精采萬分。自然，值得大注意而特注意的是，本卷尾聲，易靜和鳩盤婆的惡鬥。

——倪匡

【上卷提要】

申屠宏、阮徵奉命往助芬陀九師弟子花無邪，取亙古至寶貝葉禪經。經書藏處恰是天殘、地缺兩老怪所居之處，一干人爭持之下驚動兩老怪，也欲相借禪經，幸得姜雪君、「采薇僧」朱由穆、「神鮀」乙休夫婦牽制著天殘、地缺，花無邪終在「怪叫化」凌渾指點下取得禪經。

天殘、地缺自陷魔障，得朱由穆施展「大旃檀佛法」，猛然醒覺前非，雙方頓釋前嫌。

謝瓔、謝琳習絕尊者《滅魔寶籙》，聯同妙一真人前生愛子李洪同往誅滅軒轅老怪第四弟子毒手魔什，魔頭被殲，卻誤傷屍毗老人愛徒，種下禍根。

七矮及干神蛛等人，再探北極陷空島欲取萬年續斷，為禁制所迫，誤穿地軸中心到達南極光明境，見萬載寒炫幻化成活色生香的美女，以妖法禁制正邪人等，供其淫樂，然後回復原身，吸取元神。最後被乙休真人用六臺旗門困住，更為神鳩吞食妖魂。

屍毗老人本為一修道多年散仙，少與正派為敵，由於愛女與阮徵前生餘情糾纏不清，故立意要峨嵋諸情侶受考驗；金蟬、朱文、靈雲等皆遭此劫。李洪等救人心切，誤放十三神魔，屍毗老人率性以身啖魔，險些誤入魔道，猶幸尊勝禪師一心度化，最後皈依佛門。

英瓊、癲姑、易靜在幻波池修煉，只癲姑尚未收徒兒，英瓊代覓，得竺笙、竺生、竺聲三姊弟，好不歡喜。

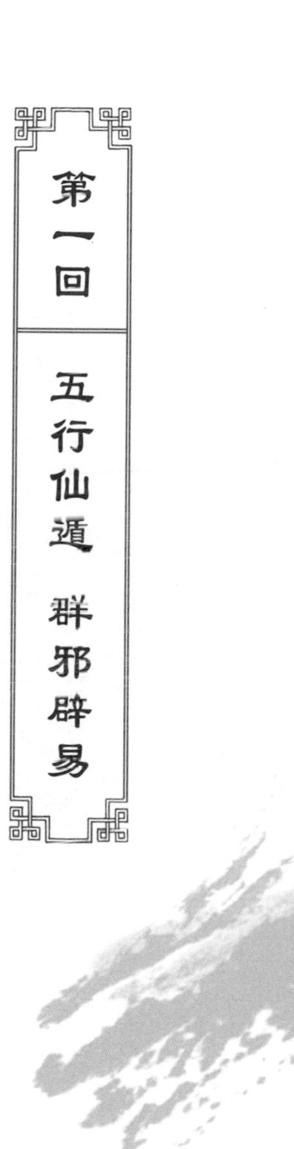

龐化成二次接口喝道：「二位道友，這般無知小狗男女和他有什麼話說！已然警告在先，料他心貪膽小，欲仗『五煙羅』和原有五遁苟全一時，決不敢出頭對敵，只有用我『日月五星輪』將全山先行毀去，再破他的五遁禁制便了！」

龐化成是西海旁門散仙中有數人物，一向心驕志滿，一見對方置之不理，不禁大怒，一面厲聲喝罵，一面取出另一件法寶待要施為，忽聽有人笑道：「紅臉妖賊亂叫什麼？」聲才入耳，猛覺眼前一花，「波波」兩響，左右開弓，早各中了一個大嘴巴！當時打得頭暈眼花，兩太陽穴火星亂迸，連牙都幾被打落！在海外橫行多年，幾時吃過這大的虧，情急暴怒之下，耳聽一聲嬌叱，一道青光由身側電掣飛過，往左側射去。同時現出一個形貌醜怪的癩頭小女尼，不知用什麼方法打了自己兩下，剛往左側飛去，被沙紅燕在旁發現，用一道青霞將人罩住，手忙腳亂，正在光中掙扎。

龐化成心中恨極，忙喝：「沙道友且慢下手！待我將這小賊尼生擒回去，給她多受一點報應，然後處死！」隨說便要往前抓人，猛又聽沙紅燕大喝：「道友留意！」底下話未聽完，當胸又中了一掌！這一下打得更重，空有多年功力，竟會禁受不住，只覺五臟皆震，眼黑口甜，幾乎暈倒！幸而留、車二人看出不妙，忙各放起一幢青光，將龐化成罩住，暫保無事。一看小癩尼，只第二次打人時身形略現，重又隱去。同來諸人俱都氣極，各用法寶防身，紛指飛劍朝前追去。無如敵人動作如電，隱現無常，儘管劍光寶光虹飛電舞向前夾攻，人已不知去向！

沙紅燕大聲喝道：「易靜、李英瓊、癩姑！你們與我仇深恨重，有你無我，今日我已約了諸位道友，特意來此見識所設五遁。是好的，可將法寶撤去，開放門戶，容我五人入內破法，免得龐道友用『日月五星輪』將全山化為劫灰，多傷生靈！」

話未說完，面前人影一晃，癩姑重又現身，哈哈笑道：「本來我們既在此為本門開建仙府，便不怕人上門請教！你們來時以禮求見，這紅臉賊怎會挨這三下冤枉打？你這麼一說，怪可憐的，放你們進去無妨，只是一件，別人不相干，你那丌南公疼愛你好幾輩子，雖我們不想傷你，但是仙遁神妙，萬一你自投死路，回去可對你的那人說，這是你自己帶人上門生事，非送死不可，與我無干，他不要老羞成怒，自恃邪法，以大壓小，勝之不武，不勝為笑！」

癩姑說時，龐化成仇人見面分外眼紅，又聽話甚刻薄，幾次發怒想動，均吃沙紅燕止住。後來越聽越難堪，沙紅燕素來陰險沉著，也都氣極。但知敵人隱遁神速，更有穿山入地之能，除入池破禁，由內下手或能成功而外，急切間決攻不進！只得強忍氣憤冷笑道：「賣弄口舌有什麼用處，既敢放我們進去，勝敗存亡各憑法力，我師父豈肯與你們這些無知鼠輩交手！只管現出門戶。」

龐化成見敵人形貌醜怪，搖頭晃腦，肆口譏嘲，只管延宕，不由怒火上衝，大喝一聲，揚手便是亮晶晶各具一色的碗大精光朝前打去。眼看暴長，癩姑一晃不見，耳聽哈哈笑道：「紅臉賊要作死麼？且把你一人留在上面，看看你會鬧甚把戲，能動我一草一木不能！」

沙紅燕見龐化成發難，方欲攔阻，敵人忽然不見。緊跟著眼前一花，再看人已落在幻波池下，面前現出五座洞門。除南洞未開外，餘全洞門大開，門前各立一人，癩姑已立在西洞門外含笑相待。

沙紅燕心方驚疑，耳聽破空之聲由遠而近，上空風雷大作，料是敵我雙方均有來人，深悔方才不合性急，致落敵人算中，照此情勢，決非佳兆！事已至此，無法中止，好在預計也要入池，已然深入重地，只好一拼，並待後援。心念才動，癩姑獨立西洞門外朝辛凌霄笑道：「我姊妹三人入居仙府以來，聖姑禁制已改，只沾一點邪氣的人，入洞必死，形神皆滅！你不是那樣的人，元神或能保住，我知你持有專破庚金之寶，先給你引路，使你少吃點虧如何？」

辛凌霄怒吼一聲，揚手一道白光飛將過去，癩姑也將「屠龍刀」化為一彎寒碧金光敵住。辛凌霄側顧沙、留、車三人，已由二女一男分頭迎敵，各往東、北、中三洞分頭追去，癩姑也已退入西洞。耳聽癩姑在門內笑道：「辛仙子，趁早抽身，不與群邪為伍，還來得及，只一轉念，我必送你回去，你一進門，就活不成了！」辛凌霄悲憤填膺，咬牙切齒，把心一橫，往門內追去，不提。

當癩姑誘敵之際，龐化成法寶也自出手，猛瞥見前面輕煙閃動，敵人與四同伴略閃即隱，相隔竟在數十丈外，知被敵人暗用法力將人分開，只留自己一人在上，不禁怒發如雷，一指寶光追去。

就這不到一眨眼的功夫，滿山頭五色輕煙似海波一樣起伏飛揚，耳聽「波、波、波」連串響處，就由對面飛來七團酒杯大的銀光，正打在七色精光之上，當時爆炸，滿空彩芒銀星激射如雨，只閃得幾閃，便同消滅，自己苦功練成的「北斗珠」竟被毀去！心方一驚，面前已現出一個形如幼童的小道姑，便將左肩一搖，立有兩柄飛叉各帶著五股烈焰朝前飛去。

那道姑正是「女神嬰」易靜，剛用飛劍敵住妖叉，便聽東南、西北破空之聲，隨有多人分頭趕到。龐化成看出西北方來人多是同黨，氣方一壯，雙方已飛近嶺上，還未下落便在空中動起手來。易靜見自己這面來人是莊易、吳文琪、陸蓉波、楊鯉、廉紅藥等人。英瓊、英男見眾妖邪大舉來犯，連沙紅燕這一起，先後竟達三十一人之多，眾妖人已和趕來相助的眾同門鬥在一起，一時之間，邪法異寶，光芒萬丈，上燭霄漢，頓成奇觀。英瓊、英男立時也飛起迎敵。

群邪之中，有兩個巨靈也似大人，是西海黃魚島有名的巨靈神君商弘、商壯，原是土木島主商梧孽子，因犯人惡，被禁在黃魚島上已有多年，新近才得脫出，被沙紅燕約來。二商滿空飛馳，用一杵形黃光發威，恰值癩姑自洞中趕出，癩姑與鄧八姑在一般同門中見聞最多，認得二商，又知二商所用寶杵乃家傳至寶，法寶囊內並還帶有土木神雷，不敢輕視，先用笑罵道：「你兩個違犯家規，被你父親困禁多年，剛得脫身，又出為惡！你父早不肯認你這不肖之子，有何臉面見人，還敢勾結妖人來此擾鬧，趁早歸回海外，免得送死！」

商氏兄弟全都身高九尺，金剛巨靈也似，聲若巨雷，望去威武非常，人卻陰險狡詐。聞言並不發怒，各嘻著一張大嘴，冷笑道：「我二人此來，絕不空回，獻出珍藏獨龍丸，或能饒你狗命，否則叫你知道厲害！」

二商說時，雙方正在對敵，二商原意借著問答分神，冷不防猛發土木神雷、二行督氣和別的法寶將敵人殺死。不料癩姑見商弘發話，商壯一手暗換靈訣，早料敵人必有陰謀，心想別的法寶尚在其次，二商家傳的二行真氣一經發難，整座依還嶺均能震粉碎！

癩姑心中正在暗作準備，二商把話說完，突然將手一揚，大片青黃二色合成的二行真氣已似電一般潮湧飛出，晃眼把依還嶺蓋上，同時又有兩團同色奇光，流輝若電，晶瑩耀目，飛將起來，大只如杯，直上高空，離地數十丈停住，宛如兩輪彩日，精光朗照，方圓數百里內全映成了青黃色！

這時夕陽已落山，天空星月竟為所掩。

癩姑見是其父商梧所煉至寶「二行珠」，一經爆發，千里內生物齊化劫灰，除在未發難前用法寶收去送往兩天交界之處消滅，才可無害！心正愁急，打算拼著以身殉道，以全力將其送往高空消滅，耳聽商弘大喝：「諸位道友速退，免遭池及！」才知敵人恐傷同黨，特意延遲。

眾妖人多半識得此寶，聞警紛紛收寶遁退，癩姑眼看二珠在高空中忽似飛星電旋，流轉不休，就要對撞，危機瞬息，不暇尋思，一道遁光朝上空急飛，猛聽幼童口音在空中喝道：「諸位師伯休放妖人逃走，待弟子韓玄將這二珠給不肖畜生的父親送去！」高空中突現出一個形若童嬰、背上插兩口尺許長金劍的短裝幼童，通身都是霞光籠罩，將手一揚，一隻人若畝許的手形金光撈起兩團珠光，帶著一連串霹靂之聲，比電還快，直向高空飛去！緊跟著，另一手撒下大片極淡薄的青煙，也和電一般快，自空飛墮！

二商只為同黨多人尚與敵人相持，想等退出死圈再行下手。以為「二行珠」無人能破，只一接觸，立即爆炸，反倒找死！忽見癩姑運用玄功向高空中追去，還恐敵人將珠震破，發難太早傷了同黨，剛指珠光想使上升，不令追上，忽見一個形如童嬰的敵人揚手便是一隻金光大手將珠抓去，不由大怒！

二商忙即行法想將二珠爆炸，一面騰空追去，那片青煙已然飛墮，似網中撈魚一般，將那瀰漫全山的「二行真氣」網住。同時敵人忽然飛降，手持一個晶瓶，先飛起一片錦雲籠向青色光網之外，兩下一合，立時由大而小，合成一團輕煙彩霧。晶瓶中又飛起一股七彩光氣將其裹住，晃眼由大而小，「颼」的一聲，吸入瓶口以內！

二商見「二行珠」已被金光大手收走，一任施為，毫無反應，正自情急。癩姑一聽來人是韓仙子門下小人韓玄，那金光大手不是芬陀、瑛姆二老前輩元神所化，便是所煉神符，知已無害，心中大喜，立即回身迎敵。就這略一停頓之際，下面「二行真氣」又被收去。二商看出敵人所用法寶仍是「五嶽錦雲兜」與「七寶紫晶瓶」，情知寶珠、真氣已落敵手，不禁又急又怒！慌不迭電馳逃去！

英瓊等人見空中寶珠不見，二商飛走，紛紛又和群邪鬥在一起。龐化成見仙法神妙，身外滿是金霞籠罩，壓力極大。晃眼之間金霞中又現出千萬根大木影子互相擠軋排蕩潮湧而來，立將四柄「烈焰叉」將身外金霞擋住，隨喝：「諸位道友留意，速往我這裡來！」左肩一搖，一口真氣噴將出去，肩上大小三輪立時朝空飛起！

易靜知道敵人法寶乃前古奇珍，立收仙遁隱身，追上英瓊等人，會合一起。那「日月五星輪」飛向空中，化為大小三輪奇光。第一輪其紅如火，飆輪電馭，急轉不休，四邊激射出千萬朵火焰，猛射如雨，晃眼全山便在火星籠罩之下，紅雪飄空上下飛舞，光濤萬丈，烈焰燭空，火焰所到之處，滿山五色輕雲全受激盪，起伏如潮，風雷之聲，山搖地動，形勢萬分猛惡！第二輪卻似一個大冰盤，寒光四射，正罩在眾人頭上，先未在意，晃眼光更強烈，照在身上，似有極大吸力，如非慧光護身，幾被吸去！

那第三輪外邊有五色星光，到空暴長數十百倍，各射出一股光氣罩向眾人立處，壓力之大，迥異尋常！下面「太乙五煙羅」竟敵不住，雖未衝破，環著眾人身外一圈已被衝陷數十畝方圓一圈裂縫！

這時眾妖人已各紛紛退去，與龐化成會合在一起，各指英瓊等喝罵不休。眾人由英瓊運用「定珠」慧光將眾護住，只守不攻。依還嶺上光焰萬丈，上徹重霄，宛如日月合璧，五星聯珠，一同自空飛降，烈焰千重，彩光萬道，流輝四射，又當深夜之際，整座依還嶺宛如一座霞光萬道的火山，照得方圓千里格外明逾白晝，壯麗光怪，亙古未有。

龐化成正想三輪合運，朝下碾來試一試，將「五煙羅」碾破，以便接應池中同黨裡應外合，正與一同黨妖人商計間，忽見一片銀光先在月輪旁閃了閃，疑有敵人，定睛一看，已無蹤影。方自奇怪，日輪中心又有豆大一點黑影一閃即滅，緊跟著五星輪上又飛起一蓬烏金色彩絲，均是從所未見的異兆！

龐化成想起此寶乃師父傳授，曾說與自己同共存亡，不到萬分危急，並還理直氣壯，不許妄用。日前因受沙紅燕蠱惑，想分得一粒「毒龍丸」，冒失來此，突生異兆，莫非有甚變故不成？

龐化成正驚疑間，忽聽月輪內有一女子喝道：「無知妖道，認得我『女殃神』鄧八姑麼？看你師父面上，賜你兵解，還不快逃，等待何時！」說時，一根長只尺許的黑光突在日輪中出現，只閃得一閃，日輪便即停止不動！

緊跟著又有九朵金花、一團紫氣由空飛墮，滿山火焰立收。剛認出那是「天狼釘」與「九天玄陽尺」，同時一團冷光銀霞由月輪中突然湧起，光中現出一黑衣道姑，正是前師舊友鄧八姑，月輪忽隱，立返原形。

星輪上又有一片烏光、大蓬金線飛起，這個收得更快，話未聽完，三環全失，不由心驚膽裂，亡魂皆冒！星輪上一片烏光已罩向身上，護身法寶立破，驚魂震悸中，一道青虹又飛來，耳聽八姑喝道：「紅侄看我面上，休傷此人元神，放他走罷！」青光繞身而過，斬為兩段，一條人影，在那四柄「烈焰叉」環護之下，往斜刺裡，破空飛去！

就這一兩句話的功夫，一條紅星已隨同長嘯之聲飛墮，同時東北方又飛來一片暗藍色的妖雲，疾如奔馬，鋪天蓋地而來，晃眼臨近。眾妖人見龐化成慘死，正自心驚，一見來了兩個大援，全都驚喜。眾人看出來敵甚強，正準備迎敵間，忽聽八姑傳聲喝道：「諸位師弟妹，我送紅侄脫出陣地，此時不便相見，到日再來！」話才出口，八姑已在「雪魂珠」護身之下，帶了上官紅化作一團冷光，比電還快，往左側面破空飛去，聽到末兩句，語聲已在數十里外！

新來二強敵一個身穿白衣，裝束詭異，一個赤面藍衣，其瘦如猴，身後背著一個大葫蘆，內噴藍色煙雲，才一到達，便海濤也似當頭壓下。易靜、癩姑分頭傳聲，令衆分退靜瓊谷中待命，英瓊等聞言，同在慧光籠罩之下往靜瓊谷飛去，英瓊將衆送到谷中，再行飛出。

只見藍雲如海，高湧如山，整座依還嶺全被罩住。「太乙五煙羅」化為大蓬彩煙向上飛起護住全山，離地約有十丈高下。妖雲正在下壓，雖能抵禦一時，仍是妖雲勢盛。那穿白衣的妖人也正發難，揚手放出一大片「陰雷」，千萬霹靂一起爆炸。諸妖黨似恐波及，各在後來二妖人所發兩幢紅、藍二色交織成的光幢籠罩之下飛翔，連聲喝罵！

那新來二妖人正是屠霸和「赤手天尊」鄔勤，均在東海被困多年，近始逃出，邪法甚高，煉有不少法寶。尤其鄔勤乃九烈神君師弟，所煉「陰雷」威力差不多，並能隨發隨收，化生無窮，為邪教中有名人物，又擅長獨門玄功變化，精於五遁。

英瓊生性嫉惡如仇，一見妖人猖狂，銜煙而上，正待迎敵，忽聽癩姑傳聲令其速退。英瓊覺出「陰雷」震盪之勢十分猛烈，那藍色妖雲壓力更是奇大，不敢多留，立時又衝煙而下。不料鄔勤玄功變化飛遁神速，見英瓊一退，立時隱形追來。

英瓊進去時未曾發覺，被鄔勤乘虛侵入。癩姑在洞中主持全洞仙遁，卻已警覺，忙運用玄法將南洞開放，下餘四洞一齊關閉。英瓊見南洞大開，便飛了進去，正想轉入右洞金宮，忽又聽癩姑傳聲，說妖人已然侵入，令其留意，須等困入南洞火宮方可撤去法寶，以防暗算！

英瓊聞言自是氣憤，先不發作，直飛火宮重地，一面暗中準備。

鄔勤以為敵人毫未覺察，打算英瓊寶光一撤，立發「陰雷」將其打死，再破火遁，去與沙、辛二女會合。正覺敵人已然回洞，防身法寶怎還不撤，身已追入火宮深處！

鄔勤也是會家，發現所經之處是一螺形甬道，又長又仄，上下洞壁好似晝著不少火焰，若有若無，時隱時現，知是火宮重地。自恃精於五行遁法，也未在意，方喜敵人不曾驚覺，英瓊忽然回身喝道：「妖賊自投羅網，休想活命！」說罷手中靈訣往外一揚，一片風雷之聲過處，眼前紅光一閃，鄔勤身已落在一座大約兩畝的廣堂之中。

那廣堂通體紅色，洞壁宛如紅玉，四外空空不見一人，只當中一盞金燈，下有翠玉燈檠，燈上結著一朵燈花，時青時紫，時紅時白，彩色鮮明。鄔勤向在海外橫行為惡，禁閉已三百年，對於幻波池五遁威力只是耳聞，以為身是行家，雖知身落埋伏，毫無畏心，反想引發火遁威力試上一試，揚手一「陰雷」朝那燈打去。

「陰雷」本是一點豆大綠光，出手隨人心意，化為百丈妖光雷火爆炸，無堅不破。哪知出手並未爆炸，打在燈上，宛如石投大海，形影全無。心方一驚，眼前倏地一暗，緊跟著光焰萬丈，風雷大作，全身立陷火海之內。仗著上來有了防備，火宮威力初發，不曾受傷，反而激怒，在邪法異寶防身之下發「陰雷」四處亂打。

只見碧瑩如雨，出手消滅，一閃不見，並還收不回來。身外烈焰已合成一片，無異投身在一座極大無比的洪爐之中，在烈火中運用邪法異寶，均不能破！最後想用火遁竄往別宮去尋同黨，剛飛出不遠，忽見無邊無岸的火海深處現出一盞金燈，燈焰停勻，奇光迸射，由對面緩緩飛來。

那燈浮沉火海之中，看似極緩，不知怎的，無論如何加急後退，老是離身不遠，並還越隔越近！暗忖似此相持，何時是個了局？頓犯凶威，一聲厲嘯，忽然改退為進，運用玄功，想藉火遁往別宮竄去。說時遲，那時快，耳聽沙紅燕傳聲急呼，話未說完，語聲忽斷。鄔勤得道多年，人本機警狡猾，聞聲方自失驚，猛覺出燈上奇光精芒迸射如雨中，忽有一種極大潛力吸來，身子立被吸住，再也掙扎不脫，所習火遁，全無用處！

眼看金燈越長越大，光焰越強，挺立火海之中。燈上光焰幻為異彩，耀眼欲花，仗玄功變化，身外化身，先將元神遁出，想用本身一試真火威力，無事更好，否則元神也可保全。元神剛一離體，原身立被燈焰捲去。定睛一看，仍是前見那盞小金燈，原身已被裹向如意形燈焰之上，縮成寸許大的一個小人，略為掙扎，一縷淡微微的青煙冒起，連人帶寶齊化烏有！

緊跟著眼前一暗，身外一輕，金燈不見，身外烈火忽然消滅無蹤，只剩元神落在廣堂之中。肉體已毀，還失去兩件法寶。悔恨交集，又急又怒，細查四外洞壁，通體渾成，全無一絲縫隙，連用五遁想要衝出，俱都無效！心正惶急暴怒，四壁忽現出無數火焰影子，重重疊疊飛舞起來，與來時所見甬道相同。晃眼佈滿全壁，越聚越多，宛如萬朵火花上下翻飛，精光閃閃，潮湧波騰，倏地轟然一聲大震，那無量數的火焰立將全堂佈滿，又成了一片火海，元神被陷其內！

那無數如意形的火焰並不合成一體，只由上下四外一齊打到，近身便即爆炸，精芒電射，毫光萬道，前消後繼，越來越盛！一任邪法高強，玄功變化，也禁不住那大威力，只得運用玄功將元神縮成一個小人，並將所有法寶一齊放出，化成一個空心光球，元神藏在其內，再用「陰雷」向外亂打，方始稍好。

烈焰熊熊，漫無際涯，無論竄往何方均無止境，情知凶多吉少，忽聽左近有一少女低語道：「這妖孽元神真難消滅，五行合運如何？」

另一女子答道：「瓊妹怎的性急，為日尚早，樂得教這個妖邪受點活罪，忙他作甚？我們不是想要保存辛凌霄，只給沙紅燕這潑婦吃點苦頭麼？五行合運，使他們同歸於盡，太便宜了！不過把這廝移往金宮，再用木、火二行合圍，倒要看他妖魂餘氣有多大神通，你看如何？」

鄔勤想不到自己成名多年，法力高強，滿擬此來可報仇洩恨，誰知輕敵心驕，只說精於五遁隱形之法，有勝無敗，誰知剛進火宮，肉身隨毀，連元神也被困住，聞言不由暴怒！方想猛施全力，分出兩件異寶試朝發話之處衝去，剛厲聲怒罵得「賤婢」二字，眼前火焰忽然連閃數閃，由分而合。再定睛一看，原來存身之地哪有什麼廣堂，乃是一幢形如火山的燈焰，元神便困其內。

火外立定癩姑、英瓊兩人，止在戟指笑罵，才知元神也被困入金燈火焰之上！幸仗不是肉體，邪法又高，更有法寶防身，暫免於死，否則早已滅亡！這一驚非同小可，方要強行突圍，猛又瞥見黃塵萬丈，光霧千重，壓上身來！百忙中發現黃光霧中裹著一團寶光，中一道人，正是沙紅燕所約同黨之一，在奮力掙扎，狼狽已極，一閃而過。身外火光不見，似已脫出金燈之外，方想衝上前與之會合，塵霧中忽射出一片金霞，黃塵人影一齊不見，耳聽女子悲聲喝罵和急呼之聲。定睛一看，正是辛凌霄被困在一片銀霞之內，上下四外佈滿無數金刀，電旋星飛，一齊團團圍住，但不朝人下落。

英瓊、癩姑二人正朝辛凌霄說話，笑指道：「辛道友，我們對你並無仇怨，你丈夫為妖屍毒手所殺，我們為你報仇，有德無怨。你雖無故勾結左道妖邪來此侵擾，終念你本無心作賊，只要回頭是岸，我們不願使你遭禍，情願放你回去。否則這『太白金刀』與『先後天庚金真氣』只一施為，形神皆滅！只請守在這裡靜候事完，再作打算，任憑尊意如何？」

辛凌霄滿面悲憤，慨然答道：「我知你們好意，事已至此，有何可說？我與先夫情深義重，何必苟活人間！如蒙周全，請贈我夫婦兩粒『毒龍丸』以為轉世之用，足感盛情了！」

癩姑笑道：「辛仙子，你真要兵解麼？現在卻非時候，還望暫時耐守，稍安勿躁，我們定必成全你的心志，那『毒龍丸』也必奉贈！」

鄔勤本被銀霞裹住，一見辛凌霄，想要趕前會合，無奈銀霞之力奇大，將身困住，上下四外其重如山，彷彿將人埋在堅鋼以內，絲毫轉動不得！方自急怒交加，厲聲吼叫，運用邪法玄功還想衝突，誰知金、火、土正反相生，三行逆運，威力厲害百倍，還未罵上兩句，身外銀霞似電一般閃了幾閃。

緊跟著一片黃雲壓上身來，方覺身外寶光受不住無量壓力往裡緊縮，烈焰又起。更有千萬把金刀環攻而至，所有邪法異寶一齊消滅，僅剩元神仍停陷在方才燈光火焰之上，身外裹著一層黃雲，千萬金刀暴雨一般刺到，痛苦非常，用盡邪法，全無用處！

鄔勤元神被戊土真氣裹緊，庚金神刀亂絞亂刺，烈火再一焚燒，所受荼毒，比起肉身還盛百倍，元神精氣逐漸耗散，疼得不住慘嗥。英瓊心雖嫉惡，卻不願見此慘狀，手掐靈訣如法施為，金、火、土三行神雷突然爆發！妖魂因陷火宮法物金燈之上，自覺黃沙如海，金刀如雨，烈火千重，霹靂大震，猛惡非常。辛凌霄眼裡看見，卻似一盞半人高的燈，燈花只有兩三寸長短，光甚停勻，妖魂只寸許大小困在其內掙扎亂滾，忽見一片極淡黃色銀霞微微一閃，一串極輕微的爆音過處，妖魂消滅，神燈立隱！

經此一來，才知道仙遁神妙不可思議，敵人對她一片好心，十分感愧，方想向主人分說，忽聽地底傳來風雷之聲。癩姑、英瓊面上立現驚容，同聲說道：「東宮乙木已將沙紅燕困住，忽生變故，我二人必須前往察看，辛仙子萬不可動，我們去去就來！」說完飛走。

英瓊、癩姑剛走，辛凌霄正想起前事，愧悔交集，那環繞四外的金刀銀霞忽閃奇光，刀尖上更有五色火花環身猛射，覺得威力絕大，不禁大驚。又聽癩姑急呼，說東宮有強敵由千尋地底潛入，現在緊急，望辛仙子忍耐待救，稍緩即來相助脫險。眼看寶光逐漸減退，方喊「我命休矣」，忽見一片青霞擁著千萬根大木影子排山倒海而來，以為正反五行又化生出別的威力，不由心驚目眩，神魂皆顫。

那青霞木影忽然衝入重圍，向那四圍的金刀排蕩開去，緊跟著大木上忽發烈光，與那萬千金刀混合激撞起來，雷聲隆隆，震撼全洞。正自心悸，青光一閃，倏地現出一個白衣少女，丰神絕代，美豔如仙，認出來人是上官紅。

上官紅躬身行禮，說道：「辛仙子，弟子聞說誤陷金宮，又當強敵侵入之際，特意來援，尊意如何，還望示知，無不惟命！」辛凌霄忙答：「賢妹犯險相救，甚感大德，我已不願求生，請賜兵解，便感盛情！」

就這雙方問答之間，乙木、庚金正反相剋，聲勢越發猛烈，滿洞霞光萬道，電旋星飛，萬雷怒鳴，震耳欲聾。上官紅一面應答，一面行法強制，面上已現驚畏之色，聞言，匆匆答道：「弟子遵命！」辛凌霄一道青光環身而過，元神剛剛飛起，上官紅揚手一幢金光，將其裹住，將手一招，一同收入袖裡，那兩段殘屍已被金刀神木裹去，一串雷聲過處，化為烏有。

上官紅救了辛凌霄的元神，又聽癩姑傳聲，說幻波池群邪來犯，人多勢眾，雖有洞中「五行仙遁」，人手不夠，要上官紅速去尋金蟬、石生等人來援。上官紅奉命飛往金石谷，見了金、石等人，說起前事。

當下金、石等人聽上官紅說完，正要起身，忽見一道金光一道紅光合在一起，由斜刺裡電掣飛來，正是李洪同了一個貌相靈秀，看去不過十來歲，極似道家元嬰的人，駕著一道極強的朱虹挽手飛來。二人相貌差不多，看似幼童，功力卻都甚高。李洪將遁光停住，對眾說道：「蟬哥哥，文姊姊，你們快看，此是我忘年之交陳岩！」金蟬方要開口，李洪已先笑道：「蟬哥哥莫討嫌我，我二人不和你們在一起，我這位陳哥哥法力大著呢，我不過和雙方引見，不到依還嶺就分路了。」

眾人見那陳岩和李洪一樣是個未成年的幼童，裝束也差不多，只是頭戴珠冠，身披粉紅色荷葉雲肩，下繫翠鳥羽毛織成的短戰裙，紅綠相映，金碧輝煌，手臂腿足全露在外，又生得粉妝玉琢，腰繫玉環，頂掛金鎖，寶光隱隱，背插短槍，金芒四射，腰邊掛著一個魚鱗寶囊，和李洪一比，簡直一個哪吒，一個紅孩兒，一對金童下臨凡世，仙風道骨，更不必說，俱都暗中稱奇。一邊飛行，一邊禮敘，話未談完，已然飛到寶城山，老遠便見依還嶺上煙光雜遝，妖煙瀰漫，高湧天半，依還嶺全山均在籠罩之下。

金、石二人都是慧目法眼，定睛一看，妖雲之下，全山並無人影，只有一片彩煙托住，眾妖人正在耀武揚威朝下猛攻。方要追去，耳聽李洪笑說：「少時再見，紅侄可要隨我同行？」上官紅忙答：「弟子遵命！」李、陳二人揚手一片金霞閃過，三人同時不見，休說人影，連個破空之聲均無。金蟬等七人見二人都是小小年紀，李洪九世修為，法力未失，更得有幾件仙府奇珍，時遇仙緣，不去說他。陳岩從未聽說，那麼強烈的遁光也未見過，匆匆不及詢問，竟看不出他的來路，走後重又稱讚。不提。

金、石等人到了幻波池中，正在敘談，癩姑飛來，見面警告道：「沙紅燕為瓊妹毀了她容貌，仗著地底來敵相助，用老怪法寶由地底穿山逃去。如今老怪丌南公已由黑伽山落神嶺起身而來，轉眼到達，亂子不少！我到上面等他去。」話剛說完，猛聽遠遠天空中有一老人口音哈哈笑道：「無知小狗男女，我本不值與你們計較，無如欺人太甚，情埋難容！先將你們擒回山來，等你師長尋我要人便了！你們只管準備，老夫還未起身呢！」

說時語聲並不十分強烈，但是入耳心驚，連地皮均似受了震撼！癩姑心想此老果然厲害，能由數萬里外傳聲來此，方自心寒，忽聽一幼童口音接口罵道：「憑你也配！你由地底傳聲，有甚稀罕，我隨便答話，便能高出九天之上，老怪物聽見了麼？休說各位師兄師姊，我一個幼童，你便休想傷我一根毫髮，有本事只管前來，空吹大氣作甚！」隨聽哈哈大笑之聲由遠而近，比前還要強烈！癩姑知道丌南公已被激怒，就要飛到，連忙往上飛起。

這時「五煙羅」已被易靜撤去，群邪紛紛往池中飛下，癩姑正用傳聲告知諸同門小心戒備，猛瞥見余英男由靜瓊谷中飛起，身後隨定一個形如幼童火也似紅的怪人，正朝群邪撲去，認出乃月兒島火海異人火旡害，已被英男收歸門下。又瞥見英瓊由幻波池中突然飛起，忽聽四面天風海濤之聲，空中卻是雲白天青，只諸妖黨和諸同門尚在苦鬥，別的更無跡兆。

英男師徒一到，火旡害揚手便是一大片「太陽神針」，銀電也似的針光閃得兩閃，紛紛爆炸，眾妖人當時傷亡大半，下餘四妖人吃英瓊追上，揚手發出紫郢劍、太白金刀往上一絞，兩個當時了帳，下剩兩人也各負了重傷。癩姑恐她窮追涉險，方要趕上，身旁盧嫗「吸星神簪」忽發警號，令其速退回陣。

癩姑心知老怪丌南公神通廣大，法力高強，雖以旁門成道，苦修千餘年，幾成不死之身。長眉師祖那高法力，因恨其引誘師弟「血神子」鄧隱，兩次想要除他，也未能如願！是以立時後退，一面令英瓊也快些後退，英瓊竟不肯聽。癩姑勸她不聽，又看出英瓊面朝陣地，獨立在斜陽影裡靜以觀變，仙骨珊珊，一身道氣，吃本山靈景一陪襯，休說常人，便天上神仙也未必能有許多這樣的人品！正暗中讚佩間，又聽「吸星神簪」上發話，令癩姑留意。「吸星神簪」有盧嫗在南星原以本身元靈遙為主持，癩姑深知此老仙法神妙，忙依言回盧嫗所設的仙陣之中。

老怪丌南公自恃身分，早已不出來走動，此次悍然前來，是為了沙紅燕在幻波池中吃了大虧所致。原來老怪寵姬沙紅燕這次來時，抱了必勝之念，所約敵人又強，其中鄔勤所煉「陸沉混元旛」，可將依還嶺全山化為劫灰。就算幻波池仙府有「五行仙遁」防禦，暫時不能攻進，只用此旛煉上三十六日，也必將那五遁外層煉化。再如無效，便勾動地肺中蘊積千萬年的太火毒焰，一任幻波池「五行仙遁」如何神妙，也將四外山石地土一切靈景化為劫灰，好歹也出一口惡氣！

不料英瓊門下米、劉二矮，戴罪立功，潛向妖穴，到了鄔勤等人潛伏的山洞附近，正在不知如何下手之際，忽然發現左近山凹中有一幼童駕著一道紅霞飛墮，看出是正教中高明人物。因見妖窟邪氣太濃，無法走進，一時福至心靈，跟蹤尋去。到時正遇幼童採了一株仙草似將飛走。一對面，越看出對方仙風道骨，功力極高，忙即現身拜見。幼童見二矮不問來歷姓名，先自下拜，執禮甚恭，又問出峨嵋門下，越發投緣，略一閉目尋思，笑對二矮說：「我姓陳，適才默運玄機，得知你二人此舉必能成功！」便告以出入妖窟下手之法。

二矮大喜，又問出是小師叔李洪好友，喜出望外，趕回妖窟乘機掩入，將「黑眚旛」取出，發揮全力，將整座法臺與臺上主旛一起用「黑煞絲」裹住，跟著再把新學會的「太乙神雷」連同「乙木仙遁」一齊施威，兩下對撞，「黑眚旛」與妖人的「陸沉混元旛」同歸於盡。鄔勤與妖旛心靈相通，一被毀去，立時趕到。米、劉二矮先遇幼童，正是李洪前生好友陳岩。鄔勤一到，米、劉二矮已然被殺，元神在苦苦支持，眼看危急萬分，陳岩忽然飛到，連人帶寶化為一道朱虹縱入重圍，收了二矮元神往外飛遁。

鄔勤妖旛毀去，沙紅燕心知敵人勢強，已然小心戒備，仍自恃法力高強，被移入幻波池中之後，仗著有乃師為她特煉的「乾天罡煞之氣」籠護全身，尋常法寶飛劍決難侵害，平日也頗以此自豪。那年探幻波池，雖為妖屍所困，也因仗有罡氣護身，本身未受傷害，是以一入洞便向前直衝，所經之處是一條極長甬道。正急衝間，猛覺眼前青霞電一般急，微閃得幾閃，那條長甬道忽然隱去。甬道隱去以後，當地便成了青濛濛一片其大無垠的廣場。四面青氣氤氳，無邊無岸，一任施展法寶飛刀朝前猛衝，均無動靜，知已入伏。正待施為，眼前忽又一暗，青霞斂處，立時成了一片渾茫，四顧暗影沉沉，身外濃黑如漆，什麼也看不見。

沙紅燕正戒備中，忽聽清商徐行，幽韻頻吹，始而還是微風初起，美韻悠悠，自協宮商，聽去十分娛耳。忽然萬木蕭蕭，狂飆驟起，澎湃奔騰，走石飛沙，萬籟競號，如擂天鼓，一陣緊似一陣，匯成轟轟發發的厲嘯，中間更雜著一種極尖銳刺耳的異聲，漸漸聲勢越來越惡，直似地軸翻折，海嘯山崩，千百萬密雷一齊怒鳴，沙紅燕那麼高法力的人，竟由不得聞之心神皆為震悸！

方自心驚，晃眼之間，面前由暗趨明，現出一片青濛濛的微光，沙紅燕心想反正要拼，揚手把飛刀發出。剛一出手，猛覺前面似有極大吸力，忙即收回。三道刀光本已投入青雲杳靄之中，仗著應變機警，收回得快，刀光只在青濛濛的暗影裡掙了兩掙，居然收回，埋伏卻被引發。先是眼前一花，一片青霞微微一閃，晃眼煙嵐雜遝，碧雲如浪，由上下四外鋪天蓋地潮湧而來。

碧雲青霞壓上身來，當時成了一片雲海，人困其中。那力量大得出奇，護身寶光以外行動艱難。那碧雲青霞電閃濤翻，越來越急，勢也更猛，環身四外，忽又現出大小千百萬根木形青色光柱，紛紛擠壓上來。前排到了身前為寶光所阻，便即停住不再前進，後面的又冉冉飛翔而來擠將上去。一層跟一層，越聚越多，勢也由慢而快，越來越密。一會功夫便密壓成了一圈青柱密林，為數何止千萬！除卻護身寶光數丈方圓以外，全被青色光柱塞滿！前排的木柱為寶光所阻，環繞矗立，本難再進。無奈後面光柱為數太多，爭先擁到，一味前衝，等到擠成一片，便互相旋轉磨擦起來，漸漸越轉越急，發出一種極繁密軋軋怒嘯，比起先前萬木鳴風所發異聲，更是尖銳淒厲，震悸心魂，那壓力也增加了不知多少倍！

沙紅燕有心施展太白精金之寶，以金剋木，又防敵人中藏反正生化之妙，由木生火反剋金，如照預計同來五人分攻一宮，互用傳聲聯繫，各仗剋制本宮之寶同時下手，就說仙陣難破，也可無害。偏是才一飛進便失聯繫，連用傳聲均無回應！

沙紅燕心中又急又怒，奮力抵禦，覺得乙木威力越來越大，不特防身寶光被其四面迫緊，寸步難移，那壓力之大更是驚人！防身法寶連受四面壓力，已漸禁受不起，倏地天崩地塌般霹靂連聲，前排木柱剛一震散，後面木柱立時狂湧上來將其塞滿，仍舊電旋星飛，互相擠軋排蕩，相繼爆炸不已。

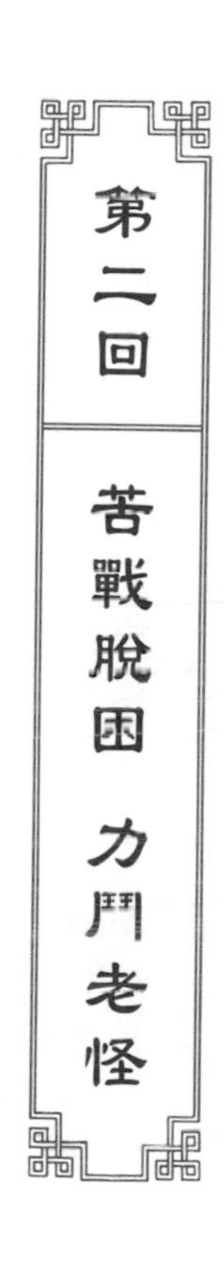

第二回 苦戰脫困 力鬥老怪

當時情勢宛如百萬迅雷紛紛爆炸，前滅後繼，生生不已，威力越來越猛。只見青霞群飛，精芒電射，身外寶光受不住那無量衝擊力震撼，眼看就要破裂碎散！

當沙紅燕正在緊急關頭之際，英瓊恰將鄔勤誤帶入陣。因憤妖人凶殘，癩姑也是嫉惡如仇的心理，剛巧留駢、車青笠妄恃帶有剋制之寶，將水、土兩遁引發。二女心想今日來的妖邪甚多，除得一個是一個，正發揮反五行威力想把鄔勤、留駢、車青笠三敵一齊除去。

英瓊主持仙遁，只顧除惡快意，忘將木宮掩蔽。她這裡如法運用，木宮也自現出景象。沙紅燕本就憤極，忽見萬丈青霞中先現出一片黃色光霧，裹著一團寶光，中一道人正是留駢，在霧影裡奮力掙扎，神情狼狽已極！方想衝上前去與之會合，黃霧影裡，忽冒起一片金霞，緊跟著又現出一盞金燈，燈花只有兩三寸長，光焰停勻，中裹一個妖魂，正是費盡心力約來的靠山之一「赤手天尊」鄔勤，困在其內掙扎亂滾！

火頭上忽有一片極淡的黃光銀霞微微一閃，一連串極輕微的爆音過處，連妖魂同金燈全都不見。緊跟著又是一片玄雲波翻浪滾，中有無數水柱，青笠被困在內，雖只小小數尺方圓的一片水雲，看去卻是波濤洶湧，水柱林立，光影明滅，和乙木光柱一樣互相擠軋排蕩，隱聞水雷亂爆密如貫珠。車青笠人小如豆，困在裡面，互相對比，越顯得形勢險惡。

車青笠似比留、鄔二人明白，神情雖然狼狽，只在一片青、黃二色的寶光環護之下奮力防禦。乙木得火，越發威猛，車青笠就在這千鈞一髮之間揚手發出一股黃氣，同時身形一閃，化為一道紅光，迎著前發的烈焰，連人帶寶光在那萬千水柱中連閃幾閃，忽然不見，玄雲也自隱去。

沙紅燕知他法力較高，識得五遁生剋之妙，肉身雖死，元神凝固，又長玄功變化，帶有幾件剋制五行之寶，應變機警沉著，靜候五行合運癸水生出乙木妙用之際，先用烈火故意助長乙木威力，另用戊土之寶反剋癸水，再駕火遁逃去！就這樣，是否又遇別的埋伏，能否安然出險，尚不可知！

又見辛凌霄被困金宮，四外雖有千萬金刀箭雨佈滿，卻不上身。癩姑、英瓊正與對談，似已化敵為友神情，車青笠元神一逃便不再見。自己這面乙木威勢大盛，由木柱頂上射出極強烈的火花，上面又有無數木形青光往下壓到，緊跟著腳底忽冒起一株寶樹，枝葉蔥蘢，蒼翠欲滴，華蓋亭亭，美觀已極。

那樹一現，腳底立時一輕，不但下面壓力全消，並還輕鬆異常，空若無物。可是頭上四面竟衝擊壓力大增，只有下面一條路。防身寶光已快衝破，如換常人定必被迫朝下避去，沙紅燕見聞廣博，看出那是木宮法物，一落樹上便形神俱滅，休想活命！是以不特沒有下落，反倒運用全力朝上猛衝，猛又覺腳底生出一股極大吸力，百忙中往下一看，那樹先前高只丈許，就這轉眼之間忽然暴長，枝葉扶疏，由小而大，蓬蓬勃勃向上高起，樹上又有無數青色光氣朝上激射，已將身外寶光裹住，往下猛兜，力大異常！上面和四外的木雷光柱，青霞火雨，更似排山倒海一般朝身上壓擊而來！

眼看那樹亭亭上升，樹上千枝萬葉，精芒迸射，霞光萬道，離身已近。那具有極大吸力的青色光氣上下夾攻，休想掙扎，不由嚇得心驚膽寒，亡魂皆冒！萬分情急悲憤之下，一面忙向丌南公發出萬分危急求救信號，把胸前密藏一枚形似寶珠的傳音法寶取出，伸手一彈，「波」的一聲極輕微的炸音，由近而遠往地底鑽去，晃眼無聲。同時，把至寶取了兩件，先由手上發出一道白虹朝那裏身青氣絞去。

果然庚金剋木，一絞便斷，身上一輕。又忙取第二件法寶防備萬一，一面手指白虹環身繞成一圈。白虹還未向外展開，就這一眨眼的當兒，青霞急閃得兩閃，眼前一暗，所有乙木神雷、萬千光柱、大片青霞連同腳底神木大樹忽然一閃不見，重又恢復到先前黑暗景象。

沙紅燕護身寶光已極強烈，光外「白虹鉤」更是向西海白虹島師執至交太白仙姥借來，太白金精所煉前古至寶，發時白光如虹，光芒萬丈，理應照出老遠。但是光幢以外依舊黑暗非常，白虹緊附光外成一圈白影，光幢外面暗霧之中，仍是什麼也看不見！

沙紅燕原是行家，早算計五行正反相生，不是乙木化成丙火，便由先行逆天，轉化庚金。自己恰借有專制金、火二行之寶，將水府奇珍「極光球」取出，試探著朝黑影中放起。此寶本是千萬年極寒精氣凝煉而成，任何烈火當之立消。

初意乙木必要化生丙火，決欲搶制先機，萬一反化庚金，再用身帶的陽金至寶「金烏神火」破它。

「極光球」化為一團冷豔豔的五色寒光才現，倏地眼前紅光大亮，先是千萬朵烈焰突然出現，「轟」的一聲一齊爆散，當地立成了一片火海，來勢神速異常，連人帶寶齊困火中！對面又有一盞半人多高的金燈，由一翠玉燈檠托住，浮沉火海之中，時隱時現，燈上結著一朵如意形的燈花，光焰停勻，時青時白，時紅時紫，彩色晶瑩，變幻無常。同時，那「極光球」也自暴長畝許大小。一聲極清脆的炸音過處，化為一片極大的五色晶幕，寒光若電，奇麗無儔，才一出現，便帶著一股奇寒之氣罩在護身光幢之上，那麼強烈的火勢立被擋住，近身即滅！

沙紅燕方自忻喜，忽見遙立火海之中的那盞金燈燈頭上突發出五色奇光，燈花也自暴長，火勢驟盛。雖被「極光球」所化晶幕擋住，不得近身，但那火勢越來越猛，更由燈頭上飛出一朵朵的火花，精光閃閃由火海中飛舞而來。晶幕一擋，立時爆炸，毫光萬道，火雨千重！

這些燈花全是如意形，火作金色。紛紛爆炸以後，立即化生成一朵朵的五色火焰，上下飛舞，潮湧波翻，暴雨一般打到，前滅後繼，隨滅隨生，霹靂之聲比先前「乙木神雷」更猛百倍！

沙紅燕心想聖姑五遁法物，只這一盞「乾靈燈」乃九天仙府流落人間的至寶奇珍，最為神妙，本身便具無窮威力。「極光球」萬載寒精、癸水奇珍，正是剋星，何不另用法寶防身，將此寶朝那燈頭打去，只將燈上神焰打滅，便有成功之望！心念微動，立即施為。

她這裡剛把晶幕化為一團寒光往火海中打去，癸水之寶雖能剋火，無如「乾靈金燈」與另四件法物不同，本身自具極大威力，神燈所發燈花烈焰生生不已，又有仙法挪移，燈頭並未打中，卻將「五行仙遁」一起引發！

沙紅燕一面發出癸水之寶，一面想以火禦火，並還藉此防禦乙木逆行所化庚金，一面又將新借來的「天木神針」和師門防身之寶「二氣環」分別拿在手內，以為剋制五行之寶已有其三，自然萬無一失！

只見那團寒光在火海中星飛電馳朝前急追，金燈始終矗立火中未見移動，只追不上。那億萬金花神焰仍是潮水一樣隨著萬丈烈火湧來！晶幕一去，「金烏神火」所結光幢竟擋不住，已快逼近護身寶光之外，周身奇熱如火！方自觸目驚心，金燈神焰上，忽射起一片黃塵彩霧，只閃得一閃，便朝「極光球」飛來！

先前金燈在前，寒光朝前直衝，四外金花火焰挨著寒光紛紛爆散消滅，當時衝開一條火衖，只打那金燈不到，及至丙火生戊土，黃塵一起，來勢比電還快，只一晃眼便將寒光包沒，「波」的一聲，精芒萬縷，迸射如雨，當時炸散射向火海之中。

火海立時沸騰，化為大片熱霧，隨著火勢發出「轟轟隆隆」萬雷怒鬨之聲潮湧而來！同時那片黃塵化為千萬層黃色雲濤，由上下四外齊往中心壓到，萬丈黃雲影裡更雜著千萬點暗黃色的星光，暴雨飛蝗打來！挨近防身寶光外層，便化神雷爆炸，「轟轟」巨震之聲，令人心神皆悸，魂魄欲飛！知道火、土二行聯合來攻，更不知底下還有什麼變化。危機瞬息，迫於無奈，橫心把前在東極大荒山向青帝之子巨木神君騙來的「天木神針」朝那黃塵影裡打去。

這「天木神針」威力之大果是驚人，才出手便是一溜光色極深的蒼霞，奇亮無比，打向黃塵之中。只聽驚天動地一聲大震，那麼廣一片雜著億萬土雷火星的雲海，吃那長只尺許的一溜蒼霞打到裡面，當時煙消火滅，眼前景物突現。那地方乃是一片廣場，四面玉壁上巨木如林，青光湧現，似要飛舞而出。離身不遠地上擁著一堆金光閃閃的黃沙，「天木神針」釘在上面，已現原形，乃是一根四五寸長蒼黑如玉的木針，奇光隱隱外映。

黃沙下面壓著一攤烈火，火焰熊熊，由沙下往四邊迸射飛濺。知道「天木神針」不特剋制戊土，並還連敵人的丙火也被反剋在下，只是風雷、金刀、烈火、狂濤之聲，又如海嘯天鳴由上下四外急湧而來，料是五行仙遁已制其二，正反失馭所生感應，方自驚喜交集，只不知「天木神針」如何收回，就這微一遲疑之際，猛瞥見李英瓊身劍合一電馳飛到，揚手飛起一朵如意形的紫色燈花朝那「天木神針」上飛去，蒼霞一閃，神針立隱，「轟」的一聲，先前黃塵烈火突又出現！

「天木神針」一去，丙火、戊土重又施展，下餘乙木、庚金也在此時突然發動。只見金刀、惡浪，連同那無量數的青色光柱一起出現，狂湧上來，比起先前威勢更強烈萬倍！

英瓊見沙紅燕在光雲、火海、金刀、巨木、光塵、水柱環攻之下，已急得面容慘變，手上拿著一件形式奇怪的法寶正想發動，忙喊：「五遁被你引發，只要謹守不動，等我行法復原，還可活命！」沙紅燕一見五遁環攻，悲憤情急之下，不特無心去聽，反而厲聲咒罵，神態兇橫，一面又將師傳防身至寶施展出來。

英瓊一面發話勸告，一面運用仙法使五遁復原，眼看五遁運行已復常軌，所有烈火、金刀、黃塵、水柱已全消滅，只剩下萬根青色光柱環列如林。仙遁復原，沙紅燕也自施展殺手，雙方恰是不先不後同時發動。那乙木光柱本來環繞在外吃英瓊止住，只管青霞瀲灩，並未發威前攻，沙紅燕施展法寶化成一個光環罩向身外，將先前身外光幢和飛刀、法寶一齊收去，英瓊忽見青、紅二色的光環飛起，只一閃便成一個氣球，人在中心，先前防身法寶和那飛刀白虹忽全收去，料知敵人想作困獸之鬥。

這時沙紅燕仍困乙木仙遁之中，四外光柱林立，只留下當中數丈方圓空地，那氣球將人包沒以後，乍看霧氣只薄薄一層，吃四外金霞一照，裡外通明，看得逼真。耳聽沙紅燕人在裡面厲聲怒喝：「峨嵋賤婢，還我三位道友的命來！」隨說，左手法訣一揚，那氣球虛懸光柱之中大只丈許，光氣又淡又薄，看去本似一個大水泡，忽然由淡而濃變成實質！球上先是光雲電旋，奇亮奪目，宛如一輪紅日。緊跟著上面射出青、紅二色的火花，晃眼暴長，晃眼便將那將近十丈的空處漲滿，寶光萬道射向光柱叢中，立生劇變！

只聽風雷「轟轟」青霞電耀中，前排光柱吃敵人寶光火花暴起排蕩，當時震裂了一大片。乙木遇見強烈攻擊，立生反應，驚天動地一聲大震，那千百根光柱隨著驚濤駭浪般的大片青霞，電也似的連閃幾閃，全都不見。跟著紅光奇亮。烈焰突起，風雷金刀與萬丈洪濤之聲紛紛湧到！

英瓊看出敵人法寶厲害無比，從來未見，「五行仙遁」竟被激動，不禁大怒。氣憤頭上，竟將「定珠」和那「兜率火」紫清神焰猛發出去！雙方下手均極神速，那日球形的寶光本來急如雷電，猛瞥見敵人在火海中，揚手飛起萬朵金花，發出一朵長才寸許奇光晶瑩精芒四射如意形的紫色燈花，和「定珠」慧光一同打到。燈花來勢絕快，出手便如一朵流星迎面射將過來。那團慧光祥輝流轉冉冉飛來，看去要慢得多。

沙紅燕未暇尋思，祥輝暴漲，已將那日球形的寶光罩住。說時遲，那時快，那朵形似燈花的「紫清神焰兜率火」已打向日球之上，當時穿光而入，化為一片紫色神火精芒當頭打到！驟出意料，不及防禦，人已受傷。本來非死不可，幸而癩姑趕來，忙即喝止，已然晚了！

只聽一聲悲嘯怒吼，日球本被慧光罩定，又被靈焰震破一洞，但未散裂，就在這瞬息之間，忽由敵人手上飛出一片青白色光氣，將頭面全身一起裹住，沙紅燕立成了一個青人。同時日球上光雲電旋，前發火花精芒一閃即消，緊跟著由大而小，成一青、紅二色光幢，將沙紅燕緊緊裹定，電也似急往上騰起。只聽一連串的爆音往外響去，晃眼響出老遠，少說也在百十里外，忙收仙遁查看，那麼禁制重重的仙府，竟被穿山透石逃了回去，所經之處洞壁上現出些尺許大空洞裂口，才知此寶兼備五遁之長，穿金透石如魚游水，那麼嚴密的禁制竟阻不住！

癩姑又知沙紅燕自負絕色，最愛這副面容。方才英瓊靈焰已將她玉頰燒殘，仇恨越深，此去回山哭訴，老怪丌南公心憐愛寵，必不甘休！因而道：「此女天生尤物，丌南公愛之如命。昔年遭劫，元神逃回山去，本想令她轉世重修，她偏愛惜前身容貌，一任勸說，始終倔強。老怪竟不忍違她心意，親自為她煉丹煉魂，費了多年苦功，硬將元神煉成形體，照樣長骨生肌，無異生人。可是一為法寶飛劍所傷，便難復原，老怪物必來生事！他師徒情孽糾纏已歷多世，丌南公寧失天仙位業歸入旁門，便為了她！」

癩姑說時，忽聽身旁「吸星神簪」發出盧嫗傳聲，說沙紅燕先發求救信號，恰值丌南公為禦天劫，煉寶正急，法壇封閉，內外隔絕，信號被門人接去，不敢通報。後來丌南公警覺開壇，未等命人來援，沙紅燕已仗法寶靈符之力，遁回山去，沙紅燕回山哭訴，必要尋上門來，須先作準備！

癩姑聽了，忙匆匆飛出，見了易靜諸人略說幾句，便即飛上，同時又傳聲要英瓊暫在洞中避一避。

英瓊心想，自己既以崇正誅邪、降魔除害為務，以往誅戮妖魔如同剪草，如何遇見強敵便自縮退，欺軟怕硬，同是旁門左道，敵勢一強便不敢與之爭鋒，豈不丟人！即使為道殉身，也使異派群邪知我峨嵋門下一個入門未久的小女弟子，有此智勇膽力，敢以卵敵石，不為老怪物凶威所屈，雖死猶榮，藏頭縮尾作甚？

當英瓊在洞中煉那「紫青神焰兜率火」時，因此寶十分難煉，必須人本身真火元靈與之合為一體，方可發揮無邊妙用，到了三十六日過後，始終未有進境。這日忽動靈機，暗忖：「此寶與佛家『心燈』既是異曲同工，寒月大師的『心燈』佛火已與他本身元靈相合，我怎不能？何不按照師傳用『定珠』將元神護住，索性以火濟火，由明化空，返虛入渾，使與本身真火合為一體，煉成第二元神，隨意發收，並還增加自己的道力，豈非絕妙！」

英瓊虔心毅力堅強，上來便遍嘗苦痛，受那靈焰罩體、炙身灼膚之苦，始終按捺心頭火，不令外燃，一味守定心神，使體外靈焰神火無法侵入。起初還用「定珠」慧光護定元神，到第七天上，偶然觸機，倏地悟出微妙，當時反照空明。本來三朵神火化為一幢紫焰籠罩身外，全仗本身功力和那凝聚心頭的三昧真火內外防禦，雖然不曾燒傷皮肉，熱痛異常。一經悟徹玄機，心火立滅，當時透體清涼，就在這有相轉為無相瞬息之間，三朵靈焰立被收為一體，與本身元靈相結合！

只見「定珠」慧光大放光明，三朵靈焰已被降伏為己有，時間也恰滿了四十九日。英瓊滿心歡暢而起，大功告成，忻慰非常。由此隨心應用，彈指即出，大小分合無不如意，暗忖有此仙、佛兩門至寶防身，久聞丌南公自尊自傲，平日號稱敵人生死只在他反掌之間，一擊不中便不再擊，只擋得過這迎面一陣，便可無害，怕他何來！

英瓊主意已定，惟防易靜、癩姑勸阻，並未明言，飛到上面，自往當地立定，靜待強敵應戰。後聽天網海濤之聲由遠傳來，知道敵人先由十萬里外傳聲示威，心中好笑，也不理睬。正在暗中準備，忽見李洪同一幼童隱形飛過，到了面前忽在佛光中出現，含笑點頭，把拇指一伸，意似稱讚，一閃即隱，往靜瓊谷一面飛去。

正在此際，忽聽極強烈的破空之聲由遙天穿際衝風穿雲而來，那麼洪大的天風海濤之聲竟絲毫掩它不住，來勢萬分神速。當入耳時，聽那聲音來處少說也在千里以外，高出九天之上。可是才一入耳便電射而至，晃眼功夫，聲到人到！只見兩通青光由老遠高空中流星過渡斜射下來，直落靜瓊谷外，現出兩個豹頭環眼，虎口燕頷，貌相裝束無不詭異的矮胖道童。

兩道童落地先互相對看了一眼，內中一個穿黃衣的厲聲怒喝：「李英瓊賤婢快出來納命，我師父令我二人來此先行通告，命爾等自行準備，引頸就戮！因師父還有些時才來，想起我長兄前隨沙師姊幻波池取寶，與你們無仇無怨，為李英瓊賤婢暗算，久意報仇，未得其便，特在師父未到以前來取賤婢狗命！是好的快出來分個高下，如以為區區障眼法便可保命，直在做夢！再如延遲，惹我兄弟性起，只一舉手，這座依還嶺便成粉碎了！」

話未說完，便聽一幼童口音在旁笑道：「洪弟，你認得這個小妖孽麼？他便是老怪丌南公門下號稱『黑伽三仙童』的仵氏弟兄。師父年老成精，老而不死，門下徒弟也個個這樣醜怪討嫌！」

那兩道童乃丌南公愛徒黑伽三童中的仵盛、仵江，因乃兄「獅面仙童」仵備前探幻波池，為輕雲、英瓊無心誤殺，懷仇數年。丌南公自命得道年久，在異派散仙中與大荒二老和大魅山青環谷蒼虛老人同是修煉千年，經過兩次四九天劫，素性自恃。每一出洞，照例要有好些排場做作，未到以前，先使當地風雲變色，山川震撼。有時仙音儀仗前導，以顯他的威勢。仵氏弟兄一心想撿現成，乃師又命前行，立即飛來，依還嶺全山已在乃師法力遙制之下，隨時可以發難，氣粗膽壯，哪把數人放在眼裡！

此時二仵正發狂言，忽聽幼童在旁笑罵，不禁大怒。素性陰鷙險狠，知道峨嵋隱形神妙，惟恐一擊不中，強忍憤怒，故作不聞，暗中施展邪法，準備冷不防猛然發難！

他這裡邪法剛一準備停當，另一幼童接口笑說：「李師姊不必動手，由我和陳哥哥先給他吃點小苦，省他狗嘴罵人！」話還未完，二仵剛把手中法訣揚起，各把左肩一搖，所佩扁長葫蘆，立有數十點酒杯大小的青光飛起。就這轉眼之間，面前疾飛電掃，「波波」兩聲，每人嘴上早各中了一拳，當時把滿口門牙一齊打斷，舌頭也被殘牙咬碎，鮮血直流！驟出不意，遭此猛擊，空有一身邪法，竟無所施，牙碎舌破，疼得連話都說不上來！

劇痛神昏，情急暴怒之下，怒叫了一聲，連法寶也忘了施為，快伸雙手去抓。不料人未抓中，右膀被打了一下，當時打斷！耳聽幼童笑罵：「這等膿包，也敢人前撒野！」右臉上又挨了一巴掌。

那幼童正是李洪，所用乃是「佛家金剛神掌」！另一個則是李洪好友陳岩，看似年幼，實則得道多年，法力極高。仵江和仵盛一樣，被陳岩一拳照樣打得齒碎血流，舌根幾被咬斷。但他人較機警，一受傷先行法防身，一面把葫蘆中的青光暴雨一般分佈開來朝前射去。本意敵人就在迎面，縱令隱形神妙，寶光分佈甚廣，也能傷敵。手中法訣剛一掐起，「噹」的一聲，後心中又中了一下鋼拳！這一下來勢更重，打得心臟皆震，臟腑幾要斷裂，口裡發甜，眼前烏黑，兩太陽穴直冒金星！

二件吃虧之後，忙運玄功強定心神，縱遁光飛起。同時邪法也自發動，當時便是青光一閃，大片青色火花，似亂箭星飛，突然出現，滿空飛舞，雹射如雨，越聚越多。兩人仍未施展法寶，在光雨叢中飛來飛去，宛如兩個天上金童飛翔星花雨海之中，頓成奇景。二妖徒行法之後，血雖止住，牙齒全碎，大嘴內凹，一個又成了殘廢，當此心中恨毒，暴怒如狂之際，貌更醜怪已極。

李、陳二人不再打，卻不時飛近前去這個掐一把，那個抓一下，急得二妖徒連哼帶吼咒罵不絕。

英瓊看得好玩，連用傳聲讚妙，笑個不住，又問：「那位道友貴姓？」

李洪聽英瓊喝彩讚好，越發得意，忙用傳聲脫口笑答：「這是我陳岩哥哥，前三生的好友，日前才得巧遇，因他形貌已變，幾乎都不認得了！」

二妖徒受盡侮弄，無計可施，一聽敵人自道姓名，越發又驚又怒。仵江哼聲喝問：「小狗中有陳岩麼？既有本領，怎不現身？鬼頭鬼腦暗算傷人，豈非無恥！」

李、陳二人在光雨叢中現身，指著妖徒笑罵道：「無恥妖孽，我弟兄只憑一雙空手，你便吃足苦頭，如再現身施為，還有命麼？你既求我二人明鬥，有甚伎倆快些使來，如想等老怪物來為你撐腰，可速跪下告饒，我便停手，否則再挨打就更重了！」二件一見敵人現身，竟是兩個八、九歲的幼童，想起先前吃虧之事，怒火越發上攻，越想越恨，一面把葫蘆中的青光大量發出，雙雙縱身化作一道青虹朝二人飛去。

陳岩見妖徒飛劍青光強烈異常，仵江手掐法訣，似要施展別的法寶，回手拉了李洪飛起，二件見敵人縱身飛逃，同聲喝罵，隨後追來。雙方飛遁神速，二件見前面現出一條寬大谷徑，心方一動，飛遁絕快，又未停住，猛覺金霞亂閃，煙光明滅之間，人已追入谷內，前面敵人也收紅光停住，同立對面崖石之上，正指自己說笑。忙追過去，相隔只十餘丈，不知怎的竟未追上。跟著手上微微一空，前面飛劍和那大蓬青色星光忽然一閃不見，心中驚急，忙即行法回收，毫無動靜！

二件忽聽殷殷風雷之聲，一片青霞閃處，面前忽又多了一個美豔如仙的白衣少女。

仵氏弟兄同聲喝罵：「哪個是賤婢李英瓊，速來納命！」

少女笑道：「你連我都打不過，還敢見我師叔麼？」

二件大怒，揚手兩枝青色火箭發出去，少女微微一笑，把手一揮，身忽隱去。同時青霞電耀，上下四外，全是青色光柱佈滿，隨聽萬木號風之聲，迅雷大作，那千萬根巨木形的青色光柱便互相擠軋排蕩，一起壓上身來！

二仵知落「乙木仙遁」之中，方欲以全力拼命，猛聽空中大喝道：「無知孽障，你火爺爺在此！乖乖守在陣中，等老怪少時把你領回山去，免得形神皆滅！我火旡害的『太陽神針』是專滅妖魂之寶，你那大師兄伍常山便死在我手，你們比他如何？略一彈指之間，你連殘魂餘氣也休想保全一絲一毫，不信你就試試！」

仵氏弟兄久聞火旡害之名，抬頭一看，只見一個形似紅孩兒的小紅人，周身都是烈焰包圍，手指上射出無數奇亮如電的光針，時長時短，正在停空飛翔，手指下面喝罵！

此際上空青霞神木光柱佈滿，互相擠軋排蕩，「轟隆」之聲天驚地撼，火旡害飛行其中，木光竟如虛影，並無所阻。心想：「五行仙遁虛實相生，何不乘機試他一試，只一逃出陣地，立可運用玄功變化逃了出去！」心正尋思，忽聽伍常山乃火旡害所殺，心更悲憤，忙將不到危險萬分輕易不許使用的「青雷子」和「大有圈」同時施展出來。

丌南公門下子弟，各有一兩件至寶奇珍。那「大有圈」發時是一環淡悠悠的彩虹，月暈也似，初發光並不強，一經發動，便由小而大，往外開展，越長越大光也越發越強烈，暴長千百丈，然後化為光雨爆散，光雨所及之處，無論人物當之均無倖理，整座山峰均能炸裂蕩為平地！那「青雷子」乃千萬年前殘留空中的罡煞之氣和日月五星的精氣凝煉而成，比起軒轅、九烈兩老怪所煉「陰雷」還要厲害。

丌南公畢竟修道多年，連經兩次天劫，恐多造孽，再三告誡說：「我生平行事向無後悔，已然傳了你們，自然不肯追回。但是此寶威力太大，非當性命關頭，受辱太甚，不許妄用，用時務要適可而止！」仵氏弟兄仇深恨重，情急萬分，出此下策，滿擬可將四外神木震破逃出重圍。

哪知二寶才一出手，猛聽空中火旡害一聲怪笑，揚手飛起一條形似穿山甲，腹下具有十八條帶鉤利爪的墨綠光華。一珠一圈未等發生妙用，好似被一種奇大無比的潛力吸緊，往那墨綠寶光飛去，用盡心力，休想收回！晃眼縮小，恢復原狀，同時火旡害對面現出一個少女，手指一座具有凹槽的圭形寶光，朝上迎去，一閃合笱，同時無蹤，這一驚真非小可！

隨又聽火旡害厲聲喝道：「這便是我師父所用前古至寶『離合五雲圭』，休說是你，便比你邪法更高十倍，也是送死！真想形神俱滅，我成全你們如何？」說罷，將手一揚，五手指尖上，立即有大蓬神針，往下射來！

這時二仵已被四圍青霞神木將防身寶光迫緊，行動艱難。知道防寶光必被震破，連元神也保不住，互相長嘆一聲，閉目等死。耳聽幼童笑道：「這兩孽障倒也硬氣，火賢侄休下殺手，谷外已有音樂之聲，老怪物想必將到，暫且交你看守，等少時老怪物自來領回罷！」

仵氏弟兄抬頭一看，敵人不見，四外青霞合成一個光團包沒全身，休想移動分毫。側耳細聽，果有鼓樂之聲由谷外隱隱傳來，知道師父將到，空自憤怒悲恨，無計可施，只得耐心困守以待救援。

另一方面，李英瓊自從李洪、陳岩引走二妖徒後，聽癩姑傳聲告警，知道強敵將臨。此際四外天風海濤之聲，似潮水一般響過一陣，聲音便小下來，又聽鼓樂之聲起自彩雲之中，由天邊出現，迎面飛來，看出不快，一會便自飛近。那彩雲自高向下斜射，大只畝許，雲中擁著八個道童，各執樂器拂塵之類，兩邊分列，衣著非絲非帛，五光十色，華美異常，貌相卻都一般醜怪，神態猛惡。雲後面拖著一條其長無際的青氣，望去宛如經天長虹，前頭帶著一片彩雲，由極遠的九天高處，往當地神龍吸水一般斜拋過來。

自從天風海濤之聲由洪轉細之後，晴空萬里，更無片雲，華日仙山，景本靈秀，忽然有彩雲挾著一道其長無際的青虹自空飛墮，越顯得雄偉壯麗，從古未有之奇！那彩雲青氣宛如實質，離地丈許便即停止，正落在英瓊的對面，仙韶迭奏，也未停止，八童分執樂器，此應彼和，並不發話。

英瓊見為首敵人未到，料在後面，視若無睹，不去睬他。暗笑：「左道中人專喜這些排場，明是旁門，偏要自命天仙一流，弄些音樂儀仗裝點門面！昔年靈嶠諸仙峨嵋赴會，何嘗不是仙雲祥霞冉冉而來，何等從容，全是一派清靈祥淑之景，不帶一絲霸道，哪是這等光景！」

那條青氣長虹經天，由當地起一直掛向天際，始終未動，也看不出盡頭到底多長，只見最前面蒼霞杳靄之中有一點青光閃動，晃眼由小而大，由那長不可測的青氣之中飛射過來。剛看出最前面青虹盡頭隨著那點青光，有人電也似急飛來，隨見青光越來越大，現出全身，乃是一個身材長瘦，青衣黑髯的道人。羽衣星冠，貌相清癯奇古，不帶一絲邪氣，周身罩著一層青光，簡直成了一個光人，剛一入眼，便隨青氣飛墮，聲息皆無，可是才落彩雲之上，便覺全山地皮一齊震動，似欲崩塌，猛惡驚人！

道人一到，便向為首妖徒道：「速令賤婢李英瓊和幻波池一干小男女上前答話！」

為首妖徒剛剛領命，未及開口傳話，英瓊早知來人是丌南公，聞言從容問道：「來人是丌南公麼？想你得道千餘年，雖是旁門，連經天劫俱都無恙，仙山歲月何等逍遙！你自負前輩，法力無邊，令高足沙紅燕幻波池盜寶經過當已深知，是非曲直自有公理，她不是我解救，早已命喪妖屍之手！如今恩將仇報，來此侵擾，為此孤身在此相待。我李英瓊勤修道業，不計艱危，休說你師徒九人，便十萬天兵天將一齊下凡，也決不皺眉！我就在你面前，意欲如何？」

自從丌南公一到，整座依還嶺便在震撼之中，波動如潮，如非早有仙法防禦，已自震裂，聲勢猛惡已極！丌南公見英瓊仙骨珊珊，一身道氣，言動從容，神態英爽，獨立晴陽之中，仙容光采，照耀嶺阿，不特沒有絲毫懼色，身外也未見法寶防護。暗忖峨嵋英雲，名不虛傳，此女果是天仙一流根骨人品！

丌南公暗用玄功，震山撼嶽，想將依還嶺先行震裂，好把敵人首腦引出。及見全山雖然震動甚烈，連草樹也未折斷一根，料對方已先行法防護，暗有能者主持。因對方答話譏嘲，太過難堪，不由勾動無明，冷笑喝道：「你就是李英瓊麼？好好隨我回山，等你師長尋我要人，必先釋放你們，再分曲直。如若不聽良言，我一伸手，你身受苦難，甚至形神皆滅，悔之晚矣！」

英瓊亢聲笑道：「你枉自修道多年，不明是非順逆，我也不與你多說廢話。有何法力只管施來，看看可能將我擒走！」

丌南公早在暗中查看，見對方除神儀瑩朗，道力精純而外，身旁雖有寶光外映，別無十分奇處，對方竟敢說此大話，越想越怪，以為少女無知，恃有幾件法寶便欲以卵敵石。略一尋思，微笑道：「三英之名不虛，單這膽力已是少見，既這等說，我如擒不了你，便回山等你師長回來我再尋事。但你一人難代全體，你那幾個同門姊妹如不出現，我白往池中尋去！」

英瓊笑答：「你有法力破我『五行仙遁』，誰還怕你不成！」

丌南公笑道：「我素來對敵明張旗鼓，聞你法寶甚多，不施展，真個想作死麼？」

隨聽有一幼童口音接口笑道：「這老怪物不要臉！」

丌南公面上立帶怒容，怒喝：「豎子何人，速來見我！」隨說伸手一指，立有豆大一團青光，朝那發聲之處飛去！

青光到了空中便即暴漲，當時佈滿半天，狂濤怒捲，電馳飛去。那青光比電還快，只一閃便自飛回，縮成丈許大小一團，內中裹著兩個粉妝玉琢幼童，正是李洪、陳岩，看神氣似被青光困住，每人手指一道金紅光華，將那青光撐住，不令往裡縮小，只是面上仍帶笑容。丌南公目注青光，面上似有驚異之容，剛喝得一聲，二次伸手往前一揚，忽聽李、陳二人空中大笑之聲，聽去似在靜瓊谷左近。

英瓊心方奇怪，忽聽震天價一聲迅雷，滿地俱是金光雷火，青光已自爆散，內裡二人忽然不見。那雷火金光本朝南公打去，吃南公手指處，飛起大片青氣，只一閃，便將雷火打滅。才知李、陳二人用仙法幻化身形，卻用一丸神雷藏在裡面，想和南公開個玩笑，但被看破，將雷火消去。

當下只見丌南公伸手向空連彈了幾次，只見無數縷青色光絲，連同其細如沙的火花向空飛射，微微一閃便即不見，李、陳二人也未再現身，南公若無其事，只是對著英瓊。

英瓊心中驚異，不知李、陳二人吉凶如何。此際癩姑藏身陣中，見英瓊從容應敵，詞意巧妙，和往日一味勇敢不同，又愛又喜又擔心，正想用傳聲教她和老怪物定約，不問勝敗，以三日為限，英瓊已說道：「你無須顧慮，死活認命，決不怪你暗算，只管施為便了！」

丌南公怒火頭上，表面雖顧身分，言動從容，暗中氣在心裡，聞言冷笑道：「你既如此大膽狂妄，且先叫你見識見識！」隨說，把手一揚，左手五指上立射出五股青色光氣。

那五股青氣初出時細才如指，出手暴漲，發出「轟轟」雷電之聲飛上天空，後尾也離手而起，化為一幢下具五指，上如崇山的手形光山，朝英瓊頭上罩到。英瓊見來勢頗緩，離頭還有十丈便覺壓力驚人，重如山嶽，不敢怠慢，也以全力應付。

丌南公因自己所煉「五指神峰」不特重如山嶽，內中並藏好些威力妙用，乾罡真火尤為猛烈，見英瓊目注上面若無其事，法寶飛劍全未放起，覺著此女雖是愛徒之仇，這等美質，就此形神皆滅，也實在可惜。方要警告，猛瞥見一團慧光突然湧現，丈許大一團祥霞包沒全身，憑自己的慧目法眼竟未看出如何發動，才知敵人持有佛門至寶，照此情勢，分明已與本身元靈相合！

南公畢竟識貨，一見「定珠」飛起，便知休說急切間不能如願，便煉上數日夜也未必能夠奏功，但仍立意想英瓊吃點苦頭，便把雙手一搓，往外一揚，手上立有兩股青、白二氣朝光幢中飛去。英瓊人困光中，雖仗「定珠」之力，不曾受傷，但是上下四外宛如山嶽，其重不可思議，休想移動分毫！及至青、白二氣射到光幢之中，先是煙雲變滅，連閃幾閃，二氣不見，光色忽然由青轉紅，由紅轉白，化為銀色，中雜無量數的五色光針環身攢射，其熱如焚！知是敵人採取九天罡煞之氣所煉乾罡神火，全身如在洪煙之中，受那銀色煞火化煉，雖有佛門至寶防身，心靈上也起了警兆！

人在火中，潛神定慮，運用玄功靜心相持，雖覺烤熱，還好一些。心神稍亂，火力暴增，頓覺炙體灼膚，其熱難耐，連心頭也在發燒，大有外火猛煎，內心欲燃之勢！

這等景象乃修道人危機，自入峨嵋以來，尚是第一次遇到！心中才慌，火勢忽止，連四邊壓力也自退淨，忙用慧目注視，四外青濛濛只蒙著一團輕煙，行動已可自如。換了常人，決不知此是敵人的「諸天移神」大法，只心神把穩不住，妄想衝出重圍，或用法寶飛劍施為，稍微移動，立陷幻景之中，不消多時便被煞火煉成灰煙而滅！

英瓊本來危險異常，一見形勢突變，身上一輕，自覺奇怪。以強敵當前，就算青光為「定珠」所破，敵人也必還有殺著，始終以靜禦動，只用慧目查看，未作逃走之想。只想青光如破，怎會還有寶氣籠罩？這一念占了便宜，轉危為安！

同時英瓊也猛觸靈機，暗忖敵人法力極高，師祖當年兩次除他，均被逃脫，第一次在東海路遇，鬥法兩日夜之久才得獲勝，自己能有多大氣候，如何能與對抗！便連「兜率火」放出，與佛家慧光連成一片，在裡面打起坐來。不問來勢如何，一併付諸不聞不見。英瓊二寶本與元神相合，隨心運用，動念即生妙用。

第三回
環中世界 三世情孽

英瓊心念一動，那三朵靈焰已然與「定珠」聯合。南公只見一朵紫色燈花突在慧光中出現，晃眼化為一片紫色祥焰飛出慧光層外，彷彿一朵丈許大的紫焰上面托著一團佛家慧光，光中裹著一個白衣少女，雙目垂簾，安然趺坐，端的神態萬方，妙相莊嚴，好看已極！

丌南公見狀大驚，想不到一個後進少女竟有這高功力！雙方雖是仇敵，到底修道多年，與別的旁門左道不同，見此情勢，也由不得心生讚許，認為從來所無！英瓊自從靈焰飛起以後，便覺四外壓力奇熱，重又暴漲，恢復原狀，這才醒悟方才原是幻境，經此一來，越發小心，專一運用玄功，哪敢絲毫疏忽！到了後來，覺著心有敵人，仍是有相之法，出於強制，故此覺到壓力奇熱未退，於是便把安危一切置之度外，一味潛神定慮，回光內燭，等到由定生明，神與天合，立時表裡空靈，神儀分外瑩澈，一切恐怖罣礙立歸虛無，哪還感覺到絲毫痛苦！

丌南公見她寶相外宣，神光內映，「定珠」與本身元神合為一體，上面慧光照頂，靈霞耀空，下面紫焰護身，祥輝匝地。那「五指神峰」所化形如山嶽的光幢，相形減色，內層並現出一個兩三丈高的空洞，相隔五六尺便難迫進！知道敵人初悟玄機，還不知儘量發揮，否則就此衝出也難她不住，不禁又急又怒！

南公因昔年長眉真人手下兩敗之仇，費盡心力煉了兩件顛倒乾坤、震撼宇宙的左道至寶，打算最後一拼。不料法寶尚未煉成，門人先自多事，只說區區無名後輩，何堪一擊，手到可以成功，誰知這等厲害！越想越恨。於是變計先往幻波池破「五行仙遁」，便將身旁法寶「如意七情障」取出向空一揚，立有一圈七色彩光合成的彩幕籠向神峰光幢之外。

南公尚恐英瓊法寶神奇，光幢阻她不住，自己一走，出與門人為難，特意留下一個幻影方始走去。癩姑藏身仙陣之內，見一條人影電也似急往池中飛去，如非仙陣中設有照形仙法，絕看不出。就這樣，也只查看一點極輕微的淡影，一瞥不見。再看所留幻相，與本身一般無二，照樣具有神通，暗忖老怪物連經天劫，幾成不死之身，真有通天徹地之能，旋乾轉坤之妙！

癩姑忙用傳聲向諸男女同門警告，萬萬不可輕舉妄動，以英瓊法力法寶之高，尚非其敵，別人出來，平白吃虧，不死必傷，決占不到絲毫便宜！話剛說完，忽聽有人接口說道：「癩師姊，休這等說。我和陳哥哥不是你們約來，也不在你所限範圍之內，你不用管！」

癩姑聽出是李洪口音，忙用傳聲急呼：「洪弟與陳道友法力雖高，仍不可造次輕敵。休說別的，我幻波池仙景如被老怪物毀損，也是冤枉！」

李洪笑答：「我們如非防他毀損仙府，還不多這事呢，包你沒事！我來時有幾位老前輩暗助，連人都請了來，你們自看不見罷了！」

李洪說完，癩姑便見對面八妖徒身後，現出七個老者，都是貌相清奇，長髯飄胸，穿著多半破舊，卻甚整潔，高矮不一，一個個仙風道骨，飄然有出塵之致，手上各拿著一串佛珠，穿的卻是道裝。

內中一個貌本清癯的黑鬚老者，手掐訣印，由中指上發出一片淡得幾非目力所能查見的青色祥輝，將人籠罩在內，好似特意現與癩姑觀看，只閃得一閃，便即隱去。只見一大團青光，輕煙電捲，往幻波池中飛墮，由此更無形聲，問也不再回答。最奇是對面妖徒無一弱者，大隊敵人就在身後現形，由身側飛過，竟未覺察！

癩姑看這七個老者法力行輩必高，待不一會，便聽易靜由幻波池底傳聲，說老怪物已在池中現身，雙方約定，先破五遁，三日無功便即收兵回去。

現剛開始破那「五行仙遁」，癩姑自己暗以全力運用總圖，再將「五行仙遁」正反合用。癩姑方自尋思七老人的來歷，忽聽池底傳來風雷烈火之聲，知道雙方鬥法正急。待了半日，盧嫗神簪又在傳聲，說另有強敵乘機來犯，敵人乃是九烈老怪夫婦，因和火旡害多年深仇，近聞月兒島火海脫困，到處搜尋，日前才知被困靜瓊谷內。當年如非火旡害將他一部修煉未完的魔經燒去，早成不死之身，連愛子黑丑也可保全，這才決計來此尋仇。

至於火旡害已拜余英男為師一事，盧嫗用仙法顛倒陰陽，九烈神君法力雖高，也未算出！此來必傾全力以赴。癩姑見多識廣，知道九烈老怪道力雖不如丌南公，所煉邪法異寶俱非尋常，尤其是自從煉成後，共只在青環谷與蒼虛道人鬥法用過一次，並未再用的獨門「子母秘魔雷」，威力猛烈，無與倫比，便用「太乙五煙羅」防護也必被震破，別的法寶，更不必說。只有英瓊新得的「紫清神焰兜率火」，和金蟬、朱文的「天心雙環」合璧並用才能破去！

癩姑接到盧嫗傳聲示警，忙又警戒眾同門小心應付。這時上面除英瓊被困「五指神峰」之下而外，暫時安靜，幻波池仙府敵我相持，已鬧得河翻海轉！原來南公往幻波池中飛去，本意破那「五行仙遁」，能將敵人擒去幾個更好，否則尋到寶庫，將藏珍「毒龍丸」取回山去，拼著再用一年苦功，將愛徒沙紅燕醫治復元。

丌南公一進幻波池，欲仗玄功變化，把金、木、水、火、土五宮威力全都觀察清楚，探明虛實，一舉成功。哪知剛由木宮走到金宮，見所行之處乃是一條極長甬道，四邊壇上戈矛縱橫，刀箭如林，似畫非畫，精光閃閃，隱現明滅，何止千萬！

丌南公看出「五行仙遁」已全發動，此是入口，人到了裡面，立生感應，發出無限威力。幸而擅長玄功變化，深悉五行生剋感應之妙，仍隱形飛入。丌南公的法力也實真高，「五行仙遁」照例外人入內立生感應，引發威力，裡面更是千門萬戶，隨人心念變幻無方，竟被深入重地，毫未觸動埋伏！主持仙遁的人也僅在他初入洞門觸動頭層禁網時稍為有一點警覺，以後便不知人往何處。

易靜深知來人厲害，把師父寶鏡交與上官紅，令其飛行各宮往來查看，簡直不見敵人形影。後來上官紅由火、土二宮巡查過來，方始警覺。同時丌南公剛把甬道走完，見前面乃是一間廣大洞室，除上下四外洞壁上隱現出各種刀、矛、戈、箭而外，當中還有一數尺方圓的法臺，上面凌空懸著一把金戈。

丌南公本想由當地轉往北洞水宮，得便先破靈泉水源，沒想就此發難，上官紅恰由暗中趕到，正用寶鏡沿途查看。剛到金宮，便看出一幢淡微微的青光，中有一人，不住飛騰閃變，時大時小，有時竟縮成尺許長短，滿室飛翔。五行各宮重地除四壁上下五行光影而外，尚有無數隱去形跡的金刀、大木、烈火、水柱、沙堆，各按陣法棋布星羅，上下林列，疏密相間，最窄處空隙只三數寸，丌南公竟似深悉微妙，穿行直若無事，不禁大驚，忙用傳聲告警，正在準備自將仙陣移動，丌南公已快達水宮入口。

一到水宮入口處，丌南公心念一動，想把金宮法物就手破去，給敵人看點顏色，揚手彈出一點火星，朝那虛懸法壇的金戈飛去。此係丌南公千餘年苦功所煉純陽真火，以前曾仗抵禦天劫，以為真火剋金，十九可以破去。哪知火星飛到法壇之上，還未挨近，壇上金戈忽變虛影，電也似急連閃兩閃，金戈不見。那團真火看似豆大，但是威力強烈，任何堅厚之物，便西方太白元金所煉法寶，挨著也必熔化消滅。人與法壇相隔只有丈許，去勢又極神速，照理連眨眼的功夫都不會有，便要發生威力。

不知怎的真火飛到法臺前面，只管作出向前飛射之勢，相隔二三尺，竟會打不到！丌南公料知上當，仍然有恃無恐，揚手一招將真火收回。就這轉眼之間，法臺不見，同時風雷大作，上下四外的刀矛戈箭之類的兵器，突然一齊飛動。面前精光電射，突又現出億萬金刀火箭，一齊夾攻而至，全身立陷在刀山箭海之中，風雷怒鬨，形勢驟變，上不見天，下不見地，四外無邊無涯是這類奇亮如電的各種金光銀光佈滿，全身立被緊緊裹住，難於衝突！

丌南公如非法力高強，身有寶光防護，當時便遭慘死！戈矛刀劍互相磨擦撞，生生不已，越聚越多，一會發射出億萬火星，隨同那無數火箭，暴雨一般環身射來。知道敵人正在暗中運用，已將「庚金神雷」一齊施威。耳聽雷鳴風吼，烈焰燒空，雜以萬木搖風金沙怒鳴之聲，宛如海嘯山崩，遠近相應，潮湧而來。一時性起，取法寶就地一擲，立有一團碧陰陰的光華翠晶也似飛出。

那光華初發時大只如杯，脫手暴漲成畝許大小，四圍刀箭戈矛被蕩開。庚金真氣受了反激，無量金刀火箭排山倒海一般猛壓上去。翠球四外受壓，不再暴漲，兩下相持，發出一種極強烈的金石相擊之聲，震若密雷，勢甚驚人。上官紅一面用寶鏡查看，一面傳聲告知易靜。

易靜因丌南公一入幻波池便用言語相激，激得丌南公答應以三日為期，破去五遁，不然則自行離去，所以一意想將丌南公困上三日，以竟全功。不知丌南公法力高強，既敢答應，原有破遁之法，準備停當，立時發動。將手一指，那畝許大的翠球突然爆炸，震天價一個大霹靂過處，四外密結的刀箭戈矛竟被這一震之威盪退出好幾丈！丌南公就勢放起一幢青色濃煙，人在其中，卻不現形。

翠球震破之後，化為千百道翠色煙光，細才如指，潮湧而上，只聽一大串連珠霹靂之聲，化為許多與先前同樣大小的翠球，全是晃眼暴漲。隨著上下四外的金刀火箭環攻，為數不下千百。宛如一片金山銀海之中，擁著無數大小晶瑩透明的青陽碧月，互相映射，精芒萬道，頓成奇觀。庚金真氣的威力竟被化整為零！

丌南公得意微笑，突將光幢縮小，四外刀箭戈矛雖然湧壓上去，因抗力均在那千百翠球之上，互相牽制，相持不下。丌南公身外壓力自大減退，隨即施展玄功變化，在光幢包圍之下，由刀山箭海之中化為尺許長一個小人影子穿行過去！

上官紅看出敵人深明陣法，所行正是金宮中樞要地，知其想破金宮法物。敵人神通廣大，一個不巧，仙府靈景為其所毀！心方驚疑，傳聲急呼，請師父留意。易靜因對方隱形神妙，只見金宮已被翠球佈滿，看不出敵人形跡。有心五行合運，又恐敵人太強，萬一震山壞嶽，引起浩劫，如何是好？老想耐得一時是一時，不到萬不得已不輕發動。正以全力主持總圖，一面暗告上官紅，令用寶鏡查看敵人行動，隨時報警。

師徒二人正擔心事，忽見丌南公現身光海之中，身又長大復原。乘著四外刀箭戈矛一湧齊上之際，突然雙手一搓，往外連彈，立有無數前見銀色火星朝前射去。那麼神奇的庚金真氣所化各種刀箭，吃真火彈將上去，紛紛消熔。雖然隨滅隨生，越聚越多，那火星也由少而多，化生千萬，四外激射。

正在此時，前面黑影一閃，突有一座墨綠色玉碑，湧現於刀山箭雨、金銀光海之中。上面射出一蓬墨色光雨，好似具有極大吸力，丌南公所發千萬點火星，突作一窩蜂，暴雨一般往碑上射去，當時消滅。碑中心另有一道符籙，龍蛇電掣閃得一閃，飛起一片黑光，朝丌南公當頭罩下！

丌南公見狀大怒，左肩一搖，立有一枝七寸來長，前有五彩星雨的碧色飛箭朝前射來，「波」的一聲大震，飛箭神碑消滅無蹤，那上下四外的刀山箭雨，萬丈光芒，也自一閃不見，仍舊恢復原狀。

那神碑乃是幻波池中「五行仙遁」以外，聖姑百年前預伏的神碑禁制。碑箭同時失蹤，金刀全隱，連那無數翠球也同消滅，兩下對消，同歸於盡，「庚金仙遁」雖被破去，也痛惜所失至寶！

當下丌南公正自又驚又怒，忽聽得有人嘻笑之聲傳來，聽出是自己來前，和自己遙空對答的孩童口音，暗罵「小狗該死」，一面猛下毒手，右手一伸，立有五股罡氣朝發聲之處射去。丌南公為方今旁門散仙中第一流人物，修煉年久，除有十二件著名的法寶外，更煉就獨門「乾天罡煞」之氣。這類邪法一經施為，只要聽出敵人絲毫形聲，五指罡氣所到之處，一任對方長於隱遁，無不應手成擒，當時粉碎！

哪知五股罡氣剛射到壁上，連轉念都不容的當兒，心靈上忽起警兆，暗中具有一種不可思議強大阻力！心中一驚，正自定睛查看，三環佛光夾著兩道精虹已電掣飛來，一入眼便認出是佛門至寶「如意金環」和前古奇珍「斷玉鉤」，不敢輕視，運用玄功，化出一道青光，電也似急往側飛去。同時怒喝一聲，雙肩一搖，全身立有奇光湧現，晃眼人便成了一座光幢，高約兩丈，粗約丈許，光焰奇強，照得全洞都變了碧色。

丌南公人在其中，手掐法訣，伸手一彈，立有五串火星向前飛射而出，這是他苦煉多年的「乾罡神雷」，威力甚大。全洞立被雷火佈滿，「轟隆」之聲密如萬鼓急擂，震得山搖地動！如非易靜防護嚴密，禁制重重，又有七位異人暗用佛法相助，仙府必被震毀無疑！李洪雖然淘氣，也知丌南公法力非同小可，這次他約來的七位異人，正是麗山七老。七老在皈依佛法之後，法力更高，隱形相助，李洪才敢冒險用法寶攻向丌南公，此際丌南公「乾罡神雷」一發，李洪隱形立破，神雷威勢太猛，李洪也大為心驚，不敢托大，立將新得的佛門至寶「金蓮神座」放起。

那西方「金蓮神座」乃是一朵大約丈許的千葉蓮花，擁著一個形如蒲團的寶座，四外蓮瓣尖上齊放毫光往上飛射，七面更有一圈佛光，花雨繽紛飛舞而下，兩下一合，恰將全身護住。那萬千團雷火只管紛紛爆炸，四外攻打，近前便即消滅，蓮瓣也未搖動一下。雷山火海中一朵金蓮，越顯得光焰萬道，瑞彩千條。

丌南公畢竟功力高深，與尋常左道妖邪不同。見李洪在「金蓮寶座」之上，根骨超群，所用法寶全是仙、佛兩門奇珍，威力絕大。此是庚金重地，自從神碑出現，陣法忽收，便未再現，好些可疑！想到這裡，細一查看，就這萬雷爆發，蓮座湧現，轉眼之間，當地已變了形勢。上下四外，一片混茫，竟不能看到邊際！

那雷火看似猛烈，震撼全洞，但也只有環繞「金蓮寶座」四外的一片，此外便是黑沉沉望不到底，微聞波濤之聲隱隱傳來，才知敵人竟在不知不覺之中轉動陣法，將自己由金宮移往北洞水宮以內！丌南公知道敵人身在「金蓮寶座」之上，任何法寶均攻不進，一時情急，剛要發動「太戊玄陰斬魂攝形大法」一試，眼前佛光一閃，敵人連那千葉金蓮花忽全隱去。緊跟著波濤之聲突然大盛，駭浪怒鳴，飆風突起。同時眼前一暗，突現出千百根水柱，電旋星飛急擁而至，前發神雷竟被消滅！風濤之聲宛如地震海嘯，猛烈異常。先是一根根的白影，帶著極大的壓力，互相擠軋，忽然一撞，便是霹靂爆發！黑影中又有水柱電一般衝起，初現細才如指，晃眼急旋暴漲，上與天接，四外環繞那麼多而又亮的水柱晶林。

天色偏是黑暗如漆，密密層層，空具慧目法眼，竟不能透視多遠，那壓力也逐漸加增。上下兩面更有灰白色的光雲壓上來。以為身陷北洞下層癸水陣內，先還想用專破五遁的幾件法寶取勝擒敵，及至取寶一試，滿擬戊土精氣所煉至寶能剋癸水，哪知易靜倒轉禁制，已將他移往「聖姑」伽因昔年遺留的「小須彌境、環中世界」禁圈以內，再把「五行仙遁」正反相生逆行合運，發揮全力，那是全幻波池最厲害的禁地，比五宮還要厲害！

丌南公戊土之寶剛化為一片黃雲，夾著萬點金星往那水柱叢中打去，一片青霞電閃而過，水柱不見，上下四外仍是暗沉沉的。剛看出五遁逆行，反生乙木來剋戊土，未及收回，暗影中突又出現一圈青濛濛的光氣，才一入眼，大片黃雲金星便似萬流歸壑，只一閃便被收去，一齊不見！

緊跟著紅光驟亮，四外又成了一片火海。當此突然轉變之間，雖仗護身法寶神妙，驟出不意，也幾乎禁受不住，差一點沒將寶光震散，不禁又驚又怒！

似這樣五行化生，轉變無常，丌南公窮於應付，光陰易過，一晃便是兩三天。到了第三日上，聖姑遺留的禁制漸漸消解，方始驚覺，運用玄機暗中推算，才知中了敵人圈套，故意相持，使其無功而退！丌南公暗忖多年盛名，親下山與幾個無名後輩為敵，已是貽人口實，再要無功而退，並還傷人折寶，豈不難堪！尤其鎮山至寶「滅神坊」現落人手，除卻勝後奪回，便敵人自甘送還，也不能要！時限又是快到，看眼前形勢，直無勝理。越想越恨，怒火燒心，反正「青陽神柱」防身之下，五遁威力雖大，並攔阻不了自己，何不運用玄功變化，穿行各洞，深入內層，能將總圖破去更好，否則便施殺手，傷得一個是一個！

這時金刀、烈火、巨木、驚波、黃沙、風雷夾著大片五行神雷交相應合，變化無窮。丌南公守立不動還好一些，稍一施為，聲勢猛烈，丌南公修道千餘年，也是初次遇到，厲聲大喝道：「峨嵋鼠輩，再藏頭不出，我便要衝進來了！」說時聲如巨雷，自覺這類巨靈神叱裂石崩山，如無仙法，連這洞府也要震塌！正要衝將出去，眼前倏地一花，所有「五行仙遁」一齊停止，面前突然出現一條長圓形的甬道，內裡黃雲隱隱，兩邊壁上，風沙流捲，時隱時現。

丌南公全力施為，催動遁光往前衝去，戊土禁制已被引發。只見黃雲萬丈，土火星飛，颶風暴發，神雷大震。丌南公並未放在心上，連人帶寶化成一道青色火氣，疾如流星，往黃雲塵海之中電馳衝去。雖覺阻力甚強，未生別的變化。

經了好些時才把土宮走完，轉入南洞火宮。仍和開頭一樣，先現甬道，走完到達中樞陣地，最後轉往別宮。似這樣將近大半日才把五宮走完，丌南公因知幻波池仙府經聖姑多年苦心佈置，最重要的所在除北洞下層癸水靈泉發源之所而外，尚有靈寢五行殿、十二金屏以及中宮後殿金門寶庫所在。全洞秘徑宛如人的臟腑脈絡，上下盤旋三千七百餘丈，外由「五行仙遁」封閉，只把五遁一破，便可直入奧區，報仇取寶。

等把五宮走完，猛想起時限將到，怒吼一聲，正待以全力穿山破壁朝裡硬衝，眼前倏地一暗，光影變滅，其疾如電，五遁齊收。當地乃是一片十丈方圓的圓形洞室，上下四外空無所有，只離地三數丈現出「小須彌境環中世界」八個金光古篆，一瞥即隱。地上有四五丈大的一個圓圈，內畫五遁神符，自己連人帶寶立在當中！

南公這一驚真非同小可，才自愧憤交加，忽又見李洪現身出來。南公知對方公然出現，必有所恃，先不發動，表面冷笑，暗中行法。猛揚手飛起一圈接一圈的五彩雲旋，電一般朝人飛去。

這類「玄陰太戊攝神」之法，最是陰毒，多高法力的人，只朝彩圈一對面，元神立被攝去。誰知彩圈剛一飛起，李洪身後忽有七個貌相清奇，手持念珠的老人突然出現，各用大中二指，往外一彈，也未見有寶光飛出，「波波」連聲，所有彩圈全被震散！

彩圈一散，李洪便向前逃去，七老身形也隱。丌南公怒極，急起追趕，相隔也只數丈遠近，只追不上。晃眼追出老遠，眼前突有一片銀霞閃過，身已落在一片銀色光海之內。四外空空，並無阻力，只一任飛向何方，用盡神通，找不出一點途向。光濤萬丈，雖不傷人，也無法將其消滅，這等情勢，從來未見，連用幾次法寶想將銀光震散，並無用處，又推算不出底細。

一會便聽門人厲聲咒罵，中間雜有先來的仵氏弟兄口音，好似全被敵人困住神氣。心想身在幻波池深處，相隔門人甚遠，如何會在對面？心中奇怪，用本身傳音一問，眾妖徒答說：「在上面等候了三日夜不見師父出來，忽見一片青霞擁著仵氏兄弟，由一小紅人押了前來，說了幾句難聽的話，和一少女往側面隱去。因見仵氏弟兄尚為青霞所困，知是『乙木遁法』，方欲解破，剛一出手，青霞忽隱，飛起一蓬青絲，將弟子等籠罩在內，用盡方法不能脫身！」

丌南公一聽兩地相隔甚近，知被敵人由幻波池引了上來，不知是甚陣法，怎會衝不出去！只得命門人暗中傳聲呼應，以便朝那發聲之處衝去。滿擬飛行神速，比電還快，只查明方向，朝前硬衝，一任陣法倒轉多快，怎麼也能衝出光海之外，誰知還是無用！丌南公法力再高，一時之間，也想不到此際他身陷大荒二老之一，南星原女仙盧嫗所設的仙陣之中。盧嫗得道千年，和丌南公原是一樣法力，但是制了先機，自然佔了極大便宜。

當下丌南公急怒攻心，莫可如何，忽聽左近有一幼童叫道：「大姊把師父新得的法寶偷出來玩，我們拜師才得幾天，就這樣淘氣，如何這等大膽！又偷試陣法，小心師父知道！」

另一女童答道：「我原是閒中無事試著玩的，不料會有一人困入陣內，我怕他告知師父，不敢放他出去，再說陣法又未記全，如何是好？」另一女童嬌聲笑道：「這陣法我倒會收，就怕被困的人向師父告發，這頓打怎受得了？等我和他商量一下，你看如何？」

丌南公先受麗山七老佛法禁制，這時又為盧嫗仙法所迷，明知已落下風，正自驚怒，面前人影一晃，現出一個女童，見面便笑道：「你這人哪裡來的？先不要動，有南星原盧太婆相助，你也傷我不了。你被『吸星神簪』寶光制住，一輩子也逃不去，豈不冤枉？等我和你商量如何？」

丌南公見那女童年約十二、三歲，頭臉手背全部浮腫，滿是紫痂，疙瘩隆起，乍看奇醜，搖頭晃腦，神態滑稽。細一注視，果然年幼無甚道力，但根骨之佳，從來少見。便那本身也是一個極靈秀的美人胚子，只為身是異胎，身上還有一層浮皮未褪。心生憐愛，暗忖莫怪峨嵋勢盛，連第三代門人也是這等根骨，今日已成敗勢，何況東極大荒兩老怪物均是昔年對頭，事前未經細算，被人暗布圈套制了先機，還有何說！既是這樣，倒不如就此下臺，等法寶煉成再尋敵人師徒一拼，顯得來去光明！

丌南公心念一動，便笑答道：「你這女孩叫什麼名字？不必害怕，我便是你師父的對頭丌南公，今日既有盧嫗老賊婆行法暗算，老夫中計，已然認輸，遲早我自會去尋她。我自從隱居落伽山以來，常人決難見我一面，今日與你總算有緣，你本一身仙骨，你師父未必有此法力為你解去這層附身醜皮，我可代你去掉。我既知老賊婆鬧鬼，便有對敵之法，你奉命在此佈陣，也不怪你。事完只管加功施為，無須開放門戶，自會出陣，你意如何？」

這醜女童正是竺笙。當丌南公說時，乃師癩姑聽出對她口氣甚好，早就暗中傳聲教了幾句。竺笙聽完立即大喜道：「我知老前輩早變了好人，此來只是受激，出於無奈。小女子竺笙，還有一姊一弟，他們巧服仙草，早已由醜變美，只我還是醜八怪，蒙你老人家開恩，將這附身臭皮去掉，感謝不盡！」

丌南公笑道：「此來本為與兩個門人報仇，不料為人暗算，反倒作成了你。雖然此仇必報，但我向無反顧，不會再來，命你師長將來往凝碧崖等我便了！」說罷，把手一指，立有一股青氣將竺笙全身包沒。只覺奇熱難耐，強自鎮定，面無難色。丌南公笑道：「想不到你竟有此膽力靈智！」隨說用手一招，竺笙頭臉背腿和胸前所附浮皮忽全離身而起，化為幾縷輕煙消滅，奇臭難聞，人便瘦了許多，貌相驟變，美秀非常。

丌南公笑說：「你們快去施為，那枝鐵簪還難不倒我。」竺笙忽然下拜道：「小女子受老前輩脫胎換形之德，無以為報，你那鎮山之寶『落神坊』被家師收來賜與弟子，現想奉還原主，略表寸心，請收回去罷！」

丌南公匆促間不知癩姑仗著盧嫗仙法隱蔽，暗中遞與竺笙。見她剛拜謝完，手上忽然多了一件法寶，正是已死愛徒伍常山失去之寶！憑著自己身分法力，心靈相合的鎮山之寶被敵人收去，落在一個毫無法力的女童手中，如何能向其取回？

丌南公再朝竺笙細看了一眼，猛一動念，笑道：「你雖受人指教來向我行詐，我實愛你根骨靈秀，索性轉賜與你也好。但此寶威力太大，不可妄用，好自修為，老夫去也！」話剛說完，未及施為，癩姑突將仙陣收去，帶了竺氏姊弟和上官紅一同現身。

丌南公一眼瞥見門人尚被青絲籠罩，就在對面不遠，李英瓊也在「五指神峰」光幢籠罩之下，經過三日夜，頭上慧光越發明朗，下面紫色祥焰更顯光輝，「七情障」所化彩虹柔絲環繞神峰之外，與敵人寶光相映，反倒減色！再見癩姑師徒五人雖然美醜不一，均是極好根骨。同時，對敵的幼童也出現，將手微招，便將那大蓬青絲收去。

丌南公知對方不等自己破法，便將仙陣法寶撤去，分明是有意奚落。於是更不發話，微微一笑，青光微閃，人便到了八妖童所附彩雲之上。手微一招，師徒十一人立被彩雲擁起。先前那道形似垂天長虹的青色光氣重又出現，直向遙天拋射過去。彩雲之上依舊鼓樂仙音，簫韶並奏，晃眼直上天中，餘音尚自蕩漾遙空，青虹已隱，端的比電還快！英瓊也自起立，眾人相見說起前情，俱說莫怪人言丌南公與別的左道旁門不同。果然言行如一，來去光明！

上官紅因竺氏姊弟尚未拜見各位尊長同門，正代分別引見。英瓊側顧嶺上諸人只余英男師徒和袁星神鵰未來，剛開口一問，癩姑因愛徒化醜為妍，心頗歡喜，頓忘盧嫗之戒，聞言忙把前事朝英瓊一說。英瓊惟恐英男吃了九烈神君的虧，話一聽完便匆匆先往靜瓊谷中飛去。

陳岩本來要走，被李洪強行拉住，剛談起麗山七老暗助經過，忽聽靜瓊谷內一聲極悶啞的雷震，一道紅光裹著火旡害破空直上，電也似急往依還嶺右側高峰上飛去，一閃不見。隨聽厲嘯之聲起自谷中，一片黑色妖雲突然向空激射，中裹兩個貌相醜怪的男女妖人，谷中禁制竟攔他不住，也不知先前怎麼來的！一到空中立即展布開來，晃眼便似狂濤蔽空，天都遮黑了大半邊，疾如奔馬朝火旡害電馳追去。英瓊、英男同了鵰猿各縱遁光，尾隨在後急追過去！

陳岩本還不想回幻波池，李洪因聽癩姑用本門傳聲暗中叮囑，再四強勸。陳岩笑道：「洪弟，我知你受人之托而來，並非我固執成見，你去問她，我雖歷劫三生，並未一日相忘，但她始終棄我如遺！最使人不無介介的，她與幻波池前主人伽因道友昔年瑜亮並生，丰神美豔，迴絕仙凡。為了不願見我，連元神也煉成這等醜態，尚有什麼故人情分麼？」

癩姑知道易靜前生名叫白幽女，與聖姑同時美豔齊名，後來轉世拜在一真大師門下，為了嫉惡太甚，致受邪魔忌恨，最後傷了兩個魔女，被赤身教祖擒去慘殺，幸得各位師長解救，元神未遭毒手，經一真大師用法力凝煉元神，又為引進到妙一夫人門下。因是元神煉成，形如童嬰，平日覺她兩生均負豔名，何以元神煉得如此醜怪？每一問起總是悯然若失，似有隱情不肯洩漏。這時一聽，才知她與陳岩還有好些淵源因果！

癩姑一面暗思，一面堅要陳岩人幻波池去一行。眾人隨同癩姑飛入，到了中樞，見了易靜，滿臉均是久別重逢傷感之容。易靜也將一雙眼注定陳岩，二人同是隱蘊無限深情！癩姑暗忖情之一字，真個誤人不淺。我雖不知這兩人的遇合經過，即以目前而論，哪一個不是仙根仙骨，道法高深，卻對前生情侶如此留戀！妙在是易姊姊劫後元神小若童嬰，已變得如此醜怪瘦小，對方全不以此為意，彷佛看她仍是前生那樣國色天香。便易姊姊平日那麼言笑不苟，神態莊嚴的人，此時也會是這等情景！她將來明是天仙中人，偏口口聲聲說是甘願作一個散仙比較逍遙自在，自己還代她可惜，原來還有一個三生情侶等他同遂心盟呢！

癩姑心正尋思，易靜已自覺察，笑道：「二妹，我的事也不瞞人，這位陳道友前生姓名為桓玉，隱居在東川壽王峰，本我三生良友，為了一念情癡，幾於兩誤，我和他劫後重逢，尚有許多話說，請你代我主持片刻如何？」癩姑知她除自己同門深交，小師弟李洪又是陳岩良友，無避忌而外，餘人全不願使預聞，便含笑示意各人離去。

易靜才下法壇，陳岩便撲上前去互相執手呆立，都是目有淚光，一句話也說不出來。後來還是李洪在旁笑道：「陳哥哥和易姊姊已是神仙一流，何苦這樣情重！」

陳岩嘆道：「洪弟你哪知道！我不是她也未必能有今日，可是這歷劫三生，思念之苦也夠受了。家師由地仙修到天仙，本意帶我一同飛升，也為愚兄癡心太甚，甘受師責，非要與她合籍雙修，不肯甘休。後來我因轉劫兩世，受盡艱危，功力雖然精進，她卻始終避我如仇，連面都見不到！她本天仙化人，為了想修仙業，恐我糾纏，到了今生，將前生容貌毀去。以為我愛她美貌，所以糾纏，故意變成這樣醜怪，使我灰心絕望！」

易靜聞言接口笑答：「玉弟此時當知我的苦心了，遲早仍還你一個白幽女如何？」陳岩喜道：「當真的麼？不怕洪弟與癩道友見笑，我雖修煉多年，仍不免於童心，和洪弟一樣言動天真，自覺尚還靈秀，易姊姊偏毀了芳容，正想易姊姊如允雙修，也將容貌毀去，好和她配對呢！」易靜忍不住伸手朝陳岩頭上指了一下，笑道：「癡子，難為你多年修為，還改不了老脾氣！」

癩姑見陳岩看去只十來歲年紀，神情既極天真，語氣又是那等癡法，忍不住笑了起來。陳岩笑道：「癩姊姊笑我臉老麼？」癩姑笑說：「不敢！」陳岩又道：「我歷劫三生，本是為她一人，便笑我也不怕！」隨問：「易姊姊何時恢復昔年容光？」易靜方在笑答：「你才說重人而不重貌，如何又對此事關心呢？」語聲才住，猛瞥見總圖上金雲電漩，光焰潮飛，知有自己人衝禁而入，為神泥所化佛光所阻。

易靜原防別的同門進來說話不便，特以神泥封閉土宮，免其闖進。一聽癩姑說是英瓊，忙即飛身上壇，剛要行法撤禁，英瓊已在「定珠」慧光籠罩之下衝了進來，見面笑說：「九烈老怪夫婦剛被我們趕走，不料又來一人，指名要易姊出見，不似有甚惡意，神情好似海外散仙，又非左道妖邪一流，法力頗高。初見頗為謙和，本想引入外洞相見，神鵰忽用鳥語急嘯，說來人不是善類，最好向易姊姊問過再說。如今金、石二弟和朱師姊他們均在上面守候，特來告知。」易靜聞言朝陳岩看了一眼，陳岩把臉一繃，氣道：「這廝又想欺負你麼？」癩姑笑說：「二位劫後重逢，且先談上一會，我看看去。」說完大頭一晃，人便無蹤。

英瓊又道：「那人決非庸流，因眾人向其盤問，面有不快之容，袁星再把神鵰之言用本門傳聲暗告眾人，石完聽袁星說來人是易姊姊的對頭，在旁插口，語多無禮。問他姓名來歷又不肯說，也許早動了手。癩姊姊此去必有事故，待妹子前往相助如何？」說時陳岩、李洪兩次要走，均被易靜強行阻止。英瓊剛把話說完，易靜忙攔道：「瓊妹不可與來人一般見識，請代我用傳聲勸住眾同門，我自前往會他！」

陳岩聞言似更不快，接口說道：「姊姊你還要見此人麼？」

易靜聞言臉上一紅，笑道：「我與此人早就情斷義絕，但他專為尋我而來，如不往見，必不肯去。衆同門又均氣盛喜事，一句說僵，非動武不可。此人雖然心狠狡詐，自近百年隱居海外以來，早已斂跡不再為惡。他雖無義，決不願由我二人身上使其敗亡，何必與他一般見識？」

陳岩道：「話雖如此，但他多年修煉，交遊甚多，正邪各派都有，你連經三劫，前後師長都是道法高深，冠冕群倫，近又奉命開府幻波池，得了聖姑珍藏，功力大進，斷無不知之理，竟敢孤身一人登門尋事，不是煉有邪法異寶，有恃無恐，便有大援在後，你一時姑息，必留後患，轉不如就此將他除去，省事得多！」

易靜微惱道：「玉弟，你怎會說出這樣話來！也不替我想想。」

陳岩笑道：「我如非此人作梗，怎會受這三生數百年相思之苦！想起最前生，他視我如仇，忘恩負義，卻又對你那等情薄心狠！後知白幽女是你轉世，欲以貞女成道，雙方情義早斷，依然苦纏不休，百計暗算，到了今生還是不肯放鬆。久聞他機智深沉，處心積慮已有多年，對我仇恨尚淺，對你曾有不能並立之言，可惡已極！我說此話，並非真要由我二人手內殺他。只不願你和他再見，你如不去，我便甘休，否則休怪我狠！」

英瓊見易靜滿臉均是愁慮之容，知她性情剛直，素不怯敵，連丌南公也都從容應付，怎對一無名散仙如此顧慮？以為來人法力真高，想再請命出視，相機行事，易靜笑道：「玉弟，怎連這點事都不通商麼？」

李洪笑說：「我雖不知你二人的事，但是來人如真橫不講理，莫非怕他不成？易師姊不令動手，陳哥哥又不令易師姊出去，來人決不肯退，如何是個了局！依我之見，就讓易師姊與他一見，講理便罷，如不講理，不問事情如何，敢來幻波池擾鬧，便要給他一個厲害！」

話未說完，易靜好似吃了一驚，忙把新撤收的「五行仙遁」重又復原，隨聽長嘯之聲由嶺上傳來，忙道：「玉弟、洪弟，千萬不可動手，待我和他說幾句話，遣走再說！」說罷，將總圖用身旁法寶暫行護住，隨縱遁光匆匆飛出。英瓊見易靜雖將「五行仙遁」發動，比起先前應敵時威力要差得多，並將五行分化，不令合運逆行。照這樣僅憑各宮本身威力，只要來人明白五行生剋、各宮步位，即使人伏被困，仍能自保，分明是怕人受傷故意如此！一時好奇，也縱遁光而去。

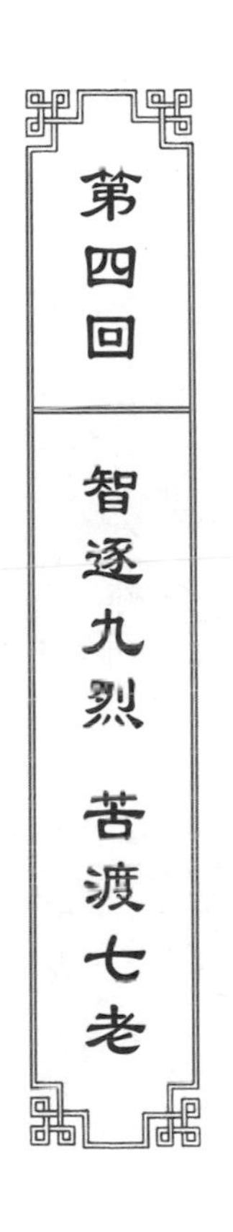

剛到外洞，便見前面黃塵高湧，風沙瀰漫，煙光濃霧之中，有一道人駕著一道遁光衝將進來。雖被陷入戊土遁內，依然朝前猛衝。固然易靜恐傷來人，戊土威力未全發揮，似此光焰萬道，颶風怒鳴，黃塵如海，中雜無數戊土神雷紛紛爆炸，威力也非常尋常。那道人正是先前指名索見的無名怪客，竟絲毫不以為意！照來人法力之高，直非被其衝破不可！方覺果非尋常，易靜已與來人對面。同時耳聽眾聲呼叱，前面塵海中，又飛來十來道遁光。

當頭一隻玉虎，周身毫光如雨，銀芒電射，頭上一座山形金光，中擁三人，正是金蟬、朱文、石生帶了錢萊、石完、李健、韓玄、沙佘、米佘等六小弟子，和英男、俞巒諸人一同電馳飛進。錢萊、石完同在「太乙青靈鎧」所化一幢青熒熒的冷光籠罩之下搶向前面，同聲大喝：「好個狡猾妖道，口出狂言，敢用障眼法欺人，妄入仙府，今日教你來得去不得！」話未說完，石完揚手便是七、八團「石火神雷」連珠打出！

易靜搶向金蟬等前面，大喝：「二位師侄不可動手！」那一連串的「石火神雷」已先爆發。易靜見狀大驚，不及阻止，揚手飛出一片中具兩個乾卦的鏡光想將神雷收去。說時遲，那時快，金蟬、朱文「天心雙環」合璧飛出，易靜「六陽神火鑑」的寶光立被盪退。道人一味向前猛衝，見了易靜，正想下手，不料上面敵人來勢這快！先為神雷將防身寶光震破，如非功力甚深，幾被打死！就這樣人已受傷不輕，方待還攻，兩圈青、紅二色的心形寶光已相對射向身上，當時被困在內，法力失效，全身不能轉動！

易靜深知「天心環」的威力，寶光已將來人制住，只要相對合一，形神皆滅！急呼：「蟬弟、文妹，快些停手，此我舊友！」話未說完，一片佛光紅霞由斜刺裡擁著兩人飛來，直投雙環之中，正是陳岩、李洪。由李洪手指「如意金環」和陳岩手上一道紅光同時飛到。金環佛光先罩向道人身上，陳岩手發紅光將「大心雙環」兩頭擋住，對道人說：「你自負人，如何怪她？況她已為你兵解，歷劫三生，雙方情義早斷，苦苦糾纏作甚？休看這裡諸位道友年幼，哪一個不是累劫修為，根骨深厚，便這幾個後起之秀，你也未必能占上風，還是請回海外去罷！」

陳岩說時，金、朱二人已將法寶收去，戊土禁制也被易靜止住，現出一間廣堂玉室。道人見當地金庭玉柱，寶氣珠光，面前敵人不分長幼，個個仙風道骨，知非敵手。救他的恰又是前生的情敵，不禁愧憤交加，怒說：「此仇早晚必報，你們人多勢盛，我去也！」隨縱遁光飛起。

英瓊見他手掐法訣，似要施為，料在臨走以前，要下毒手，方自暗中戒備，想將「定珠」放起，忽聽前面有人接口道：「元道友，你的飛針、旗門請帶走罷！」一聲隨人現。道人本是心中狠毒，想在去時用法寶向陳、易二人暗算，手剛抬起，猛瞥見面前人影一晃，現出一個癩女尼，認出乃昔年心如神尼的徒孫癩姑，手裡拿著先在上面埋伏的「諸天旗門」，笑嘻嘻站在面前。這還不說，現身時覺著身旁法寶囊微微一動，那隨著自己心意揚手即發的「太陰六絕神針」，不知怎的，竟會同時到了敵人手內！

道人神情急憤，隨手接過，咬牙切齒，惡狠狠手指陳、易二人，說了句：

「行再相見！」縱遁光電馳往外飛去。眾人因被易靜止住，全未追趕，忽聽洞外霹靂連聲，山搖地震，勢更猛烈，易靜當先飛出，匆匆穿波而上。剛出水面便見天邊一條紅影在密雲層上略閃即隱，錢萊、石完和火旡害、上官紅、竺氏姊弟三人，還有神鵰、袁星正由前面趕回，知道來人受傷逃走，事已至此，易靜嘆口氣，只得罷了！

眾人重又聚在一起，談及九烈神君夫婦來犯一事。原來余英男師徒二人帶了神鵰、袁星在靜瓊谷中防守，英男本將「離合五雲圭」放起，令火旡害藏身其內，裝著被困神情，等候九烈神君夫婦到來。後聽音樂之聲，丌南公已駕彩雲青虹氣走，知道強敵將臨，故意手指火旡害喝罵，令其降順。正做作間，忽見火旡害連使眼色，暗示有了警兆，側耳一聽，地底似起了一陣強烈的異聲。聲雖低微，來勢絕快，只一兩句話的功夫便由遠而近，到了依還嶺前。

因全山地上均有仙法禁制，知由地心深處斜穿上來，又見火旡害神情比前緊張，忙自戒備，忽聽身後有人笑語道：「余道友，可容愚夫婦一談麼？」

英男故作失驚，首將防身寶光飛起將身護住，飛向一旁轉身回顧，見面前立定男女二妖人。男的穿著一身非僧非道的裝束，腰間掛著一個黃玉葫蘆，頭戴星冠，冠上釘著九朵手指大小的烈焰，左肩道袍上釘著五柄殷紅如雪的魔叉。所著道袍前短後長，色作暗綠，上有煙雲風火，隨時隱現，變幻無常，若將離身而起，神情雖然詭異，貌相尚頗清秀。

女的卻是醜怪異常，身材比男的幾乎高大一倍，虎頭鳥面，目光如豆，勾鼻尖嘴，膚黑如漆，肩披綠髮，蓬頭赤足，貌相威猛獰惡，宛如山精海怪，不似人類，穿著一身黑衣，上面煙雲滾滾，蓬勃欲起，一身都是邪氣。站在男的身側，二目凶光注定在火旡害身上，隱蓄凶威，大有一觸即發之勢！

英男知此一男一女正是九烈神君與惡婦梟神娘，故意怒喝：「你是火旡害的同黨麼？」一面裝著怕來人將火旡害劫走，隨手一指，那面陽圭便往陰圭槽中合去。火旡害見敵人已被瞞過，立時乘著寶光變幻之際。運用玄功離圭而出，隱了身形飛向崖頂守候，準備誘敵入伏，更給妖婦吃點苦頭。九烈神君先未察覺，笑答：「余道友不必多疑，你所困那妖孽，昔年將我夫婦一部魔經盜去毀掉，累多受了許多苦難，仇重如山，特來尋他！」

英男怒答：「你便是九烈老怪麼？趁早快走，免遭無趣！」九烈神君還未回答，猛由空中射下一蓬銀色針雨，細如牛毛，奇亮如電。妖婦梟神娘見英男口出不遜，本在暴怒，手剛揚起，未及發難，火旡害「太陽神針」已先到了頭上！妖婦雖是擅長玄功變化，也禁不起這至寶暗算，如非應變神速，稍有警兆立即飛遁逃避，一面發出防身魔光妖雲，幾受重傷！就這樣滿頭怪髮仍被「太陽真火」毀去了一半！

妖婦當時暴怒，就著飛身閃避之際，揚手便是大片妖雲黑影，內裡帶著千萬點金綠色的火星，暴雨也似向空激射。同時把手一揮，耳聽身後另一少女大喝，似由谷口飛來，急於追敵，也未回看，便和九烈神君破空飛去。後來女子正是英瓊，見到得稍晚，九烈夫婦已朝火旡害追去，忙和英男身劍合一啣尾急追。

等追到嶺側高峰之上，前面煙光電閃中，火旡害和九烈夫婦已先後相繼投入金蟬等所設仙陣之內。金蟬原和石生等在嶺側白象峰頂設下仙陣，暗中埋伏。俞巒把守陣門，一見火旡害飛到，連忙開放門戶引了進去。緊跟著九烈夫婦也自到達，仙陣雖未現出形跡，畢竟修煉多年，見聞廣博，遙望火旡害忽然不見，情知有異。

依了梟神娘，便要朝前猛衝。九烈神君終是持重，按遁光降落峰上，待要查看，紅光一閃，面前現出一個美貌道姑，也未說話，把手一指，立有一座旗門平地湧現。九烈夫婦看出那是太清仙法，自恃神通，全未放在心上。梟神娘更是性暴，揚手一片金、綠二色的火星打將過去，敵人身形忽隱，越發急怒，雙雙入陣。

剛剛飛入旗門以內，忽聽雷聲殷殷，前後左右突又現出數十座同樣旗門，其高都在十丈以上，煙光萬道，霞彩千重，時隱時現，一任運用法眼觀察，竟看不真切！知道憑自己的功力，雖然不怕，照此情勢，主持人決非峨嵋群小！急切間偏又推算不出詳情，九烈神君不敢造次，忙即立定大喝道：「我與你們無仇無恨，何苦為一妖孽自傷和氣？」話剛說完，金蟬、石生同在法臺上出現。

金蟬首先喝罵道：「無知老怪，枉自修煉多年，連眼前的事都看不出來！火旡害已被我英男師妹收到門下，如何都不知道？趁早回宮，我念你雖是邪教，近年已知斂跡，不與計較。再如逞強，在我依還嶺擾鬧，教你形神俱滅！」九烈神君面對敵人都是峨嵋門下，年紀雖輕，法力不弱，內中金、石二人更是寶光外映，既在此布陣相待，事前必有成算，方要開口設法下臺，梟神娘已按捺不住怒火，揚手更是一粒「陰雷」朝法臺上打去！

金蟬通未理睬，只將手往外一揚，面前突又現出一座旗門。九烈夫婦所煉獨門「陰雷」，威力最是猛烈，彈指之間，整座山頭都能震成粉碎！哪知打到旗門之內，碧光一閃，化為一蓬綠煙，便自消滅，連雷聲都未聽到！梟神娘怒吼一聲，立用玄功，通身黑煙火星亂爆，一催妖火，便往旗門之內飛進。九烈神君知她犯了凶威，勸說不住，只得施展神通一同飛入。

剛進旗門，法臺忽隱，那旗門一座接一座湧現不已，四方八面都似走馬燈一般相對亂轉，隱現無常。到處煙光如海，上不見天，下不見地，連施邪法均無用處。九烈神君見梟神娘怒發如狂，暴跳不已，四外煙光越來越盛，壓力逐漸增加，一個敵人也見不到！想起多年威望竟為幾個無名後輩所制，自也激怒，把心一橫，便將那苦煉多年，準備抵禦天劫的「九子母陰雷」取在手內，厲聲喝道：「峨嵋後輩，速將火旡害獻出，還可兩罷干戈，否則我這『陰雷』一發，全山齊化劫灰，你那『太清旗門』決敵不住！一震之後，至少五百里內生靈均遭波及，玉石俱焚，悔之無及了！」

九烈神君話才說完，前面忽現出一團極淡薄的紅光，四邊青色。內裡現出金蟬、石生、俞巒，還有一醜一俊兩個幼童，正指自己笑罵，不由大怒。因金蟬將寶光隱去，只現出一圈紅影，沒看出那是前古奇珍「天心環」。忽又聽右側有人在喝罵嘲笑，內中一人頗似火旡害的口音，回頭一看，果是火旡害同了幾個少年男女，也在一片心形淡光之中現身，只是光作青色，外有紅邊。仇人相見，本就眼紅，況當身困陣內，進退兩難，怒火上攻之際，揚手一團紫、綠二色暗沉沉的寶光，直朝對面敵人打去！

那「九子母雷珠」大只如杯，隨著主人意念發出極強烈的威力，出手光並不強，暗紫、深綠二色互相閃變，一經發威，立發奇光爆炸，當時光焰萬丈，上沖霄漢，下透重泉，方圓千里內外無論山川人物一齊消滅，化為烏有。那被「陰雷」激盪起來的灰塵，上與天接，內中沙石互相磨擦，發出無量數的火星，中雜熔石沸漿，由千里以外遠望，宛如一根五顏六色的撐天火柱，經月不散。再將地殼震破，引發地軸中蘊積千萬年的太火毒煙，災禍更加洪烈，端的厲害無比！

（按：「九子陰雷」和核了武器何其相似？最妙的是「激盪起來的灰塵」，活脫便是原子塵。而將「地殼震破」云云，倒也不是虛言恫嚇，近年來地震頻仍，就有科學家歸咎於核爆頻頻！）

九烈神君雖因急怒交加，迫而出此下策，心中仍有顧忌。滿擬此寶威力之大不可思議，敵人法力多高，也禁不住這一擊之威！正在運用玄功，不令九雷連發，減少威力，以免災區蔓延太廣，多害生靈。萬沒想到那團紫、綠二色的雷光一離手，心形青光突然大盛，方看出此是一件奇珍，心念微動，紅光一閃，前見那圈外青裡紅的心形寶光同時飛來，比電還快，青、紅兩道寶光一齊照向「陰雷」之上，直似具有一種其大無比的吸力將其吸緊，四外均受壓迫，休想移動分毫！

九烈神君畢竟見多識廣，猛想起雙心合璧，正是此寶，不禁大驚，忙即行法發動「陰雷」，竟被敵人寶光制住。只見雷珠寶光不住閃變，光甚強烈，似想發揮全力爆炸，只為四面迫緊，休說無法施威，移動都難！這一驚真非小可，忙以全力回收，已收不回。正愁急間，前面突又現出一座旗門，門內法臺上立著十幾個少年男女，指點自己這面互相說笑，那兩圈心形寶光也自緩緩往裡合攏。

九烈神君一時情急，正待拼著損耗元神，運用玄功上前搶奪，猛瞥見一團佛家慧光，祥霞瀲灩，突然出現，罩向心形寶光之上。同時又有一朵形若燈花的紫色靈焰飛入心光之中，將那粒「陰雷」裹住。紫焰往上一包，慧光祥霞再往上一壓，四道寶光合為一體，本身元靈真氣立被隔斷！知道對方所用多是聞名多年，難得見到的仙、佛兩家至寶奇珍，威力神妙不可思議！想起此寶關係未來成敗，盛氣立消，忙用魔語警告梟神娘，不令發威開口，隨對眾人笑道：「想不到貴派後輩中竟有這多能手，我今日甘拜下風，只將『九子母雷珠』還我，從此互不相犯如何？」

英瓊首先喝道：「老怪物，你做夢哩！這樣害人的東西，我今日替你毀去，免你將來多害生靈多好！本想將你夫婦一同除去，姑念近年不曾為惡，與人為善，不咎既往，放你逃生已是便宜，再如嘮叨，連性命也保不住了！」

九烈夫婦聞言大怒，厲聲咒罵，待以全力相拼。金蟬見九烈夫婦身上煙雲滾滾，光焰四射，一個頭上九朵烈焰連同左肩上的妖叉已將飛起，笑罵：「無知老怪物，你那仇人已深入你魔宮根本重地，門下魔徒現正紛紛傷亡，你那本命元神眼看隨著魔燈就要消滅，再執迷不悟，在此相持，就來不及了！」

九烈神君聞言，想起閉宮多年，本定不再預聞外事。不料孽子黑丑無故惹事，致為金鐘島主葉繽和峨嵋女弟子凌雲鳳所殺，自己雖然憤恨，因孽子不遵父命，自取滅亡，空自悲憤，還不想當時報復。無奈悍妻梟神娘歷劫三生，只此一子，愛如性命，聞訊大怒，強迫著非報此仇不可！因受她兩次救命之恩，追趕兩世才有今日，不肯過分使其失望。後經再三勸說，峨嵋勢盛，此時萬不可以樹此強敵，否則仇報不成還有殺身之禍，這才答應對凌雲鳳這仇人暫且留為後圖，先尋葉繽報仇。

此時葉繽人在元江大熊嶺，如往尋仇，鄭巔仙和峨嵋派這班人決不坐視，最好過上幾時，冷不防趕往金鐘島殺一個痛快，以免作梗。梟神娘偏不肯聽，也沒商量，獨往尋仇，剛一到達元江上空，便遇葉繽、楊瑾和峨嵋派幾個女弟子迎上前來。梟神娘只想到峨嵋派的紫青雙劍，不知對方持有佛門「心燈」，正待施展玄功猛下毒手，忽然一朵佛火燈花迎面飛到，匆促中不及防禦，竟將苦煉數百年的魔光震散，身受重傷逃了回來，元氣大為損耗，重煉魔光，等到煉成，威力已大不如前（梟神娘元江受挫，事見第四卷）。

梟神娘因元江一敗有了戒心，不敢似前冒失，特在魔宮之內設下法壇，將乃父伏瓜拔老神魔遺留的一件奇珍，自刺心血，苦煉成功。雖不能仗以破那「心燈」，卻可防身。當老神魔火化時，留有遺命，說此寶威力太大，又太陰毒，只能使用一次，並還迫令立下誓約不能違背，不得不慎重其事。

等寶煉成，已與本命元神相合，若是魔燈一熄，立時形神皆滅！九烈神君萬沒想到敵人竟會知道此事，敵人這等口吻，必有原因，也不知所說強敵是誰。心方驚疑，俞巒攔住金蟬，越眾向前，笑道：

「九烈道友，可還記得貧道俞巒麼？昔年先師曾對你說你本質並非太惡，只為受魔女救命之恩，入贅魔宮，相從為惡。暫時雖可快意，劫數一到便不免同歸於盡，如能中途洗心革面，並非全無解救。如今敵人正是金鐘島主，你速捨雷珠趕回宮去，那盞元命燈或能保全，這還是念你近年頗知斂跡，本著許人遷善之心，不為已甚。否則這『二元仙陣』乃太清無上仙法，陣中又有大方真人所借旗門，想要全身而退，並非易事。那粒雷珠陰毒已極，已被收來，斷無還你之理，再如遲延，你就兩頭皆失，難於倖免了！」

九烈神君原與俞巒見過，一聽強敵就是葉繽，不禁大驚！但若就此退走，一則難堪，二則所說到底不知真假。悍妻連遭挫敗，怒發如狂，毛髮皆豎，也必不甘退走。心方愁慮，忽然接到魔宮最危急的訊號！經此一來，連梟神娘也自大驚失色。

九烈神君略一尋思，忙道：「俞道友之言有理，如念昔日相識分上，煩告峨嵋諸人，說我此來本與他們無干，那粒雷珠關係我夫婦甚大，從未用過，如非此陣威力神妙，也不致於出手，但請將來借我一用，劫後定必奉贈，並還傳以分合運用之法，千萬不可送往九天之上將其震毀，便感盛情了。至於這『二元仙陣』雖甚高明，仍然攔我不住，只管施為便了！」

金、石諸人見他說時面容悲憤，口氣仍甚強橫，方要開口，吃俞巒搖手止住，話還未完，九烈夫婦心靈上已連生警兆，魔宮告急訊號連翩而至，知是危急萬分，不暇多言，把手一揮，兩道魔光合為一體，立時掉頭往陣外衝去！金蟬忿他口氣太狂，便將仙陣旗門一齊轉動，發揮全力妙用，想使伏輸告饒，方始放走。

一時雲旗閃變，光焰萬丈，風雷之聲震撼天地，聲勢比前還要猛烈得多。哪知九烈夫婦魔法真高，先前志在擒敵，取勝雖然不行，逃生卻非難事。早在暗中施展魔法，取出一件專辦各宮部位躔度的法寶「蚩尤九宮鑑」，查看好了門戶方向，運用玄功變化向前猛衝。只見光焰海中，一道黑色魔光，長約丈許，四圍金星血花亂爆如雨，衝行光海之中。

每遇旗門阻路，立時激盪起千重金霞，萬道毫光，隨同風雷滾滾，雲旗閃變，一衝即過。只管旗門去了一座又一座，陣法不住倒轉，竟攔他不住，晃眼之間便衝過四座旗門逃出陣外，破空遁去！才一出陣，魔光突然暴漲，化為黑色妖雲，中有無量火星不住閃變，半天立被佈滿，狂濤一般蔽空飛去，晃眼剩了一片極小的黑影，一瞥不見，端的比電還快！眾人見狀，才知九烈夫婦魔法果是厲害，經此一來，不特收得「九子母陰雷」，無形中積了一件大功德，並還斷定敵人由此知難而退，不會再向本門生事，俱都喜慰。由俞巒在旁指點，用「天心雙環」和「定珠」、「兜率火」將「陰雷」制住，再由金蟬把伏魔旗門縮小，按方位布好陣勢，將雷珠包圍在內，一同退出陣外。

俞巒一聲令下，金、朱二人和英瓊一面收回四寶，一面施展仙法，揚手一片霞光罩向「陰雷」之上，當時裹住。十四座旗門齊射霞光，「陰雷」隨同四寶一撤，紫、綠二色的魔光突轉強烈，剛一閃變，待要暴漲發生威力，已吃旗門霞光制住，方始縮小，漸漸復原，化為豆大一粒雷珠，被金蟬收到手裡。眾人傳觀一會，由金蟬將之收入法寶囊中。接下來，便是易靜前兩生情孽，尋上門來，又被眾人趕走。及至回到仙府，談完九烈夫婦逃走一事，陳岩取出三柄金鉤，一面玉牌，分賜上官紅和竺氏三小作為見面之禮，上官紅三小大喜拜謝。

李洪笑道：「陳哥哥，你是長輩，如何偏心，眼前後輩門人有好幾個，為何單賜紅兒與竺氏姊妹呢？」陳岩方答：「這四件法寶乃我昔年初從師時所得，多年未用，因見他四人靈慧可愛，隨意轉贈，無心之舉，別位賢侄改日再贈罷！」易靜笑道：「我們下一代的門人何止百數，你有那麼多的法寶麼？」

癩姑笑道：「我和陳道友初見，不便說笑。畢竟三生良友與眾不同，一個愛屋及烏，一個關心過切，惟恐陳道友沒處去弄那些法寶賜人，把話說在頭裡，就此下臺。都是小師弟沒有眼力，本來陳道友只賜易姊妹兩位高足，因三小都新入門，初次相見，不得不連類而及，你偏多口！休說那多後輩門人無法遍及，此風一開，以後我們尊長更不好當了，教人家為難，有多討厭哩！」

易靜平素莊嚴，不善辭令，聞言臉上一紅，陳岩也覺不好意思。英瓊怕二人不好意思，接口笑道：「癩姊姊少說笑，正經的還未談呢，我聞小師弟小小年紀，飛越宇宙極光，往來天外神仙光明境，和本門七矮兄弟，同誅萬載寒蚿，如入無人之境，九世清修，功力高深，果自不同。先在嶺上戲弄妖徒時，身後曾有七位異人同來，今在何處，如何未見？莫非功成即退，已早飛走了麼？」

李洪見陳岩不好意思，癲姑又在取笑，頗悔失言，聞言乘機改口答道：「那七位老人家乃是滇緬交界高麗貢山井天谷中隱居的『麗山七老』居士，憐我年幼膽大，恐吃老怪的虧，賜了我一件法寶，與七老心靈相合。我一動念，七老元神立用佛家『心光遁法』當時飛來相助，有了這件護身符，老怪多兇我也不怕，你當是我自己的本事麼？可惜此寶是片樹葉，經七老命我採來臨時煉成，只用三次便失靈效，否則多好！」

朱文笑道：「幸虧只用三次，洪弟那樣膽大淘氣，如能常用，從此七老隨身，仗了靠山，還不到處惹禍才怪！」李洪剛把俊眼一翻，想要開口，金蟬在旁恐李洪說出不中聽的話向朱文嘲笑，忙接口道：「洪弟雖然膽大，功力也實不弱，不枉九世修為，難怪七老垂青，你此行遇合必奇，何不說出來使我們高興呢？」

李洪隨將前事說出，原來當日屍毗老人皈依佛法，魔宮星散，李洪獨自一人別了金石諸人和田氏兄弟往麗山井天谷中趕去。到後一看，當地乃是高山頂上一個四無出路的井形山谷，四面危崖壁立，中現平地。當中地上放著一個非金非玉的砵盂和一座小石香爐，爐中香煙裊裊，空無一人。那香非檀非麝，聞之心神皆爽。一時福至心靈，觸動靈機，見向南壁上石洞若龕，似與兩旁六洞有異，便恭恭敬敬向洞通誠求見。還未起立，忽然一陣旃檀香風吹過，方疑主人施展大小旃檀佛法，將要現身，緊跟著一片極柔和的祥霞淡淡的閃了一下，倏地眼前一花，現出奇景。

李洪定睛一看，已換了一個境界，身子卻未移動，那地方乃是一片園林，左右水碧山青，繁花似錦，到處仙山樓閣，望之不盡。雖無光明境天外神山來得富麗，但是景絕清華，碧淨無塵，另具一種美妙幽靜之趣。對面是片大花林，高均五丈以上，離地三丈始發繁枝，葉大如扇，色作翠綠，上面開著不少花朵，形如千重白蓮，清芳撲鼻。

花林深處，空地上似有幾個白衣老人，料是七老引其入見，忙向花林重行禮拜，耳聽有人笑呼：「洪姪！」聽出「神駝」乙休，抬頭一看，果是乙休同七位老人環坐地上。不知怎的，身未立起，人到了花林之內。心想七老道法真高，照這樣見客有多省事！正要行禮，旁坐一老笑道：「小客人已禮拜了兩次，不必再多禮了！起來說罷！」

李洪一聽，不由大驚，忙即應聲起立，走向乙休身側恭求引見。乙休含笑命坐在側，手指七老一一引見。

李洪才知為首一人姓文名成，得道已千餘年，當初原是世家公子，從小好道，踏遍宇內名山，終無所遇，只結了五位同道至交：一名褚有功，一名鐘在，一名畢半，一名余中，一名歸大年。大家都過中年方獲奇遇，先在無意中服食了幾株仙草，由此身輕力健，能手擒飛鳥，生裂虎豹，智慧也日益空靈，終於在高麗貢深山之中，得到一部玉匣道書。又隔些年，得一散仙鄢望指點，並與六人結為兄弟，一同修煉，人稱「麗山七老」。

七老多半出身富貴人家，講究衣食園林之奉。得道之後積習未忘，為避塵囂遠離中土，在高麗貢山尋到一處奇景。當地亂山環繞，與世隔絕，但是遍地琪花瓊草，水木清華，再經七老用仙法佈置興修，景更靈秀，取名「隱仙崖」。

七老常年煉丹修道，嘯傲其中，不時結伴出外雲遊，散仙歲月本極逍遙。這日門人入報，說道：「門外來了一個窮和尚，定要見諸位師長，勸他不聽，話甚誠懇，特來稟報，可否許其入見？」

七老因所居四外無路，來人怎會到此？心中奇怪，方命引來相見，忽聽佛號之聲，一個貌相清癯的老和尚已從容走來。來人正是尊勝禪師，見面問答不幾句，便勸七老歸入佛門，做他徒弟，七老見他毫無法力，強為人師，妄自尊大，又好笑，又好氣，始而不允，後竟翻臉逐出。不料禪師抱有極大願力而來，禪功堅定，操行艱苦，說什麼也要將七老渡去！

七老始而當他無知之徒，未與計較，逐走了事。後因禪師被逐之後，便在左近井天谷中打坐唸經，行時並發宏願，非將七老渡入佛門，絕不罷休。所持又是佛家金剛天龍禪唱，不論相隔多遠，心念所及，全能使對方聽到。

（按：佛門本講機緣，尊勝禪師不必渡，人也自去，正如後文禪師答七老：你自要聽，干我何事。世上一切煩惱，皆是自己找來，與人無尤。）

由此七老時聞經聲琅琅盈耳，日夜不斷。枉有一身仙法，不能去掉。連經七年過去，始終不停，其勢又不便尋去理論！這日無心談起和尚奇怪，並無法力，怎會由老遠把經聲傳入耳內？

四老畢半偶答：「這和尚雖然不會法術，頗似一個有道力的高僧，否則你我七人的法力，經聲怎的禁制不住？可惜那日把話說僵，又將他逐走，不便再去尋他。如再上門，我真想仔細問他呢！」經聲忽止，門人又來稟報和尚求見，禪師又自走來。

雙方各用機鋒問答了一陣，七老全被問住，無言可答。又見禪師固執來意，一時老羞成怒，便問：「你有何法力收我七人為徒！」

禪師微笑答說：「我四大皆空，用什麼法力？只為見你七人善根深厚，迷途未返，不久天劫將臨，發此慈悲，只憑定力宏願將你七人引渡到我門下，要那法力作甚？」

七老怒喝：「我弟兄七人均精玄門禁制之術，法力高強，你以為稍具禪功，便妄信定力堅強，要人從你，豈非做夢！」

禪師笑：「我歷劫多次，已參上乘妙諦，悟徹真如，休說你那區區禁法，便十萬天魔，刀山火海，也奈何我不得！在此引渡你們，哪怕千年，誓願未完決不離去，你們終有回頭之日！」褚有功比較性暴，怒喝：「我們念你只是狂謬無知，也不傷你性命，只禁得住『三清禁制』之術，真大無畏，甘受諸般痛苦，再作商量，你有此膽量沒有？」

禪師笑答：「你此念一生，便是向我佛門俯伏的預兆，請盡情施為罷。」說罷，居中趺坐，就在當地入定起來。七老均覺和尚是個凡人，禪功高也決受不住禁制之苦，本想二次趕走了事，一則褚有功話已說出，又見禪師神態安詳坦然自恃之狀，未免有氣，先想稍為試上一試，只一出聲告饒立時罷手。又當禪師也許會甚防身法術，有恃無恐，上來還不忍施展禁法，先命門人鞭打，只一兩下，便打個皮開肉綻！（**按：四大皆空，有甚痛苦？**）

禪師不特毫無痛苦，反倒滿面笑容。諸老心疑他用禪功暗護心神，不畏痛苦，下令重打。不多一會便血肉模糊，慘不忍睹，人已體無完膚，仍是端坐不動，笑容未改。七老運用慧目查看，並不似有什麼護身熬痛之法，實在打不下去，只得停手。頭一次還用靈丹為他醫傷，禪師也合掌稱謝，傷癒立問皈依與否？七老憐念癡愚，也不理他，只命門人逐走了事。隔不多日，禪師又尋上門求見。七老覺出只一動念，稍有相見之心，禪師必不等通報自行走近。後來約定不去想他，置之不理，禪師雖未再自行走進，但那經聲越發熱鬧！除相見片時停止外，仍是不斷，終於激怒。將禪師擒往所設法壇之上，連用禁制迫令死心，不許再用經聲聒吵！

禪師笑答：「你自要聽，干我何事！如嫌煩惱，何不皈依？」

七老大怒，立施禁法，接連七日，禪師備受水火金刀與揭發刺身之刑，歷嘗諸般苦厄，始終定力堅強，面不改容。

這日七老正用毒刑禁制，覺著伎倆已窮，除非將人殺死，但又無此冤仇，偏生騎虎難下。正在為難，禪師忽然口宣佛號！因連經七日毒刑，水米未進，聲音本極微弱，七老聽去卻似當頭棒喝，心神皆震！本就有些感動，經此一來，猛觸靈機，當時大悟，不約而同，一齊拜倒，口稱：「弟子知罪！」俯首皈依。

禪師也自一息奄奄，七老忙撤禁法，奉上靈藥為之醫治，留在當地供養了三日，同請拜師。

禪師笑說：「我佛門中最重因果，你們先前不合將我毒打，並下禁制酷刑，便我自願解冤，將來也難免於身受。非多修積善功，滅孽消災，不能避免。我本具有降魔無上法力，為了夙孽未完，曾發宏願，只以堅誠毅力普渡有緣，雖有法力，並不施為，直與常人一般無二。現我暫收你們為記名弟子，再傳爾等降魔法力，由此分頭去往人間修積善功。我在此期中還有一個大魔頭須要親身度化，等到完成夙願，你們功行也將圓滿。我自有居處，因你們虔誠苦留，勉受數日供養，就便傳你等道法，傳完自去，留我無益。」說完一一傳授。

七老才知師父法力無邊，越發感激涕零，由此拜在禪師門下各自苦修，禪師第七日便自離去，後為屍毗老人所困。七老尋去本要動武，因禪師再三禁止，只得罷了。後來屍毗老人危急之際，被禪師趕來度化，魔宮瓦解，七老也經禪師指點悟徹玄機，得了佛門上乘真諦，不久就要更換禪裝，所居仙府已賜兩個門人，在未披剃以前，暫留月餘。「神駝」乙休是昔年舊交，又正有事相煩，便尋了來。

七老以前本在井天谷崖洞之上分居苦修，洞穴大僅容身，常年風吹日曬，和禪師一樣，操行至為堅苦。這次為了證果在即，歸來小聚，又算出故人來訪，特在當地款待。李洪到時，七老看出他累世修為，前生又是天蒙神僧高弟，本就看重，再見李洪誠敬天真，越發鍾愛，便施法力移山換嶽引其入見。

乙休說完前事，七老笑問李洪有何心願，不妨明言。李洪恭答：「弟子前生法力已全恢復，法寶也有幾件，不敢心貪妄求恩賜。」

七老中的鄢望聞言，朝下餘六老互看了一眼，似有默契，命李洪往取一片樹葉互相傳遞，各誦咒語一遍，再畫一靈符在上面交與李洪，說：「此是西方佛木桫欏樹葉，經我七人施展佛法，已與心靈相通，如有什麼事求助，照我所傳訣印施為，我們元神立時隨念即至，一任對方法力多高，也傷害不了你，只是此符僅用三次便失靈效，不到緊急，不可輕用！」李洪拜謝領命。

到了次日，乙休便令李洪先行，鄢望對李洪最是期愛投緣，臨分手時告以六位道兄外功早完，只自己還有欠缺，此去皈依佛門，必還要往人間修積，也許還有相逢之日。李洪知道七老一心皈依，不久便同證果，為此必非得已。佛家素重因果，蒙主人厚待，理應圖報，猛觸靈機，恭身答道：「弟子蒙七位老前輩深恩成全，無以為報，請代完此善願，不知可否？」

七老聞言面上同現喜容，鄢望笑道：「此子真個可愛，我本不應使你小小年紀為我當此重任，但我佛家原重報施，我弟兄七人誓共安危存敗，為我一人耽延正果，心正不安，難得你有此願力，倒也兩全其美，彼此有益。蒙你代我完此善功。無以為報，此是我昔年行道時所用寶囊，內中法寶也頗有用，還有兩道靈符、一面寶鏡，足能防身，另外一本道書，上載『點石成金』之法，用以濟世救人，方便不少，全都賜你，由此你便算我替身如何？」李洪大喜，忙即拜謝。

乙休笑道：「仙、佛兩家衣缽相傳，門人繼承師志，理所當然。我知諸道友至今未收門人，既以衣體相傳，此子將來又係佛門中人，索性收他作個徒弟，豈不更好？」

六老紛紛讚可，鄢望笑說：「本有此意，只為李洪乃寒月道友門人，不便掠人之美，既這等說，我們收他做個記名弟子罷！」李洪隨向各位師長行禮，將寶囊接過，傳了用法，方始拜別。出山一看，見當地只井天谷後七老所居隱仙崖一帶風景靈秀，餘者都是窮山惡水，瘴雨蠻煙，林深菁密之地，無可流連。任意飛行，不覺飛過雲貴兩省，轉入湘江流域，已然飛過衡山，想往洞庭湖飛去，忽記得衡山後面青龍澗有一前生對頭隱藏在內。此人姓白名虹，本是雙身教中的餘孽，昔年因有兩個同道為他邪法暗算，一時仗義，同了好友桓玉往海外除他，將他所愛妖婦和門人同黨一起殺死，只他一人仗著邪法「身外化身」逃來中土，到處搜尋不見。

後來方知逃到此地潛伏，往尋未遇，反被妖人乘機潛往自己所居大峨山紅梅洞，將全洞用邪法震碎，並盜走兩丸靈藥，一葫蘆仙釀。回山發現再往尋他，忽奉師命往雪山坐關靜待轉世，未得如願。此時想起這妖邪罪惡滔天，早該遭報！此事相隔已百餘年，不知伏誅也未？還有好友桓玉自從昔年一別，杳無音信，在雪山坐關多年，並還轉了一世，也未前來看望，好生不解！心念一動，立即先往衡山查探妖邪還在也未，事完再往武夷仙霞一帶尋找桓玉蹤跡。

因知妖人白虹邪法既高，人更機智狡詐，飛遁神速。但是好色如命，每遇俊童美女，從不放過，淫凶無比。更擅天視地聽之術，為雙身邪教中有名三凶之一！意欲引其出面，特用法力隱形飛往，到了無人之處降下，又將寶光隱去，裝著遊山迷路的幼童，慌慌張張步行往青龍澗跑去。

李洪一路觀賞前行，最後行到妖窟附近，知道瀑布後面藏有一座崖洞，寬僅數尺，高約丈許，其形如棗，地名就叫仙棗洞。瀑布由上面倒掛下來，恰是一條水簾。內裏甚深，前半並有里許長一片水洞，妖人便藏在水洞盡頭左側旱洞以內。內裏洞徑縱橫交錯，有好幾十條歧路，到處都是鐘乳結成的晶衖甬道，前行七八里，連經險仄難行之處，轉入山腹地底深處，方到妖人平日隱跡潛修的水晶洞室之內。

李洪假裝把路走錯，到了谷口，拿不定妖人伏誅也未，意欲入洞查看。剛把身形隱起，忽聽有人喝道：「大膽李洪，我白虹被你害得家敗人亡，早就想要尋你，你轉世不滿十年，一個無知幼童，竟敢來此窺探！我已煉成法寶，今非昔比，如有本領，可到我洞中見個高下！你那隱形法無用，我有天視地聽之寶，無須鬼鬼祟祟裝腔作態！」

李洪天性嫉惡，既憤妖人淫凶，又恨他說話強橫，暗罵：「該死妖孽！休說我靈嶠三寶和『斷玉鉤』你不能擋，還有『金蓮寶座』和七老師長所賜法寶『杪欏靈符』，分明有勝無敗，到時叫你知道！」仍然隱形飛進，剛到洞前，那條瀑布本似匹練下垂，寬約丈許，長達十丈，李洪一到，忽然中斷，倒捲而上，現出洞門，隨聽裡面有人笑喝：「你來了麼！這一轉世，更像一個玉娃娃，有膽子快些進來，莫要惹我白虹生氣，你就吃苦了！」

李洪聽出語聲似由後洞深處遠遠傳來，甚是耳熟，因料隱形法被人看破，一賭氣，索性撤去隱形飛身入內。見琳琅璀璨，光彩晶瑩，迴廊曲甬，到處通明，宛如置身水晶宮闕之內，富麗清華，美不勝收，也未見有邪法禁制阻隔。越是這等情景，敵人越不好鬥，眼看地底妖窟將要飛到，正自加緊戒備，忽被人由後面打了一掌！心中大驚，未容尋思回顧，雙肩一動，背上「斷玉鉤」先化作兩道交尾精虹電掣飛起！百忙中飛身回顧，一道朱虹突然飛現，和鉤光鬥在一起，電舞虹飛，敵人也未現身，只聽光中喝道：「莫要毀損靈景，有本事和你外面打去！」語聲才住，朱虹已當先逅走。

李洪越聽口音越像熟人，寶光也甚眼熟，決非左道中人，急忙追出去。方想妖人便改邪歸正，也不應是這等情景，人已追出洞外。朱虹在前，眼看追上，忽聽哈哈大笑道：「洪弟，你我才百餘年之隔，便不認得我了麼？」

李洪早疑心對方是個舊友，聞言一時醒悟，方喊：「你是桓哥哥麼？想得我好苦！」話未說完，人已現身，乃是和自己相貌年歲差不多的幼童。驚問：「你是桓哥哥麼？百餘年不聞音信，難道和我一轉世不成？」幼童一經說過，才知果是桓玉。

原來桓玉和李洪一樣，也已轉世，改名陳岩。李洪問起他在此居住的經過，原來白虹已被他除去。他在除白虹之際，用天蠶絲織成的一面寶網，將妖人困住。白虹和「赤身教主」鳩盤婆的弟子鐵姝交好，鐵姝曾送他一團告急信火，遇到危急之際，將之放出，立即可以趕來相救。

當時白虹已將信號魔火放起，但魔光信火被寶網隔斷，無法飛走。及至妖人消滅，陳岩心中也好生發愁，那一團魔火信號，無論消滅放走，魔女鐵姝必定立時尋來，甚是討厭。這日無意中發現極樂真人同了苦行頭陀由衡山上空飛過，忙即迎上拜請指教。真人告以那團信火本是千年陰磷煉成，魔女贈與妖人，遇見強敵求救之用。未發時只是一塊死人的白骨，出手後化為一團綠陰陰的魔光，一閃即逝，魔女接到信火立即來援。幸不曾放出，長留網中，倘稍為疏忽仍被遁走，魔女素來言出必行，許以有難相助，必要踐約，早晚是個後患。如能使其復原，倒可留作他年誘敵之用！

真人隨令將網取出，施展法力，揚手一片金霞罩將上去，當時復原，成了一塊白骨，上面籠罩著極薄一層霞影。用時只消把外層禁法撤去，微呼鐵姝，立化碧螢飛走，無論相隔萬千里，不消半盞茶時，魔女定必飛來，神速已極！將來鳩盤婆師徒行法害人時，可發信火將鐵姝引開。並說魔宮信火與鐵姝心靈相通，魔法規例又嚴，煉時曾起重誓，一接信火，無論多忙，相隔多遠，也必抽空趕來。否則所煉神魔接到信火，知有敵人生魂心血可啖，主人如不親往，必群起向主人為難！

陳岩回想與李洪相見，曾多次到峨嵋弟子聚居處尋訪，皆未遇上，反倒有一次，救了李英瓊門下的米、劉二矮元神。原來米、劉二矮拚了以身殉道，冒險深入妖窟，被妖人所殺，陳岩經過，救了兩人元神，覓地投生。陳岩、李洪二人劫後重逢，喜出望外，同去洞中聚談了一日。

第五回　金銀寶島　摩訶尊者

李洪想起前生幾個至交良友，一是東海底水洞中隱居的燃脂頭陀，一是滇池香蘭渚前輩散仙寧一子的門人林總，便和陳岩一起往訪，但都未遇。

陳岩也想去尋一位老友，走到路上，李洪笑問：「所尋老友是誰？」

陳岩笑說：「是一位散仙，因他為人俠義、豪爽慷慨，後來仙緣遇合，在太行山出家修成散仙，道號水雲子。採取萬載玄金，煉就飛劍，未發時形如米粒，黃白二色，自成一派，已然相別多年，所居大咎山斜對面日月崖下，時常遊戲人間，修積善功，難得回去，前三月我才訪問出他的下落，久欲往尋，正好同去！」

李洪驚道：「這不是昔年在太行山獨鬥群魔，用億萬金銀沙劍連誅三十六妖黨的蘇憲祥麼？我想見他已非一日，再好沒有！」

陳岩笑道：「『憲祥』乃他俗家名字，我說的正是此人，他那獨門飛劍，發時宛如億萬點米形金銀光華積成的瀑布長虹，分合由心，化生不已，端的異軍突起，神妙非常！」

二人飛遁神速，邊說邊談，不覺飛到大咎山境內。日月崖就在山的東北，離毒手摩什魔宮只二百餘里，兩座峰崖遙遙相對。「水雲子」蘇憲祥所習雖是玄門正宗，因是得道多年，人又和易，不喜樹敵結怨，正派中仙俠固多好友，便幾個異派中的首要人物也頗有交往，因知軒轅老怪師徒聲勢浩大，不是尋常所能除去，老怪師徒也知他交遊眾多，潛力高強，無故不願樹此強敵，所居相去雖近，各不相擾。

二人到後一看，谷口雙崖已全倒坍，洞也殘破崩裂，亂竹縱橫。老竹多半倒斷，地上卻生著不少小竹，蓬蒿沒頂，荒蕪異常，好似經過地震山坍神氣。

陳岩方自奇怪，李洪忽想起小寒山二女火煉毒手之時，曾用「七寶金幢」，敵黨又均是有名妖邪，所用「陰雷」法寶威力猛烈，左近山巒多被震塌，也許彼時主人他出，未及行法防禦，受了波及。

正說之間，遙望一溜金光出斜刺裡飛來，直飛入洞，宛如星雨飛瀉，一瞥不見，神速異常。陳岩方說此人劍遁正是蘇道友的家法，前見金光同一溜銀光忽又相並飛出。陳岩見後來遁光也似銀雨流矢，明是主人一路，方要追問，那兩道遁光剛到崖頂，忽似有什麼急事，雙雙掉頭往洞中退回。同時又聽異聲破空，由遠而近，甚是淒厲。陳岩聽出來歷，忙即低喝：「洪弟隱身！」

李洪剛把身形隱起，一股黑煙已急如電馳由空中直射下來，神速已極。落地現出一個身穿翠葉雲肩，腰圍翠羽短裙，臂腿裸露，頭插金刀，胸前斜掛著一串死人骷髏的赤足魔女。身材容貌俱都美豔，只是周身黑煙浮動，碧光環繞，映得面色綠陰陰的，又是那樣裝束，看去不似生人。

前兩道遁光已往洞中飛進，魔女一到便媚笑道：「我早看你藏在這裡，藏躲無用。我只想作一忘形之交，與你有益無損。如負我好心，拒人千里之外，真要使我難堪，我就要命『白骨神魔』入洞搜尋了！反正躲不掉，無論逃向何方均難脫我掌握，何苦敬酒不吃吃罰酒呢？」

陳岩早認出來人乃「魔母」溫良之女玉魔女「金刀仙子」溫嬌。魔母晚年自知罪惡，皈依佛門，並許宏願，誓以來生修積，懺悔前非，門人侍者均經強迫轉世，等到來生收歸門下，改邪歸正。只愛女溫嬌，因素鍾愛，人又機警，不肯隨同轉世，事前設法規避。魔母因愛女雖然精習魔法，性頗良善，所用「白骨神魔」和幾件異寶均是自己傳授，從未收攝生魂煉寶害人，只得任其立下重誓，未加強迫。溫嬌也真守約，一向隱居在巫山夜叉崖魔洞之中，不特無甚惡行，並與左道妖邪斷絕來往。自己雖未見過，照此裝束神情，斷定是她無疑。

洞中兩人也必是憲祥的門下，正在盤算如何應付，溫嬌連說兩遍不聽回答，意似不快，兩道秀眉一皺，戟指喝道：「你當真不理我麼？我雖魔女，與你道路不同，但我遵奉母誡，一向隱居山中，守身如玉，只為那日見你人品甚好，正嫌獨居寂寞，一見投緣，欲與你結一忘形之交，常時來往。就這樣仍不肯違誓先行開口，是你對我先生憐愛，方始明言。你也並非無情，只是聽我說出來歷，方始避我如仇。實不相瞞，我自出生以來，從未和一男子交往，已然再三俯就，你如堅執不允，使我難堪，卻休怪我心狠！」

洞中仍無一聲，魔女面容驟轉悲憤，將手一指，左肩上斜掛的十二個白骨骷髏突然口噴綠煙，鬼眼閃閃放光，頭上綠髮蓬鬆倒豎，紛紛厲聲呼嘯，作勢欲起，獰惡非常！陳岩暗道「不好」，正待出手，那「十二元辰白骨神魔」已然一個個暴長，離身飛起。魔女又似遲疑，手朝胸前一拍，項下所懸一面三角金鏡突射出一股冷森森的白光，將那十二魔神一齊罩住，厲聲喝道：「你們且慢！」

陳岩看出魔女本性不惡，欲發又止，旁邊李洪不知底細，一見大只如拳的骷髏一個個綠髮紅睛，突顴凸口，白骨森森，獠牙外露，隨著魔女手指，突然目動口張，離身暴長，七竅生煙，厲嘯飛起，以為魔女想害主人弟子，不禁大怒！也未和陳岩商量，左肩一搖，「斷玉鉤」首化兩道交尾精虹朝前飛去。

魔女瞥見寶光耀眼，又驚又怒，嬌叱道：「何人大膽！」將頭一昂，前額所插三柄金刀突化金碧光華朝「斷玉鉤」迎去。才一接觸，似知不敵，回手一按，胸前寒光大盛，連人帶神魔一齊護住。陳岩瞥見李洪出手，忙喝：「洪弟且慢！」聲才出口，眼前一片淡微微的金光銀霞一閃，耳聽有人低喝：「陳兄請陪貴友同往崖後相見，由小徒他們鬧去！」

陳岩聽出熟人，心中大喜。李洪因見魔法卻非尋常，已將「如意金環」化為兩圈佛光飛起。同時揚手又發出「太乙神雷」，想將那十二個骷髏震毀消滅。這原是同時發動，轉眼間事，陳岩見李洪金環、神雷相繼發出，不及阻止，只得現身一道紅霞，將李洪所發神雷擋住。緊跟著暗用傳聲二次喝道：「洪弟，主人在此，不令你我出手，還不快走！」李洪剛收法寶，陳岩尚恐不及阻止，一縱遁光，拉了李洪便同越崖飛去。

魔女溫嬌先不料敵人這高法力，本待避開來勢行法傷人，猛瞥見現出兩個幼童，一個手指金環迎面飛來，急怒交加，惟恐佛光上身，剛運玄功變化逃避，又見大片金光雷火一閃。深知「太乙神雷」威力，方覺不妙，自身無妨，那十二神魔易發難收，不傷人不肯歸來，一個不能兼顧，難免不為敵人所傷，本身靈元還要損耗！正自惶急失計，百忙中卻瞥見另一個幼童揚手發出大片紅霞將神雷擋住，拉了敵人，收回法寶，同駕遁光越崖飛去，方自心定。由此對陳岩心生感念。不提。

李、陳二人飛到崖後一看，崖那面竟是山凹中的大片園林，繁花如錦，水木清華，四山環繞中建著一所樓臺。房舍不多，但極高大崇閎，玉棟瑤砌，翠宇雕欄，地平如鏡，一塵不染，端的神仙宮室，自具光華。樓前石平臺上立著一個五短身材，年約四旬的道人，未等近前，便先拱手笑道：「果是桓道兄，聞說道兄借一童體轉生，多年未見，甚是想念。今日光臨，實為快事！這位道友頗似傳說中的李洪道友，真幸會了。」

道人正是「水雲子」蘇憲祥，互相見禮之後，同去樓中落坐。李洪笑問蘇、陳二人為何不令與魔女對敵？憲祥笑道：「昔年『魔母』溫良雖習魔法，和苗山的『鬼母』朱櫻一樣，素無大惡，已然轉世改邪歸正。她女溫嬌更能遵守母誡，隱居巫山夜叉崖深谷之中，閉洞虔修。小徒楊孝偶往巫山，見風景靈秀，乘興往遊，不料魔女這日偶出閒眺，一見鍾情。這段姻緣本是定數，但小徒一直不肯答應，致魔女找上門來，適才我已告知楊孝，著他和溫嬌成為夫妻，此舉實是兩全其美之舉。不過她那本命神魔，雖因魔母昔年算出她將來有歸正之機，曾用極大魔法損耗不少元氣為之化解，惡性邪氣仍未全消。我已請求采薇大師改日為她解去邪氣。」

李洪、陳岩聞言，方知究理。當夜魔女隨夫同來拜見，請命求婚。

三人見魔女溫嬌已將魔裝換去，身上魔光連那十二白骨神魔念珠已全收起，看去直似一個溫柔嫺靜的美豔少女，見了三人，躬身禮拜，態甚謹誠。

憲祥當時允婚，命起賜坐。溫嬌聽說為她請來神僧消除本命神魔所賦邪氣，越發心喜感激，重又拜謝。

李洪用傳聲說：「新夫婦初見，可要賜點見面禮？」

陳岩答說：「你看魔女神態恭謹，楚楚可憐，實是因夫重師，為情低首，否則此女魔法甚高，法寶更多，尋常看不上眼！」李洪只得罷了。新夫婦隨即拜辭往後洞走去。

住了幾日，作別離去，途中曾遇見金、石諸人，後又同到幻波池，氣走丌南公，逐走九烈神君。幻波池事完，陳岩也和前三生情侶易靜重見。為要使易靜恢復舊時容貌，需要幾種靈藥，其中一種在海外一個小島上，島主人恰是蘇憲祥好友，於是約了李洪，一起又向大咎山飛去。及至飛到大咎山一看，憲祥、楊孝均已他出，只剩門人章勉留守，說日前采薇大師曾來飛書，師父看完立即飛走。楊師兄因魔女對他情深愛重，二人約定只作名義夫妻，各保元真，同修仙業，已然稟明恩師同去魔宮成婚。

陳岩暗忖：「自己要的兩種靈藥在北海一個著名旁門散仙所居島上，求取不易，稍為失機，藥取不成，還要樹一強敵。憲祥雖和島主有交，但是此人乃旁門散仙中能手，法力甚高，性情古怪，並非好惹。更在島上設有『十三門惡陣』，與峨嵋仙府右元洞『情欲十三限』有異曲同工之妙，破他甚難，曠日持久，豈不誤事！不如就在當地等他回來，免誤時機。」便強李洪一同留下，哪知待了十來天，憲祥終未回轉。

李洪等得不耐，不肯再待下去，要去東海見燃脂頭陀。陳岩沒奈何，只得留下一書，請憲祥回山立往東海相見，同往北海求取靈藥。滿擬憲祥日內即歸，等飛到東海，會見燃脂頭陀，三人敘闊之後，陳岩告以求藥之意，並請運用玄功代為推算。

燃脂頭陀笑說：「金銀島工吳宮得道多年，功力甚深。雖然出身旁門，以前極少惡行，自從移往北海，仗著天時地利，早與外人隔絕。他那金銀島深藏海眼之下，本是一座浮礁，隨著極光感應升降。經他多年苦心佈置，全島均經法力煉過。平日深藏海底泉眼之內，每一甲子浮起一年零三個月。島上幾種靈藥仙果也正此時結實，如今正是開花之期，可等蘇道友來了齊去。」

陳岩在海底水洞中候了十來天，憲祥方用飛劍傳書，說自己現在東海釣鼇磯奉采薇大師之命代煉靈藥，請速往相見，即日起身，免得過了期限，金銀島下沉誤事。二人見書立即辭別，飛往釣鱉磯，會見了蘇憲祥。又見崑崙派小輩劍仙「小仙童」虞孝、「鐵鼓吏」狄鳴岐在彼，也準備往金銀島取藥，於是一起結伴前行。

陳、李二人見到對方正教門下，人又英爽，頗為喜慰。虞、狄二人見對方年幼天真，根骨法力那等高強，由不得心生讚佩。又有憲祥居間，雙方都是好友，於是越說越投機，無形中成了好友。飛遁神速，不消多時便轉人北海。先見下面暗雲低壓，惡浪排空，水天相接，一片混茫，一眼望過去，老是霧沉沉一派荒寒陰晦之景。再往前飛不遠，便見狂濤滾滾中擁著不少大小冰塊隨波起伏，疾馳而來。

跟著又見大小冰山林立海上，順流而下。後來漸離寒帶，除了天就是水，連冰山也見不到一座，海霧卻越來越濃，如非五人都是慧目法眼，離身數尺便不見人。虞狄二人方覺荒寒苦悶，笑問還有多遠才到？憲祥低聲說道：「前面就是金銀島，島主生性奇特，好些禁忌。到時由我領頭相機行事，此時不可開口！」正說之間，忽然飛出霧陣之外，面前形勢大變。原來來路海面波濤險惡，水作黑色。一出霧陣，水色立變，一眼望過去，碧波滾滾，水色清深。

天邊碧波無垠中，綽影約約浮出一黃一白兩點島嶼，直似一頂金冠一個銀盆隨著浪頭起伏，出沒波心。遠望已覺奇麗非常，漸飛漸近。島影也自加大。這才看出這島形如玉簪，兩頭圓形，中段較細。左邊半島外圍滿佈金色奇花，中擁一座金碧樓臺。右邊半島石質如玉並無房舍樹木，卻被一片銀霞籠罩其上。中段相連之處作珊瑚色，上面設有一座飛橋。憲祥忽然揮手令眾暫停，自往島上飛去。

李、陳等四人忙把遁光停住，各用慧目法眼注定前面。這時離島約有四五十里，遙望憲祥縱著一道遁光，星雨流天向前飛射，眼看快要到達，忽由當中朱堤海岸之上飛射出一蓬五色光網。雙方剛一接觸，便同往島上飛去。緊跟著起了鼓樂之聲，仙韶迭奏，響震水雲，聽去十分娛耳。一會樂聲止住，便不見有動靜。

眼看紅光照波，暗陽耀水，海面上射起萬道紅光，照得那座金銀島嶼耀彩騰輝，精芒四射，越覺莊嚴雄麗，氣象萬千。

四人久候無音，深知主人強傲孤僻，不近人情，漸生疑慮。李洪提議隱身往探，陳岩關心靈藥，虞、狄二人也是少年喜事心性，略為商計，便同飛往。因島上自從樂聲止後老是靜悄悄的，除斜日返照，色彩格外鮮明外，別無異兆，不似待敵情景。四人身形又全隱去，以為不致被人所覺察。哪知四人一時性急，竟因此生出枝節。

原來五人來時，島主人吳宮早已驚覺。憲祥偏是小心太過，深知主人行事難測，飛到島前禁地邊界便將四人止住，竟欲先由自己以禮求見，代四人先說來意。哪知主人先前倒也殷勤，後將憲祥迎入東半島金宮之內款待，憲祥說起來意，並代四人求見，島主便改了態度。原來島主吳宮素來強傲，不肯下人。聽來人中最幼兩童均具極大來歷，李洪更是九生修為的妙一真人愛子，前生曾在天蒙神僧門下，今生又是寒月大師高弟。吳宮雖少惡行，終是旁門左道出身，雙方邪正不同。近一年中照例開島，來訪同道和昔年舊友多是在峨嵋開府時受有「萬妙仙姑」許飛娘之託，想要乘機擾害，後見對方仙法神妙，知難而退的那些向隱海外的旁門散仙和五臺、華山兩派餘孽，這類人如何能說峨嵋好話！

吳宮一則有了先入之見，飛娘又親來勾引，吳宮一時不察，竟落在飛娘的套中，對於峨嵋由不得生了忌恨。憲祥說了一陣，見主人老是望著自己靜聽。還當他向來如此，不以為意。等到說完，一眼瞥見吳宮口角上微帶冷笑，才覺話不投機。

吳宮忽然笑道：「蘇道友，我知你是好人，照例有求必應，意欲藉我討好峨嵋，交接那些狂妄無知乳臭小兒！卻不知我行事任性，向不懂甚情面。如打算由你說情向我求取靈藥，就該隨你到島前通名求見，我縱不肯容易相贈，他以後輩之禮而來，我也不會使其失望而歸。他偏狂傲無知，令你先來說話，姑看在你的分上，人不犯我，我不犯人。好在本島設有『十三門惡陣』，靈藥就在西半島，向不禁人採取，只要有本領通行十三門，由他隨意採取如何！」

憲祥見他犯了本性，力說同來四人並無一個峨嵋派在內。李洪雖是妙一真人九生愛子，但他早歸佛門，轉世年幼，新近下山。

虞孝、狄鳴岐乃崑崙門下，陳岩更是一位獨修的散仙，為一前生情侶來求靈藥，與峨嵋何干！

吳宮方自沉吟，忽似有甚警覺，雙目微閉，隔了一會，冷冷的答道：「既這等說，我留道友在此對飲半日，來人如不自恃，必在禁地外候道友出見。只要能候到午夜，我必放道友出去，開禁引其相見。我看道友分上，『十三門惡陣』的威力至多用上一小半，稍有法力便可通過，決不使其難堪。否則便是有心上門欺人，情理難容，我也不過分難為他們，只照舊例相待如何？」說罷，便命門人將島上禁制，連同埋伏的法寶一齊施為，加緊防守！

憲祥覺得自己和主人交好多年，以前還曾為他出過大力，不料竟會受人蠱惑，反臉不認人，越想越有氣，強笑答道：「道友如此多疑，我也不便多言。不過來人年幼，行事未免疏忽，如能等過子夜，得蒙道友相諒，再好沒有。如因我好久不出見，不耐久候，保不來此求見，道友心有成見，先入為主，非見怪不可，他們不知底細，誤觸禁網埋伏，必當主人有意為難，難免冒失，可否開放門戶，容他按照島規通行『十三門惡陣』取那靈藥呢？」

吳宮冷笑道：「道友，我們不犯為此傷和氣，他們以禮求見，自好商量，便直叩島宮，照例行事，也可憑他功力福緣以定成否，只不欺人太甚，決不出手！」

憲祥早聽他吩咐門人將全島陣法埋伏一齊發動，外加三層雲網封閉阻隔，端的如臨大敵。那雲網更是前古奇珍，隱現由心，神妙非常，威力甚大，不易衝破。如用法寶毀去，立成不解之仇，還未入陣，這頭層關口先難通過！況還有好些佈置，分明未看絲毫情面，視若仇敵！心雖憤怒，表面笑語從容，一毫不顯。

二人都是好量，每見必飲，憲祥由談話中聽出吳宮和許飛娘相識，妖婦常來島上小住，並將島上靈藥要去不少。知他倒行逆施，早晚自取滅亡，多年交好，雖代可惜，無如忠言逆耳，勸必不從，只得聽之。心還想：「來時主人曾以鼓樂相迎，四人不會不知，也許不致冒失。」正自盤算萬一雙方走了極端如何化解，忽聽異聲如潮由前島傳來，吳宮面容驟變，端起酒杯向空一潑，張口噴出一股真氣，隨手一指，那半杯殘酒立化一片青光懸向席前。

吳宮怒道：「道友說我多心，且看豎子何等猖狂罷！實不相瞞，如非深知你的為人，此時便容你不得！」

憲祥聞言大怒，正要發作，目光到處，瞥見那片酒光形如一面晶鏡，全島景物立時呈現。只見島前面現出千丈錦雲將全島罩住，雲煙閃變，捲起無數大小漩渦，內有兩大雲旋，所到之處寒光如雨，交相飛射，不時移動，好似有人由雲網外強行衝入。島岸虹橋之上立著一個披髮仗劍的赤足門人，手掐靈訣朝外連指，煙雲光雨立時加盛。同時島岸上一座臨水的樓臺裡面飛出兩人，各在一道光環圍繞之下往雲層中衝去，方想四人法力真高，衝行這等具有極大威力的雲網之中，仍未被擒，連隱身法也未破去！就這瞬息之間，兩道白光合而為一，朝內中一個雲旋衝去，白光中發出大片黑色火彈，爆炸之聲連珠亂響。

黑色火彈爆炸以後化為一片邪氣隱隱的墨色妖光往上罩去，雲網中人隱形立破。剛看出是狄、虞二人，虞孝已揚手一道青、白二色其亮如電的箭形寶光，朝那百丈錦雲與墨色妖光射去。箭頭上射出萬道精芒，妖光首被衝散消滅，雲網也被衝破一個大洞。二人現出全身，就著箭光前衝，錦雲如潮，四下飛滾分而未合之際，衝破雲網阻隔落向島上，把手一招，將箭收回，仍還插在背上。

蘇憲祥知道虞孝所用乃前古奇珍「后羿射陽神弩」，猛想起此寶正是主人那兩件法寶剋星，心方稍慰。同時又瞥見旁邊一個雲旋雲層厚密，變化無方，生生不已，中雜無量數的「血神針」。常人到此只一挨近，先被雲網捲走，或是困在其內不能行動，再發動神針，更難活命。雲旋中兩人本在雲海中左右猛衝，虞、狄二人過時，只一閃，雲旋不見，人仍未現形影。料知李、陳二人隨同穿過。

虞、狄二人隱形法已破，那九大雲網為「射陽弩」穿破一洞，雖然仍能使用，終有缺陷，主人如何能容？憲祥惟恐二人吃虧，忍氣笑道：「道友可看出來人是四個麼?內有二人已隱形穿雲而過，前面所現兩人便是崑崙派門下，他們許因久候我不至前來探望，誤犯禁網，無法脫身。這兩人帶有『后羿射陽弩』，情急試用雖然被迫無心，道友或不免於誤會。事已至此，請阻住令高足，容其通行全陣如何？」

吳宮心痛至寶破殘，本極憤怒，一聽敵人所發竟是「射陽神弩」，並有兩人隱形飛入，不禁大驚。心念一動，待施毒計，門下眾徒見敵人破了師父雲網至寶現身穿入，已全激怒，紛紛出門，當時把虞、狄二人圍住。

原來陳岩等四人久候憲祥無音，欲往隱形窺探，並無敵意，哪知前行不遠便入禁地。開頭四人聯合一起，虞孝心高好勝，又仗著那三枝「射陽弩」威力神妙。又見李洪一個未成年的幼童具有那高法力，未免內愧。李洪又天真愛群，惟恐二人受傷，稍為分開便搶上前去，想將二人一齊護住。

虞孝見李、陳二人一前一後將自己和狄鳴岐護在中心一同前進，連衝過三層禁制，直達島前，如入無人之境，因人成事，越想越不好意思。剛和狄鳴岐暗中示意，把陳、李二人分成兩起，埋伏驟然發動，人已陷入雲網之中！

當時只覺眼前一花，身上一緊，千丈錦雲直似實質而又具有黏性的綢絲，一層接一層，急湧起千層雲片，花飛雹舞，環身裹來。雖未被那雲濤捲去，但是上下四外雲光變滅如潮，壓力絕大，衝突艱難。已與陳、李二人分開，不便再合一起，只得施展全力朝前猛衝，雲網也越加強盛，怎麼也衝不出去。四人來時原經商定，主人乃憲祥老友，不到萬不得已不可動武。及見雲網如此，回顧陳、李二人已自不見。

一時情急，正待朝前猛衝，防守徒眾因知敵人身隱電旋之內，猛施毒手，將師傳旁門異寶猛發出去。此寶名為「泥犁珠」，乃昔年「冥聖」徐完所贈，最是陰毒，專汙法寶飛劍，並破隱形之法。妖光爆散，二人被迫現身，如非功力高深，幾連飛劍也被毀汙！一時情急暴怒，忙將「射陽弩」發出，邪法立破，人也穿雲而過。

李洪、陳岩均能透視雲霧，看出妖光污穢，恐虞、狄二人受傷，連忙衝雲趕去，剛一到達，前面雲層已被神弩射穿一條雲衖，忙隨飛出，隱身一旁。吳宮門下共有八個弟子、十二侍者，一見敵人穿雲飛入落向島上，全都暴怒。各指飛劍法寶殺上前去，同聲厲喝：「小狗納命！」

虞、狄二人一面迎敵，口喝：「我們一行四人拜見島主求取靈藥，事前託蘇道友代為先容。我們不耐久留海上，特來拜見，即使島主不重朋友之情，也應按他平日條規容我們照例行事，似此如臨大敵，與他平日所說有異，你們又無故倚眾行凶，是何道理？我想島主得道多年，前輩仙人不應如此量小，莫非不在島上麼？」說時，雙方各用法寶飛劍惡鬥，已殺了個難解難分。

二人雖憤敵人可惡，為防各走極端，「射陽弩」不肯輕用，寡不敵眾，眼看要落下風。李洪本就越看越有氣，再見敵黨中有一身材瘦小、吊睛塌鼻、滿臉奸詐的妖人，同一身材微胖、眉有黑痣的中年妖人新由左側飛來助戰，一身都是邪氣。瘦的一個突然揚手發出一道妖光，形如燈焰，碧光熒熒，四外黑煙包沒，剛一出現，腥穢之氣刺鼻難聞！

李洪還不怎覺得，虞、狄二人面帶驚惶之色往後敗退，妖光黑煙爆散，眉有黑痣的一個又張口噴出一團血光，連那妖光一齊化為大片黑煙血雲朝二人電馳飛去。不禁大怒，揚手先一「太乙神雷」，數十百丈金光雷火打將下去，血雲妖光當時震碎！

二妖人見狀怒吼一聲，二次口噴血雲，把手連指，空中妖光正待由分而合，李洪「如意金環」已化為三圈金光朝前迎去，只一閃便將二妖人連人帶妖光一起罩住！二妖人正自手忙腳亂掙扎欲逃，說時遲，那時快，李洪身上「斷玉鉤」已化兩道交尾精虹電掣飛來，迎著妖人環身一絞，金光祥霞往下一壓，兩聲慘叫過處，形神皆滅！

眾妖徒見敵人神雷法寶威力驚人，又驚又怒，正在進退兩難，虞、狄二人已然中邪欲倒。李洪見事已至此，心想索性動強，剛與二人對面，忽聽陳岩大喝：

「洪弟與二位道友留意！」聲才入耳，一道白虹突由島後一面，比電還急，作半環形凌空拋射過來！李洪金環玉鉤本未收轉，見那白虹其長何止百丈，粗約四五丈，光並不強，來勢萬分神速。一頭尚在島後，一頭作弧形自空下射，帶著「轟轟」雷電之聲。前頭半段更發出無數的光箭，聲勢猛惡！

李洪正要迎敵，一道紅霞已由身後電射而出迎將上去，紅霞之中金光亂爆，兩下剛一接觸，猛又聽遙空有人大喝：「雙方停手，聽我一言！」

四人剛聽出是蘇憲祥的口音，聲到人來，來人已到了眾人頭上。人還未降，雙手齊揚，各發出一股銀光、一股金光，宛如億萬金銀沙礫聚成的兩道長虹匹練，從天空倒掛急瀉直下，將雙方的白虹、紅霞分頭裹住，不令對敵。

一時紅、白、金、銀四色寶光晃耀中天，霞光萬道，映照得全島大放光明，連天和海水全被映成了異彩。憲祥人還不曾下降，白虹首先撤回，陳、李二人忙同現身將法寶收轉，憲祥也自落地，朝虞、狄二人臉上看了一眼，驚道：「二位道友已中邪法毒氣，幸我帶有靈丹，請各先服一粒，洪弟再用佛光一照方可無礙！」二人稱謝將丹接過，服下去，便聽遠遠有人喝道：「蘇道友今日這等行徑，可是心存偏向，意欲與我為敵麼？」

憲祥向空笑答：「吳道友，你當知我生平不喜樹敵，何況於你。只不願雙方各走極端，好在前殺二人乃是五臺餘孽，與令高徒們無干，如蒙看我薄面，兩罷干戈，仍按舊規通行『十三門惡陣』，任往西半島採取靈藥，便感盛情了！」

吳宮接口道：「這樣也好，道友如不與我為敵，便請回來，有話商計。」

憲祥笑答：「小弟遵命！」說罷，轉對四人道：「今日之事原出誤會，幸蒙島主見諒，請照舊例而行。此陣妙用無窮，隨人意念而生變化，更有各種埋伏。還有先殺二妖人乃五臺派餘孽，同黨甚多，近又拜在河南雲夢山神光洞『摩訶尊者』司空湛門下，妖師自為大方真人所敗，逃來海外潛伏，所居離此頗近，飛遁神速，洪弟不可疏忽！」李洪聽了也未十分留意，憲祥說完匆匆飛走。

前門眾妖徒本在旁觀，憲祥剛走，眼前倏地一暗，陳岩、李洪見狀，知道陣法已然發動，忙道：「我四人聯合一起，彼此互助，免遭暗算！」語聲才住，天已由明而暗，全山景物一起不見，只面前大片平陽，矗立著一座紅色牌坊。

李洪便要走進，陳岩攔道：「洪弟怎的如此冒失，也不查看一下！」

李洪早看出牌坊兩側似有一圈霧影，環若城堡，牌坊好似城門。一眼望過去，暗沉沉似霧非霧，似煙非煙，但又望不到底，因聽說過「情關七念與慾界六魔總名十三限」，魔頭威力之大不可思議，如想戰勝情欲二魔，要澄觀息機，心有主宰，守定靈臺方寸，使其返照空明，宛如璧月沉波，天空雲淨，點塵不著，上下同清，再由有相轉無相，神與天會，裡外空靈，慧珠明瑩，大觀自在，無我無物，自無情欲嚴關之險！

李洪又知道這些牌坊乃法寶煉成，只要毀去一個，餘者就許全失靈效。意欲當先飛入，仗自己功力和隨身法寶破去陣法。即或不能如願，身任其難，後來三人也可相繼應付，聞言笑答：「陳哥哥，此陣雖是初次經歷，我想不會比右元十三限還要厲害。十三限我曾通行兩次未遇阻。這類陣法照例各行其是，彼此身經均不相同。反正不能聯合一起，故想先試一下。」

陳岩笑答道：「洪弟用意甚好，但還是四人合成一起，一同前衝比較容易，你看如何？」

李洪聞言，猛想起麗山七老那片「杪欏靈符」尚可再用兩次，何況還有「金蓮寶座」和靈嶠三寶防護身心，縱有一、二人心神搖動，有自己主持也可無害，便同起身。四道遁光聯合一起，由李洪暗中戒備。初意敵人陣法和右元十三限大同小異，將本身元靈定神守護，不為幻相所迷，便可免去危害。

四人剛一入陣，猛覺一片淡微微的紅影微一閃動，忽然現出異景。只見風和日暖，水碧山青，遍地繁花，香光如海，山巔水涯之間現出不少金碧樓臺，端的富麗清華，仙景不殊，置身其中，由不得令人心曠神怡。四人知道此是幻相開始，互用傳聲略為警告，各把心神守住，付之不聞不見。一面由陳岩施展「天視地聽」之法，暗中查看好了方向門戶，等到一生變化，立即下手。

李洪看出敵人正在運用陣法倒轉門戶，必須靜以觀變。見沿途花林中有宮裝美女往來遊行，方自暗笑：「這類障眼法也來賣弄！何不試他一試，看能鬧甚花樣。」忙用傳聲令三人留意，故意笑道：「陳哥哥，美景當前，你怎不多看兩眼？」話才出口，花林中的美女忽然紛紛跑出，當著四人歌舞起來，豔歌時作，十分娛耳。有的雪膚花貌，臂腿全裸，楚腰一扭，起舞翩翩，端的聲容並妙，蕩冶無倫，觀之心醉！

李洪知道這一開口，動念之間，已將陣法引動，底下便要現出諸般色相，好些醜態，不耐再看下去，笑罵道：「有甚神通不妨施展出來，我們不耐煩看這醜態！只管鬧著障眼法兒鬧鬼，我就要不客氣了！」話未說完，面前倏地光華亂閃，所有人物山林一齊失蹤，一片粉紅色的煙光朝眾人飛來。陳岩看出此是左道中最陰毒的迷魂邪霧，只一聞到那股膻香，立時中邪入魔，不能自制。又聽「轟轟」巨震，宛如萬雷怒鳴，一片暗赤色的密雲天塌也似，帶著極強烈的雷聲正往頭上壓到，腳底立成血海。左右前後，更有無數綠油油的釘形妖光，暴雨一般亂射上來！

四人認出全是左道中最惡毒的邪法異寶，同時眼前一花，十餘座金銀珠玉所結牌坊突然湧現，裡六外七，分為兩層，發出各色妖光邪氣環繞身外，似走馬燈一般電馳而過，閃得兩閃，全都不見。上下四外的血雲妖釘排山倒海一起壓到，厲吼怒鳴，宛如山崩海嘯，地震天崩！大片暗赤色血雲包沒四外，什麼也看不見。血雲妖霧越來越濃，幾乎成了膠質。四人不能任意飛行。那環身攢射碧色妖釘衝射之力更是強大，劍光竟受震動。只一撞便自粉碎，化為一蓬暗綠色的妖霧一層接一層包在遁光之外，血雲再往上一擠，行動越發艱難。

李洪忍耐不住，已先發難。先將「金蓮寶座」化為丈許大一朵千葉金蓮花，花瓣尖上各射出萬道毫光，向上衝起，將四人托在中心蓮臺之上。頭頂上又現出一圈佛光，上下四外全被護住。佛光金霞剛一湧現，周圍血雲綠霧立似浮雪向火，當時融散，紛紛消滅，那無數妖釘只一挨近「金蓮寶座」也自無蹤。李洪見狀，心中一寬，揚手發出連珠神雷四外亂打。這時身外血雲已都消散，現出空間。

陳岩早在暗中行法查知方向門戶，血雲一退，看出腳底正是兩半島相連的中腰一段，頭上便是來時所見那道百丈虹橋。照此情勢，破法極易，大喝道：「蘇道友請告島主，說此陣玄妙我已盡知，雙方本無仇怨，我們蒙他允許照例行事，不如作個人情，放我們由虹橋之下過去，免傷和氣。」說時李洪得了陳岩暗示，隨同手指之處，時進時退，時左時右，駕著「金蓮寶座」向前飛馳。晃眼前面一座黃色牌坊突然湧現，四人在祥霞護身之下飛過，跟著前面又有牌坊出現。

李洪暗忖這妖道真個不知進退，一面手發神雷朝牌坊打去，同時又將靈嶠三寶連同「斷玉鉤」一齊施為，再掐靈訣朝腳底一指。四人飛到第二座牌坊下面，腳底金蓮暴長，萬道毫光齊往四下飛射，「太乙神雷」再一連珠亂打，諸般法寶一齊施威，前面綠色牌坊立被震成粉碎！緊跟著牌坊上面現出九團血球飛起。虞孝一見血球飛起到了空中，忽發奇亮，料非常物，右肩微搖，三枝神弩同時飛起，空中血球立被射中了三個！只聽「波波波」三聲，血球發時爆散，化為無數縷血絲血片滿空飛舞。

李洪手指處，三環金光飛迎上去，全數消滅，虞孝正指揮神弩追射下餘六球，猛聽空中大喝：「四位道友停手！」聽出憲祥又來解圍，四人剛一緩勢，眼前一亮，重見光明，上下四外的血雲飛箭連同殘餘的六個大血球忽然一閃不見。惡陣齊收，重又現出實景。再看當地乃是虹橋盡頭、西半島後面。

憲祥剛由空中飛下，見面笑道：「恭喜四位道友，島主看我薄面，已將陣法收去，請自採藥去罷！」

四人聞言心喜，見前面又是一座玉牌坊，上寫「諸天靈藥之圃」，字作銀色，四圍花林也是燦若銀霞，更無雜色，到處香光浮泛，峰巒秀拔，比東半島景物還要清高靈秀。正待穿越花林，往圃中採取靈藥，忽聽天邊傳來極強烈的破空之聲。才一入耳，一片從未見到過的青色奇光已由遙天空際狂潮雲飛，電馳而來。只一閃便凌空飛墮，將全半島一齊籠罩在內！

眾人均是久經大敵的能手，當時只覺心靈一震，機伶伶打一個冷戰，同時落下一個長身玉立的中年道者，滿臉俱是怒容。

來者正是「摩訶尊者」司空湛。前因路過元江上空，將「神駝」乙休「伏魔旗門」盜走，乙休正值事忙不暇顧及。後來韓仙子銅椰島應援，途遇雙鳳山兩小邢天和、邢天相，欺她元神出遊，上前夾攻，結局反為韓仙子所敗。銅椰島事完。乙休夫婦約了「采薇僧」朱由穆和姜雪君同往雙鳳山誅殺妖人，由中土追逐，追到北極冰洋上空才將兩小殺死。中途兩小因被乙休夫婦窮追不捨，一時無處投奔，曾將乙休引到司空湛洞府之中，結果吃乙休把「伏魔旗門」奪了回去。

司空湛敗在乙休夫妻之手，逃到海外，想來想去只有大魅山青環谷前輩旁門散仙蒼虛老人，得道千餘年，行輩比誰都高。正派群仙見他得道年久，已數百年不往中土走動，有時下山也只到好友少陽神君離朱宮中小坐，對於門徒法規又嚴，因此誰也不肯惹他。所居大魅山橫亙地極中樞兩海交界之地，中隔七千里流沙落漈。當地的水，比東極大荒還重十倍，鵝毛也要沉底，並有海霧蜃氣之險。主人性情更怪，故仙凡足跡之所不至。此去投奔，只肯伏低，必可依附，不特閉門煉寶，無人敢犯，還有好些益處！

司空湛一心想去投靠，哪知蒼虛老人聽好友少陽神君之勸，說是地仙千三百年大劫將臨，現當正邪相持勢不兩立之際，最好閉戶清修不問外事，免得微風起於萍末，牽一髮而動全身！司空湛還未入境便被看破，先是閉關不令入境，以法使海霧濃黑如漆。司空湛遁光飛到裡面，如置身膠海之中，運用全力朝前猛衝，雖然遲緩，還能勉強前進。頭關還未度過，忽然千百股蜃氣，宛如無數具有極強烈的彩虹，齊指來人猛衝直射，司空湛那高法力，竟被阻住不能前進！

當時司空湛看出主人故意不令入見，便用激將之策暗示主人怕受連累。老人自來尚氣，不便再拒，當時撤禁放入，見面便對司空湛說：「老夫並不怕事，但和你交情有限，如今你在我青環仙府居住，便算老夫門下來客，從此不容外人欺侮，我不犯為你出這大力。大魅山兩端有不少島嶼，借你暫居無妨。凡在離山千里之內均我禁地，在我庇蔭之下，只管放心。你的事我不過問，敵人如來尋你，只在我禁地之內，決不置身事外，你如離開我卻不管！」說完便令門人茹黃沙領往大魅山極北邊界一座小島之上安置去。

司空湛機警詭詐，善觀風色，本身邪法又高，從未敗過，因此享有多年盛名。只為一時貪心，路過元江大雄嶺發現「伏魔旗門」，急切間沒想到那是「神駝」乙休之物，盜走以後始知細底，已成騎虎之勢，致遭慘敗。一聽蒼虛老人詞色這等強傲，心中不忿，此外偏又無可投奔，只好忍受。

及至到了那小島一看，不禁氣憤起來。原來大魅山為海外有名的靈山仙境。因當地軸中心，山又特高，上接天漢，兩問精氣所萃，環山各島景物也都靈秀。惟獨司空湛所居墨雲島在北極冰洋左近，共只百餘畝方圓一座小島，高出水面數丈以上，通體深黑，寸草不生！終年愁雲籠罩，島形上豐下銳，近水一段更細，遠望過去宛如一朵墨雲由海中冉冉上升，終年悲風怒號，濁浪排空，荒寒陰晦，直非人境。

司空湛見主人先是閉關堅拒，又特選此孤懸遼海的無人荒島令其居住，島上面除卻比墨還黑的礁石外一無所有，遠看頂上似頗寬大，實則無一平整之處，越想越恨。偏值事急求人之際，沒奈何只得耐心忍受，發訊號通知門下眾妖徒，令其尋來會同煉法。

妖徒自到島上以後，不時輪流奉命往各海島採取靈藥。日子一多，海外各旁門散仙漸與相識，與小南極四十七島諸妖邪尤為交厚。這時司空湛已用邪法在島上築了一所大宮殿。因當地駭浪如山，濕雲低幕，常年晦暗。窮搜海底，由奇魚介貝腹中覓取珍珠。一年之中慘殺了無數海底生靈，居然採集到許多大小寶珠和數千年珊瑚之類。再用邪法佈滿島面，所居宮室也是晶玉所建，落成之日，全島大放光明，在海面上遠望過去宛如一座霞光萬道的光塔，矗立在萬丈愁雲慘霧之中，頓成奇觀。

司空湛每日煉法之暇，又命三妖徒分頭往北海島上採取奇花異草移植其間。小小一座無人荒島在邪法佈置之下竟點綴出好些靈奇之景。當地與金銀島只千百里的海面，司空湛早知島主吳宮種有不少靈藥仙草，設法結交，以備到時往求。末一年上邪法煉成，金銀島也正浮出海面。司空湛正想如何下手，「萬妙仙姑」許飛娘忽然尋來，自願居中介紹。

原來吳宮為許飛娘美色所迷，百計聽從。司空湛在吳宮手中得了幾次靈藥，想起金銀島常年沉在海底泉眼之中，島上瓊樓玉宇，瑤草琪花，金光銀霞，氣象萬千，更有不少天產靈藥。如能假手飛娘據為己有，免得依人簷下，豈不是好！司空湛有了不規之想，早命門下兩妖徒時常來往島上，相機行事。

那兩妖徒是五臺餘孽，便是被李洪所殺那兩個。司空湛時刻留意，此際一知妖徒慘死，立時發動。

兩地相隔甚近，到達便下毒手，滿擬所煉「庚甲運化天芒神針」厲害無比，敵人只要被那金、木兩行真氣合煉之寶所發青光銀針罩住，上下四外重如山嶽，內中億萬根天芒針更無堅不入，多神妙的防身法寶稍露空隙，立被侵入！哪怕只是一絲青光或一根細如牛毛的光針乘隙飛進，身外排山倒海的乙木神光和庚金精氣所化億萬銀針齊受感應，內外夾攻，將敵人寶光震散，人也粉碎化為血雨，且屍骨無存！

這五人中，只蘇憲祥深知敵人法寶底細，陳岩曉得一個大概，此外休說虞、狄二人，連李洪九世修為都不知真相。來勢那等神速，本難免於受害，幸而五人各有至寶隨身，憲祥更是機警，青光剛在天邊出現，便知有異！心中一動，同時施為。憲祥揚手先是兩股金銀沙合成的長虹擋向前面將五人一起護住。

不料司空湛懷恨太深，上來猛用全力。那「天芒神針」水銀瀉地，無孔不入，感應之力絕強，憲祥儘管警覺得早，仍僅護住本身。那狂潮一般的青光銀雨已乘隙穿進，只一閃，虞、狄二人立被罩住。防身寶光以外四面迫緊，非但不能移動，那億萬銀針衝射之力大得出奇，就這轉瞬之間已覺難支！李洪、陳岩一個飛起一片紅霞包沒全身，內裡空隙丈許。李洪更是仙佛兩家至寶同時施為，青光銀雨上來先被「如意金環」的寶光蕩開。兩柄「斷玉鉤」跟著化為兩道精虹交尾而出，飛舞光海之中，大片銀針被絞碎。

李洪見敵人法寶奇妙，隨滅隨生，又將「金蓮神座」放起。一時佛光萬道，祥霞千里，青光銀雨只一挨近便被衝散。敵人法寶也是變化無方，怒濤一般前滅後繼，威力絕大。憲祥在一座億萬金沙合成的光幢之內，同為青光銀針所阻，暫時尚難會合。

虞、狄二人見同來五人只自己這面相形見絀，覺著不是意思。虞孝情急，想用「射陽神弩」試一下，忽聽憲祥大喝：「虞、狄二位道友，守在寶光之中，自有解救，千萬不可妄動！」虞孝貪功好勝，話未聽完，三枝「射陽弩」已先離手飛出！

三道箭形寶光剛飛出去，前面精光針雨立被衝破了一個大洞。二人方喜法寶得勝，百忙中瞥見陳岩已由光海中衝將過去與李洪合為一起，面現驚急之容，正朝自己這面猛衝。

虞孝心想自從神弩飛出，身外已輕了好些，陳岩何故手指自己大聲急呼！說時遲，那時快，就這轉眼之間，虞孝猛覺淡微微一片青光在防身寶光之內出現。

心方一動，青光突然加強，貼著光層往外暴漲！定睛一看，原來寶光層內忽起了一片青色奇光將內層佈滿，向外暴漲，防身寶光已不能由心運用！

總算命不該絕，司空湛心太凶毒，乙木精氣已隨神弩穿光而出之際乘隙侵入，稍一施為，敵人就不慘死，也被青光黏附包沒全身，一任法力多高也難解脫。偏想由內發動，先將敵人身外寶光震破，外層的光潮針雨再合上去兩下夾攻，把敵人絞成血泥，並把元神攝去，永受煉魂之苦才快心意！

就這稍緩須臾之際，虞孝見敵人青光侵入，立運玄功，身劍合一，就這晃眼之間將危機脫去。司空湛見敵人防身寶光剛被青光撐滿往外暴漲，還未震破，身劍已自合一。正想加力施為，猛覺佛光耀眼，四、五道金霞銀虹由斜刺裡猛衝過來！前頭有一形似風車的法寶，電也似疾旋動起大蓬五色金花銀雨衝行光海之中，所到之處，大量青光飛針雪崩也似紛紛消散倒退。

晃眼之間五人會合一起，同被畝許大一朵千葉蓮花金光寶座托住。司空湛急怒交加，仍想就勢還攻，用侵入的乙木庚金真氣所化青光由內爆炸，將虞、狄二人的防身寶光震破。不料那蓮花座上射出萬道毫光，將內外隔斷，邪法失了反應，外面的不能繼續侵進，內層的卻往外暴長。憲祥手中忽發出無數大小金銀光圈，朝那剛化飛針、四下激射的銀針光雨一裹，便同收去。

第六回

癸水神雷　天一玄冰

司空湛所用「天芒神針」乃金、木合運之寶，歷時百年，費盡心力，並經海內外許多有名人物相助才得苦煉成功，平日所向無敵，竟被損耗不少，好生痛惜，怒火上攻！

憲祥瞥見司空湛已氣得鬚髮皆張，二目隱蘊凶光，頭髮也全散開，手掐靈訣，正在施為。看出那是「大小十二諸天秘魔大法」，知道那類邪法專攝人元神，十分陰毒。自己深知底細，固然無害；陳、李二人屢生修為，有佛門至寶防身，也不至於動搖；虞、狄二人卻是吉凶難定！

敵人如鋌而走險，方圓千百里內全被邪法籠罩，當時便將天地混沌，成了死域。在此禁圈之內，無論飛、潛、動、植，齊受邪法催動互相磨擦爆炸，加上風雷水火鼓盪，發出不可思議的威力。此時億萬霹靂連繼不斷，聲勢猛烈無與倫比。方今各異派為首妖邪，只三數人精於此道！

此法一經施展，上下方圓千百里內，均被敵人運用邪法就著陰陽二氣元精所發出來的無量迅雷籠罩在內，此與尋常雷火不同，由一丸化生億萬，越往後越細，到了最後看去細如灰沙，但餘震威力反倒更大！忙喝：「諸位道友留意，此是敵人『大小十二諸天秘魔邪法』！」

說時虞孝三枝「射陽神弩」本在光海之中往來衝突，所到之處青光針雨紛紛消散，還想加力施為。幸而陳岩也是行家，看出不妙，不等憲祥開口，一面暗告李洪小心戒備，如見揚手為號，將麗山七老所賜靈符施為，一面告知虞孝，將三枝「射陽弩」收回，以免匆促之間為敵人邪法所毀。

司空湛本來急怒攻心，正施邪法猛下毒手。因見那三枝「后羿射陽弩」衝行光海之中，竟將多年苦心聚煉的至寶「庚甲天芒神針」毀去不少，意欲順手牽羊，先用邪法將神弩收去。就這略一延緩之際，金銀島主吳宮也看出對方來意不良，正在東半島行法遙望，忽見司空湛使出這等毒手，發難以前並在暗中放出大片淡白色的妖雲，緊貼地面向全島展布開去，竟朝東半島暗中湧來！邪法陰毒，無形無聲，如非行法查看，決看不出絲毫跡兆！

經此一來，認定司空湛懷有惡意，又急又怒之下，暗罵：「妖道，竟想連我一起暗算，此時敵你不過，且讓你和敵人先拼死活！敗了看你笑話，勝了也教你落個空歡喜！」心念一動，匆促之間頓忘前島主所留仙偈，暗中行法把平日準備的幻景現出，不等妖雲展布，忙把全島沉向海底。

這時雙方俱都各仗法寶神通凌空應敵，司空湛本想霸佔金銀島，為防島上仙景靈藥受傷被毀，把近地面一帶用邪法護住。一面放出妖雲想將全島籠罩，準備少時強迫吳宮降順，將島獻他居住。

吳宮在島上修煉多年，全島升降由心。更煉有一座與金銀島同一形相的幻圖，只一施為，和真的一樣。司空湛一時疏忽，先被瞞過。正收神弩之際，百忙中想起吳宮師徒見自己施展這類邪法，不會不知來意，抽暇查看，東半島上景物依然，人影一個不見！畢竟修道多年，見聞法力均非尋常妖邪之比，心一生疑，立即暗中行法試探，幻景立被識破！

司空湛不禁老羞成怒，知道島已下沉，忙由身上取出一件法寶，待朝海底追去。就這微一緩手之際，「射陽弩」忽被敵人收回，鬧了一個兩頭均未顧到！越想越氣，直恨不能運用玄功變化追入海底，將吳宮師徒一齊殺死才快心意！

當時咬牙切齒，把心一橫，不顧再尋吳宮晦氣。右手一招，那大如山海的青光銀雨全數收去。緊跟著張口一噴，先是龍眼大小一團上具七種異彩的寶珠急如流星直上雲空。同時左手諸天魔訣往外一揚，那寶珠形的氣團一閃不見，大地上立變成了黑暗世界，上不見天，下不見地！

那麼強烈的「金蓮寶座」佛光，雖然遠射數百丈，光外仍是一片深黑。妖人已自無蹤，四外也無甚阻力，一任佛光遠照，看不出一絲影跡，連海濤之聲全聽不出。隨聽黑暗中大喝道：「無知鼠輩，速將所有法寶飛劍獻出，雖仍難免一死，還可放你元神逃走，免得形神皆滅！再若倔強，我『大小十二諸天秘魔神雷』一經發動，悔之晚矣！」

當空沉沉黑影中突現出一個七色彩氣合成的氣團，初出現時宛如千萬丈濃厚黑雲中湧現出一輪彩月。那七色彩氣一層接一層氤氳流轉，變幻不停。開頭只有海碗般大，越轉越急，氣團也自往外暴長，轉眼便有丈許方圓。眼看空中氣球已長有畝許大小，旋轉更急。本來一色接一色，忽然變為二、三種顏色同時出現，逐漸加多，到五色俱全，氣團突發奇光，由當空黑暗影裡射將下來，光影閃變，耀眼生花。

蘇、陳二人俱知七彩如同出現，那極強烈的爆炸立時發難。眼看危機瞬息，忽聽空中有一老人厲聲大喝道：「我容你在墨雲島棲身，原是情面，你自造孽，本來不關我事，可知我大魅山靈景要被你引起的地震毀損麼？」

語聲來自天邊，才一入耳，便見一股「五色星沙」天河倒傾電馳飛來，將氣團裹住。緊跟著又有一片青霞在當空連閃幾閃，連氣團黑影一齊隱去，天地立轉清明！

眾人定睛四顧，司空湛不知去向，妖法全收，發話的老人也未現形。最奇是整座金銀島也了無蹤跡，碧波萬里與天光雲影上下同清，海面上空蕩蕩的，水天相接，哪有一點陸地影子！眾人見此情景，方覺奇怪，忽見蘇憲祥面帶驚疑之容，同問何故。

憲祥答道：「金銀島以前本來隱居得有一位水仙，後來仙緣巧合，得到一部道書，由旁門改歸正教。成道以前將此島封閉海眼之內，後被吳宮無意之中尋到。入居之日發現水仙所留偈語，大意是說後來島主如能在島上隱修四百八十年，便可尋到那部道書得歸正果。如與左道旁門勾結為惡，便有殺身滅神之禍。並說中間有一次大劫，只看此島不滿日限受迫沉水，便是劫難將臨之兆！」

陳岩一聽金銀島已然下沉海眼之內，好生愁急，冷笑道：「此人毫無信義，欺軟怕硬，又與群邪勾結，早晚自取滅亡！島上靈藥本是天生，他引為己有，故意設下『十三門惡陣』，表面要人通行全陣便可隨意採取，等到來人成功以後又將此島暗沉海底，這等無恥行為，實是容他不得！」

李洪忙笑勸道：「陳哥哥，你往日何等溫文和氣，今日為了前生好友，氣得這個神氣，可見情之一字累人不淺。我看你情關一念決難勘破，當真願作鴛鴦不羨仙麼？」

陳岩也覺自己心亂氣浮，不似修道人的襟度，聞言心中一動。憲祥接口笑道：「桓真人且莫作急，包在我的身上，決不誤你的事。真要不行，我豁出重作馮婦，把多年未曾用的法寶由海眼旁攻穿一洞隱形入內，為你把藥採來如何？」

憲祥行法入水，去尋吳宮，憲祥去後，四人談笑了一陣，覺憲祥自從隱形深入海底，久無信息，各用慧目法眼隔水下望。見那一帶海底深達數十丈，水色深黑，竟看不真。正在商計入水查採，忽見海底飛起一道金銀色的遁光，晃眼憲祥已縱遁光穿波而上，手中持著一個玉樹瓊枝結成的花籃，中有好幾種靈藥仙草，香光泛泛，五色繽紛。

陳岩最注重的是那「朱顏草」所結果實。一問憲祥，知整本採來，根鬚齊全，毫無損傷，好生忻喜。那草形似靈芝，四邊生著九片形似蘭葉的仙草，當中芝盤上生著兩個色如紅玉的桃形果實，異香撲鼻，豔光欲流。除「朱顏草」是一整本的而外，下餘六種多半果實，只有兩種是花，均是九天仙府的靈藥仙果。

憲祥一說經過，才知吳宮把金銀島沉入海眼，便想起水仙遺偈，後又行法查看，見司空湛「大小諸天秘魔神雷」已將發難，震波所及，便自己所居海眼也未必不遭破壞！心正惶急，忽由天外飛來一股「五色星沙」，將那滿布胎禍轉眼爆發的七彩氣團裹去，邪法全收，司空湛也自逃走。

吳宮因未聽出蒼虛老人發話，不知底細。那五色星沙看去不帶邪氣，只當敵人同黨。想起先前不合仇視來人，正在悔恨交集，憲祥忽然飛到，吳宮改了態度，親自撤禁迎入，並還陪他親去採藥。

當下眾人得了靈藥，準備離去，眾人請憲祥展神通，憲祥為人謙讓，又知北海一帶隱有散仙異人，唯恐炫弄惹事，再三婉辭，眾人不允，同聲勸說。憲祥不便峻拒，立即施為，把手一揚，笑道：「諸位道友請上！」

只見一股金、銀二色的星花彩虹隨手飛起，貼著水面朝前平射出去。海中立現一道金銀星沙結成的長堤，由當地起，緊貼水面朝前突伸，其長無際，直射入最前面雲水相涵之中，寬只丈許，所到之處海波全被壓平，兩旁驚濤駭浪激起丈許數尺高下的浪花，當中長堤點水不沾。望去似千百里一大條金銀沙築成的甬道，兩旁晶牆對峙，直達天邊，端的壯麗神奇美觀已極！

憲祥等眾人走往堤上，手掐靈訣朝前一指，那道金銀長堤立時比電還快朝前飛駛。海面上起了一條銀線，海波滾滾，飛行神速。不消多時，便離前面兩水交界的霧陣不遠。

李洪知道一入霧陣憲祥必要收法，覺著海天萬里，當中水面上駛起一道金銀飛堤，實在好看，不捨撤去。笑說：「蘇道兄稍緩前行。容我多看一會如何？」

忽聽陳岩傳聲令眾人戒備。眾人忙用慧目查看，目光到處，發現前面濃霧影裡有數十百股白影，長虹也似朝著自己這面向空斜射，看去勁急異常。

憲祥一見便知對方來歷，料知適才行法為戲，無意之中將隱居的一位水仙驚動。濃霧籠罩之下正是「水母」姬旋的弟子「絳雲真人」陸巽所居。

久聞他身早走火坐僵，須要靜修三百六十年才能復體重生，在此期中不許外人驚擾，為此在所居水宮的海面上行法造起八百里方圓濃霧。向例有人飛空經過，必須相隔水面千丈以上飛行才可無事。離水稍近，門下好些弟子神通廣大，知道乃師所煉元神尚未凝固，最忌驚擾，定必群起夾攻。

眾人令憲祥施展仙法飛渡洪濤，那道金銀長堤把千百里海面齊煥霞輝，相隔老遠便能看見。憲祥見此形勢，料知對方有意為難，索性不再收法，把手一指，那道金銀飛堤立似驚虹電射朝霧陣中直射過去！陳、李二人見憲祥聞警眉頭微皺，金銀飛堤反去勢加快，晃眼穿入霧陣。

那霧橫亙兩水交界之處，上與天接，一片混茫，這時吃那千百丈驚虹飛堤上面的金光銀霞一映，所到之處齊閃霞輝。霧氣受了衝動，捲起千萬層彩綺霞綃，下面的驚濤駭浪成了億萬金鱗銀甲，電轉星翻，越顯得奇麗壯闊，氣象萬千。再看先前所見數十百道迎面斜射的白虹突然一閃不見，均以為對方知難而退，已先隱避。

憲祥也覺當地本是主人水宮所在，對方來意善惡尚未得知，先自行法示威，也覺無禮，心中生悔，忙改緩進。故意對眾笑道：「我只顧迎合諸位道友好奇之念，略施小技，忘了此地乃水仙宮闕。我們已入禁地，還在班門弄斧，此舉實太冒失！且喜發覺尚早，這裡相隔水宮尚有三數百里，還是改由上空飛行，免驚擾主人！」

李洪和虞、狄二人均不捨那奇景，李洪首說：「此地既離主人所居尚遠，我們只在水上飛行，有何妨害。譬如海中大魚由此經過，莫非不許麼？」

虞、狄二人從旁附和，力言：「下面雖是水仙宮室，我們也未在他宮前擾鬧。這一大片海又非私有之物，如何我們在三百里外經過均所不許？」

憲祥笑說：「話不是這等說法，主人得道多年，閉關清修，本來不應驚擾。我們不知便罷，既然知道，再如故犯，太過失禮。就這樣將來再過此地，遇機相見，我還想負荊請罪呢！」

就這幾句的功夫，又前進百餘里，已到霧陣深處，尚無動靜。便不等眾人再說，先將金銀沙收去。眾人見憲祥執意不肯，只得聽之，隨同飛起。滿擬千百里霧陣不消多時便可飛渡，不料飛行時久，始終仍在暗霧之中。方自奇怪，忽聽陳岩大喝：「妖物敢爾！」

眾人聞聲驚顧，一片紅霧已電掣飛出。紅光照處，兩個身材矮瘦，形似夜叉的怪人，手中各持兩柄形似雁翎的奇怪兵器，帶著大串寒星由暗霧中突然來襲。吃紅霞一迫，各自化身飛遁，朝下面海濤之中流星下射，晃眼不見。

眾人便即停飛，各運慧目觀察門戶方位，商計應付之法。忽聽「波」的一聲，下面暗霧影中突飛起一團斗大白影，來勢甚急，到了眾人身旁，吃身外寶光一擋，當時爆炸！李洪首先激怒，喝罵道：「這一大片海面並非私有之物，我們又未去他海底水宮驚擾，只由上空飛過，如何欺人太甚，倚勢橫行！」話未說完，猛瞥見無數團白影突然出現。最大的約有二尺方圓，小的才只酒杯大小，虛懸空中往來飛舞。被身外寶光一照，看去白色透明，內裡水雲隱隱，旋轉如飛。

蘇、陳二人認出是水母門中獨有的「癸水雷珠」，乃大量海水精氣所萃。一經施為，生生不已，越來越多，威力極大。急令五人把遁光聯合一起，合力防禦，以免疏失。待了一會，見上下四外已被這類形如水泡的白色雷珠佈滿，為數何止千百！多半停空急轉，只有百十團環繞身外飛舞不停。正想敵人既將從不輕用的本門「癸水雷珠」發出，怎不爆炸？忽見前面飛來一片銀色冷雲，上面擁著七、八個道裝男女，奇形怪狀，高矮胖瘦全不相同。內中只有兩個身披鮫綃的白衣少女貌最美秀，所穿衣服薄同蟬翼，玉膚如雪，隱約可睹。

這夥敵人相貌神情詭異，尤其為首一人扁頭闊身，鼻孔向天，一雙怪眼生在前額之上，凶睛怒突，滿頭紅髮糾結如繩，穿著一身紅衣，面赤如火，背插兩柄大叉，手持一劍，連人帶兵器通體紅色，貌更醜怪，不似人類，同在水雲擁護之中冉冉飛來。

李洪看出敵人有意作態，越發有氣，將身一縱，飛出遁光之外，朝前喝道：「大膽妖孽，無故興妖作怪，通名受死！」

為首怪人不知李洪出時防身寶光已隱，見是一個未成年的幼童，相貌又生得那麼英俊靈秀，反倒不忍加害，厲聲喝道：「乳臭小兒，有何本領敢發此狂言！此是絳雲真人仙府所在，你們為何賣弄神通，貼波飛馳，激動海濤，驚擾我師父的清修！看你小小年紀，不值計較，快叫你師長出來答話！」

李洪早將法寶飛劍暗中準備停當，不等說完，左肩一搖，「斷玉鉤」首先化為兩道剪尾精虹迎面飛出，跟著又是連珠霹靂朝前打去。為首的怪人乃水仙門下二弟子唐鏗，法力頗高，精於玄功變化。誤將蘇憲祥認作一行師長，沒把李洪放在眼裡。猛瞥見銀虹電舞而來，寶光強烈從來罕見。就這一動念之間，銀虹突然暴長，朝那一片水雲環繞上來。怪人待要後退，水雲已被銀虹裹住！

李洪耳聽憲祥急呼：「李道友留意！」說時遲，那時快，「斷玉鉤」所化銀虹雖將敵人連同身外寒光冷雲一齊圍住，龍蟠也似不住閃動，往裡束緊，四邊仍有空隙。李洪一時疏忽，竟被那光絲乘隙穿出。

剛瞥見兩三絲極細微光穿出銀虹之外，突然暴長，宛如兩道極強烈的水龍迎頭衝到，來勢比電還快！李洪一見寒光如龍，從對面衝來，又聽憲祥連聲告警，忙將左手一揚，數十百丈金光雷火隨手而出，朝那兩道水龍打去。同時「如意金環」也相繼飛出。這兩股寒光乃敵人千年苦功所煉丹元真氣，本身便具極大威力，奇寒無比，與空中佈滿的大小「癸水雷珠」有相生相應之妙用！

憲祥經歷最多，深知敵人來歷深淺，一見了兩個少女發出丹元真氣，便知不妙。惟恐李洪不知底細，受了誤傷，慌不迭一縱遁光，電馳追上，身外金光銀霞狂濤一般往前捲去，待將李洪護住，就在這時機瞬息之際，「太乙神雷」已自爆發，震天價一聲霹靂過處，數十百丈金光雷光滿空飛舞爆炸，那兩股水龍迎頭撞上，立被震散。隨聽「波波」連聲，四外氣團也紛紛爆炸！

「癸水雷珠」爆炸，震勢更比神雷還要猛烈，身外寶光已受震撼。當頭金光銀霞被那千百團形似水泡的「癸水雷珠」連續爆炸，震退了些，急切間已不能與李洪聯合一起。知道這類水母所傳獨門雷珠，威力之大不可思議。一經發難，生生不已，越往後勢越猛烈，數也更多，到了後來，這千百里方圓的水宮上空織成一片雷海，休說破它，連想辨清門戶逃走都極艱難！心方愁急，前面李洪的「如意金環」突化佛光飛起，展布開兩三畝方圓將人護住。

憲祥先在金銀島曾見過李洪持有仙佛兩門的至寶奇珍，這時一見不禁大喜。李洪將三枚金環全數施為，上下三圈佛光凌空將人護住，環繞身外，那麼強烈繁密的水雷竟被擋住，一個也未上身。憲祥等見狀，立時乘機催遁光迎將上去。兩下剛一會合，李洪看出敵勢太強，又將「金蓮神座」放起，化為一朵畝許大小，千葉重疊的金蓮花，將眾人一起托住。花瓣上的毫光金芒電射，齊往上升，高出眾人頭上十來丈。那三圈佛光往下一壓，重又化為千重靈雨倒捲而下，將人圍護在內。

這時那滿空水泡形的雷珠已排山倒海一般，挾著雷霆萬鈞之勢，齊往四面壓到。霹靂之聲成了一片極強烈的繁音巨響，海嘯山崩，無比猛烈，已分不出是風是雷。眾人在仙佛兩門至寶防身之中靜以觀變，暫時雖看不出有何危險，但那無量數的雷珠由上下四外齊往中心湧來，打到外面光層之上，激濺起千萬重金花芒雨。

那取之不盡、用之不竭，由無量海水精氣中凝煉成的「癸水雷珠」大量發揮，直似把千尋大海所蘊藏的無量真力朝著五人來攻！千百萬丈一片灰白色的光霧，中雜「轟轟」怒嘯，將那高約十丈畝許方圓的一朵金蓮花圍繞在內。上下四外都是光霧佈滿，前頭的密雷被寶光緊迫，化為億萬水花芒雨，密結如牆，停滯不動。只見無量銀色星花明滅亂閃，再往前便是白茫茫一片光影，內中翻動千萬層星花。壓力震力之大，簡直無可比擬！眾人連運慧目查看，休想看到敵人一點影跡！

李洪意欲仗著法寶之力衝將出去，憲祥、陳岩齊聲攔阻，憲祥更說：「這類『癸水雷珠』乃水母昔年獨門仙法，威力之大不可思議。我們此時差不多被敵人把這一大片海面的真力由四面八方一齊壓到我們身上。照此情勢，好似水宮主者絳雲真人也被驚動，在暗中主持。否則敵人決無如此大膽，如非李道友持有西方至寶『金蓮神座』，我們不死也必重傷！」

李洪終覺所言太過，仗著所有法寶均與身心相合，冷不防想衝出寶光層外試一下，人到金蓮寶光外層，還未透出，猛覺一股奇寒之氣迎面襲來，不由機伶伶打了一個冷戰，知道不妙，忙即退回，對面已有大蓬光雨激射而來！憲祥笑問：「道友你看如何？」

這時「癸水雷珠」已密壓壓結成一片，震力之猛自不必說，上下四外的水雷光氣幾成實質。除當中這朵大金蓮花而外更無絲毫空隙，西方至寶不是尋常，敵人威力越大，反應之力越強，那蓮花瓣上放出來的毫光和那三圈佛光、一幢祥霞，加倍強烈。但對方水雷威勢也是有增無減。一任李洪施展全力，也只相持不下。想要隨意衝動，突圍出困，仍是萬難。似這樣相持了好些時日，五人身在水雷包圍之中，彷彿天地混沌，哪還分得出經過多少時日。

蘇、陳二人看出突圍艱難，除卻水仙有心釋放，要想脫身直似無望。各用仙法留意推算，算出被困已達十日以上，便把時日記下，靜待解圍。

又過了幾天，李洪因被困多日，一算日期，不知不覺已是二十來天，不由煩悶起來。便對眾人說道：「我們也是屢生修為的人，卻被這些水中精怪隨便困住，太丟人了！」

虞、狄二人日久氣悶，因自身法寶威力較差，不便先發，聞言首先贊成出手。陳岩見憲祥未開口，一面攔住三人暫緩發難，笑問：「蘇道兄你意如何？」

憲祥答道：「我想絳雲真人決不輕易與人結怨，照我看法，或許是他門人因見我們飛行太低，出頭作對。真要試上一下也無不可，只不要傷人便了。」

陳、李、虞、狄四人互一商計，決定把法寶飛劍由光層中發將出去，等將敵人激引出來，然後相機應付。

各人主意打定，狄鳴岐忽想起身邊還有一件法寶，乃恩師新傳，是乾天真火所煉之寶，專能煮海燒山。對方都是水中精怪修成，如將海水燒成沸湯，決禁不住！便取了出來對眾說道：「此是昔年西海離朱宮少陽神君贈與家師之寶，名為『赤烏金輪』，新近家師為了證果在即，轉賜小弟。此寶能煮沸海水，何不一試？」

李洪連聲讚妙，陳岩接口笑道：「此寶如將海水煮沸，實是極好制他之法。還有虞道友三枝『射陽神弩』乃前古至寶，也頗有用。為了息事寧人，莫如先打他一個招呼！」隨即向前大喝：「我們往金銀島採藥，路過此地，並不知道海底有人潛修，就嫌我們遁光強烈，也應明言，為何上來便用埋伏暗算？這位狄道友的『青陽金輪』乃少陽神君所贈純陽至寶，一經施為，此海立成沸湯，先此警告，再無回應，我們就要下手了！」說時微聞海底深處鐘磬之聲遠遠傳來，似有似無，聽不真切。

陳岩說完，對方仍無回應，眾人俱都有氣，便由陳岩發令，先命虞孝將三枝「后羿射陽神弩」朝前射去。虞孝立即施為，揚手三枝神弩化為三道金碧色箭形奇光朝前射去。箭光到處，只聽一種刺耳的異聲一連響將過去。虞孝因覺前面阻力甚大，加功施為。那無量數「癸水雷珠」合成的光海吃那三枝神弩穿入以後，立似海上起了颶風，一處受衝動，所有雷珠齊受反應。

李洪覺出「金蓮神座」的護身寶光竟受了衝動，忙用玄功主持，覺出前後左右都具有山海一般壓力。陳岩也揚手發出百丈金花紅霞，直衝光層雷海之中。只見金花亂爆、紅霞電飛，所到之處，那無量數的大小水泡爆炸，震勢越猛，到了後來，忽然一個挨一個蜂窩也似密接起來，不住磨擦滾轉，發出一種極尖厲的異聲，刺耳難聞。

就在這蓄怒待發之際，吃陳、虞二人的神弩飛劍往前一衝，「轟轟」怒嘯中一聲震天價的大震，四外雷珠立時爆炸！

陳、虞諸人在「金蓮神座」防護之中，均覺耳鳴心悸，神思不寧。狄鳴岐的寶輪又相繼發難，出手先是三寸大小上有六角的星形金輪，飛出「金蓮神座」光層之外立時暴長，長成畝許大小。六根芒角齊射銀芒，遠達丈許，比電還亮，一齊轉動，飆輪飛馭，直衝光海之中。五行各有剋制，水本克火，無如「青陽金輪」所發三陽神火，自身具有坎離妙用，與尋常真火不同。

大只畝許的一圈金輪，投入無邊雷海之中。此時水雷爆炸之勢最為劇烈，輪上芒角長只丈許，按說大小威勢差得太多。誰知那比針還細的銀色奇光，竟不受真水克制，反因水力寒威生出妙用。只見萬道銀芒隨同金輪電旋星飛，到了光海之中，所有雷珠只一撞上立即消散，所到之處，所有雷珠水泡齊化熱煙，轉眼之間變成一條其長無比的白虹隨同金輪飛舞。

白氣兩旁的雷珠，凡是挨近一點的全都自行消散，只遠處還在爆炸不已。狄鳴岐見狀大喜，手掐靈訣，催動金輪，將六根芒角的銀色火花似暴雨一般大量發出。那無量的雷珠水泡沾著一點便化為大蓬熱煙，晃眼之間，當前一片便被熱煙所化白霧佈滿。陳、虞二人以為破陣有望，便令狄鳴岐收回金輪，由內而外貼著「金蓮神座」寶光兩下連合一起。

李洪忙運玄功，將「金蓮神座」與三枝「如意金環」一起施威。數十百丈金光祥霞往外暴漲，四外熱霧本來緊壓寶光層外，吃李洪施展全力，寶光加盛，雖然多排蕩出數十丈高空，但那熱霧吃寶光一逼，先是光雲電旋，宛如千萬層白色輕紈朝外面光層包圍上去。後來霧層一密，沸水之聲忽然停止，那形似輕紈的霧影也由濃而淡，漸漸隱去，青晶也似將那百十丈高大一幢金色蓮花包住。

眾人定睛一看，上下四外已全凍成堅冰。無論哪一面都是一片晶瑩，彷彿埋藏在萬丈冰山之內。金光祥霞映照之下，幻為麗彩，一眼望不到底，不禁大驚！李洪想用法寶開路穿冰而行，試上一試。

憲祥見眾人已被「癸水雷珠」所化玄冰將之包圍在內，一見李洪手掐靈訣，待以全力破冰而行，大驚攔道：「此與常冰不同，變化多端，威力極大！最好靜守待機，不可妄動。再等半日如無動靜，由我行法向主人探詢心意，問其何以把昔年水母輕不施展的『天一玄冰』都施展了出來！」

眾人覺著先前陷身陣內已有多日，尚無脫身之策，如今敵人把全海的水凍成堅冰，要想脫身豈不更難！心正憂急，猛瞥見右側冰海深處有一點青熒熒的冷光閃動，後面緊跟著一蓬碧螢和一幢形如傘蓋的金霞，由右側面萬丈冰海中緩緩駛來。所過之處，四外堅冰紛紛消碎，被衝開了一條冰衖。

金光剛過，堅冰由分而合，看去好似內有三、四人由那青色冷光和大蓬螢雨在前開路，金霞隨在後面，朝著自己這面直穿過來。

那冰本是一片晶瑩，又深又厚，吃來人寶光一映，齊煥異彩，分外好看。最奇是穿行冰海之中如魚游水，不似有甚阻力，只是行動甚緩。正拿不定是敵是友，不多一會隱聞一片極繁密的鏗鏘鳴玉之聲，清脆娛耳，青光金霞已自臨近，到了寶光層外停止，現出四人。李洪認出當頭二人正是「南海雙童」甄艮、甄兌。身後隨定一個手持一件形如傘蓋，上發金霞的小和尚，和一個身材矮胖的道裝怪人，不禁大喜，忙用本門傳聲詢問來意。

甄艮答道：「事在緊急，無暇多言。絳雲真人將昔年水母用萬載玄冰精氣凝凍之寶發動，方圓千里之內齊化堅冰，任走何方均難脫身。現奉天乾山小男真人之命來此，代小師弟和諸位道友開路，去往水宮。這『天一玄冰』奇寒無比，雖仗小男真人一道靈符和燃脂神僧所借『香雲寶蓋』護身通行，終恐小師弟收寶之際萬一疏忽，為寒氣所侵，請速準備，只等『香雲寶蓋』與金蓮寶光相接，速即收寶與我們四人合為一起，仍由愚弟兄開路前往，水宮事完再作詳談如何？」

五人聞言大喜，甄艮隨說隨請身後同來的小和尚上前，把手中「香雲寶蓋」朝前一指。那幢金霞祥光便擁了四人由冰壁中緩緩衝出，四外堅冰立受衝動，宛如狂濤起伏，光雲亂閃，半晌方止。李洪便照所說將身外寶光往裏縮小。

第七回

秘魔烏梭 大殲妖魔

甄兌揚手飛起一團豆大光華穿出金蓮寶光之外，立時散開化為一片青、白二色的光氣布向外層之外，將四邊冰壁擋住。李洪將法寶緩緩收去，各把遁光會合在一起。

同來小和尚隨掐靈訣朝「香雲寶蓋」一指，金霞光幢隨將眾人遁光一齊罩住。仍由甄氏弟兄當先開路：甄艮手指一片青色冷光，盾牌也似擋向前面；甄兌指定「紅花鬼母」朱櫻的「碧燐衝」，發出一蓬碧色螢光，由青光之中微微透出，中有七葉風車一齊轉動，朝那萬丈冰層緩緩衝去。李洪見飛行甚緩，又見同來小和尚生得唇紅齒白，滿臉笑容，持有「香雲寶蓋」，知由燃脂頭陀手中借來，料定雙方必有深交。那道裝怪人形貌與甄氏兄弟相似，匆匆相見，尚未敘談，笑問：「二位甄師兄，這兩位道友是否同輩？」

甄氏兄弟和那小和尚全神貫注前面，不曾回答。道裝怪人已先接口道：「我名歸吾，前生名甄海，艮兌弟兄乃我前生之子，近由烏魚島脫困來此。這位神僧乃燃脂頭陀好友笑和尚，是峨嵋門下苦行頭陀的高弟，李道友怎會不認識呢？」

李洪方知是生前好友，與申屠宏、阮徵號稱「東海小三仙」的「玉仙童」方還已然轉世重返師門，改名笑和尚，為了誤犯貪嗔，奉命東海面壁十九年以示懲罰。此人屢世苦修，功力甚深，更得師門真傳，長於隱形飛遁，為後輩同門中有名人物，因十九年坐關之期未滿，連峨嵋開府均未到場，想起前生交厚，好生歡喜！

李洪見笑和尚全神貫注在「香雲寶蓋」之上，笑向自己看上一眼，目仍注定前面，知其無暇分神，不便驚擾，只得轉問歸吾何處相遇，歸吾隨說經過。原來笑和尚被罰面壁，實具深意，苦行頭陀要他在東海苦練無形劍遁，此際已然練成。更有一顆當年得自綠袍老祖所蓄文蛛腹中的「乾天火靈珠」，新近又將師父遺賜的法寶得到手中，法力之高不在三英、二雲、七矮之下。這日前生好友燃脂頭陀來訪，帶來佛門至寶「香雲寶蓋」，囑他先與南海雙童會合，去解救眾人之危。

南海雙童之父甄海，轉世之後，改名歸吾，在小南極隱居，被一妖人擒去，正受妖人陰火煉身之慘，被金鐘島主葉繽門下弟子朱鸞救走，由此小南極四十七島妖人和金鐘島結下了深仇。四十七島妖人，為首的名叫烏龍珠，邪法高強，葉繽幾次與之鬥法，皆無法將之除去。烏龍珠奈何不了葉繽，專找葉繽的門人出氣。

一日，朱鸞的一個情侶，土木島主商梧之子商建初路過小南極，烏龍珠便起與為敵。怎知商建初法力高強，一動上手，烏靈珠的妻兒便死在商建初「土木神雷」之下。烏靈珠大是震怒，明知商建初是土木島主之子，土木島主商氏二老，得道年久，若是小的一死，老的固不干休，便小的被困日久，老的也必尋來！一面發動妖法將仇人困住，為防商氏二老尋來，又向四十七島群邪發出警號，一齊召來準備萬一。

商建初在陣中被困了三日，仗父傳法寶護身，並用「土木晶沙」「二行真氣」護住寶光，暫時不致受害。

群邪因見敵人晶沙神妙，急切間不能奏功，各把邪法異寶紛紛施為，萬丈妖雲陰火籠罩。紫碧兩色的陰火邪焰火山也似包圍在寶光層外，「二行真氣」已被化煉去一半。群邪多人更在一旁各施邪法異寶助威，中間更雜有大片「陰雷」，聲勢猛惡。烏靈珠持久無功，意還不足，更把多年苦功煉來對付葉繽的「七二秘魔元命神旛」和「攝心鈴」取出施為。這兩件都是魔教中有名異寶！

商建初見妖人取出一面上繪無數血影的妖旛，才一展動，旛上便湧起一片血光，光中現出許多怪形怪狀、貌相獰惡的魔鬼影子，一個個張牙舞爪，口中發出極尖銳的慘嘯，在大片其紅如血的妖光之中浮沉隱現呼嘯不已。

商建初目光竟被攝住，想要不看，直辦不到，一會功夫便覺目眩心悸，周身冷戰，神魂欲飛！把心神勉強鎮定，一味運用玄功，潛心內視不去看，覺得稍好一些。耳聽妖人厲聲道：「急速束手就擒，聽候發落，還可以少受苦難。如再倔強，我那無上仙法一經發動，那時求生不得求死不能，悔之晚矣！」說罷，便將「攝心鈴」取出，剛一晃動，便聞得一種極悠揚娛耳的異聲隱隱傳來。

先是越聽越好聽，漸漸全神貫注地聽那鈴聲，頓忘處境之危。那「攝心鈴」最是陰毒，專攝修道人的元神。乍聽無奇，只一入耳，便隨人心意發出各種極微妙的異聲，元神立被吸住，漸漸神智昏迷，真魂出竅，休想活命。

商建初聽了一會，猛覺出不妙，重又攝定心神，苦苦支持。烏靈珠手掐法訣朝空一揚，立有一團心形碧光飛起空中。晃得一晃，碧光便自加大，光中現出許多赤身魔女影子，鈴聲也響個不住。先是鈴語幽咽，淒人心脾。及至響了一陣，鈴聲驟轉洪烈，宛如無數天鼓迅雷一齊怒鳴，震撼天地。

商建初惟恐有失，又發出一片「二行真氣」由裡面將人護住，那鈴聲聽去雖極猛惡，並無他異。心方略定，鈴聲忽轉淫豔。碧光中的赤身魔女都是粉光緻緻，皓體呈輝，媚目流波，風情無限，搔首弄姿，輕盈起舞，作出淫蕩之態。稍一注目多看兩眼，心神更被攝住。「二行真氣」防護，原不受鈴聲搖惑，誰知目光被攝，立時心旌搖搖，不能自主。

同時身外陰火陰雷、各色妖光血焰又似狂濤暴雨一般紛紛壓到，護身寶光和外層的「二行真氣」已被煉去十之八九。眼看情勢更急，眾妖人正在笑罵相告，說是成功在即。「攝心鈴」所化碧色心形妖光忽然轉成紫色，妖光更強，內中赤身魔女更現出許多妙相，妖光一轉成粉紅顏色，生魂便被攝去，跟著一片黑煙冒過，妖光再轉純黑，人便成了灰燼，永受煉魂之慘！

眼看妖光由碧轉紫，漸漸出濃而淡，快由深紅轉成淡紅，危機已迫，絕難逃生。想起死時慘狀，魂驚魄顫，忽聽暗中有人笑罵道：「該死妖孽，竟敢使用這等惡毒妖陣，今日你們惡貫滿盈，劫數到了！」眾妖人聞聲大怒，各將法寶飛劍朝那發話之處飛射過去。隨又聽暗中罵道：「你那邪法只向別人賣弄，豈能傷我毫髮！我先將你這『攝心鈴』破去，教你看點顏色如何？」

眾妖人聞言，忽想起陣中已成火海，還有無數陰雷異寶夾放施威，敵人竟在陣中隱形發話，連影子也見不到，料是能手！一面朝那發話之處各以全力紛紛夾攻時，那「攝心鈴」本來高懸頭上，光已轉成淡紅。

商建初因心神已被邪法所制，只覺四肢綿軟，心神如醉，老是要暈神氣，危機一髮，急切間哭喊：「哪位仙人來此，請快將妖鈴破去，救我性命。否則妖光一轉粉色，我便沒命了！」

話未說完，猛瞥見一幢金光祥霞，大約畝許，突自空中出現，只閃得一閃，便將「攝心鈴」妖光裹住，一片香風過處，妖光立滅。「乒乓」兩聲，現出一個形似人心，拳頭般大的黑色妖鈴，尚在滿空跳蕩。

眾妖人一見金光，認出佛門至寶，又見「攝心鈴」正在金光之中跳動掙扎，不由又驚又怒。烏靈珠更是情急，忙縱妖光跟蹤追去，待將妖鈴奪回。

說時遲，那時快，緊跟著一團拳大紅光突又出現，打向妖鈴之上，霹靂一聲，震成粉碎！烏靈珠枉有一身邪法，飛遁神速，竟未追上。敵人始終未現，妖鈴一破，邪法立解！耳聽哈哈一笑，面前人影一晃，現出一個又白又胖的小和尚，先那一幢金光忽然一閃不見。眾妖人均以為是一個本領極高的正教中仙人，及見來人現身，竟是一個未成年的小和尚，生得齒白唇紅，笑嘻嘻帶著一臉頑皮淘氣神情，全都激怒。

四十七島妖人原以烏靈珠為首，方才接得警號，都當來了強敵。有幾個吃過葉繽大虧懷恨多年的，更誤以為葉繽尋來，各把前些年所煉邪法異寶一齊帶上，為數不下八、九十人。先見敵人被困入妖陣，正受陰火化煉，還當烏靈珠小題大做。後來問出乃北海土木島丰商梧之子，雖然有些顧慮，自恃人多勢眾，仍未放在心上。不料有人隱形入陣，將至寶「攝心鈴」破去，心中更是恨極！

眾妖人再一細看，對方空著雙手，笑嘻嘻搖頭晃腦凌虛而立，並無法寶飛劍隨身，急切之間更看不出他的來歷深淺。那麼強烈的陰火妖光，敵人竟在陣中從容出現，多疑還有師長隨來隱形在旁，故示神奇。一時陰雷、妖光、暴雨一齊向小和尚打到，四外的陰火更是潮湧而至。烏靈珠二次又取出妖旛連連晃動，打算攝取敵人元神。

眾妖人哪知來人正是「東海三仙」中苦行頭陀惟一愛徒笑和尚，已然盡得師傳，法力甚高，身有「無形劍煞」防護，萬難傷害！只性喜滑稽，故意取笑，等到邪法異寶一齊發動，忽然哈哈一笑，仍然空著雙手凌虛飛行，在妖光火海之中如魚游水，奔馳起來，那許多邪法異寶夾攻上去，明似打到身上，不知怎的，竟如無覺，身外也無寶光出現。

笑和尚口中直喊：「妖人太多，我一個人除他不完！」邊喊邊跑，神速異常，跑著跑著忽然把頭一晃，便到了一個妖人身前，揚手便打！手法又重又快，挨打的人雖有法寶防身，並無用處，一打必中，打上便是一個滿臉花，不是頭破血流，便是半邊臉腫起老高。

眾妖人先還當挨打的幾個一時疏忽，防備不嚴為敵所乘，後見無打不中，打上就是不輕，漸漸看出只有精通玄功變化的主要十餘人不曾受傷，餘者無一能免！群邪連受打擊，全部激怒，恨如切骨，對於先困一人已無暇再顧及，各以全力與敵拼命。一時大片妖光邪火和各色的寶光虹飛雷舞，狂濤暴雨一般緊緊追逐在笑和尚身後。

烏靈珠看得又驚又怒，暗忖自己所煉「諸天秘魔烏梭」為魔教中無上至寶，一經施為，諸天日月星辰齊受感應，發出一種極強烈無比的毒火烈焰。天際罡風也被引來，在一個對時以內，方圓三數千里內成了一個大黑氣團，天昏地暗，星日無光，全被這類毒焰佈滿，無異混沌景象，附近島嶼也差不多全要陸沉！本是煉來對付葉繽之用。因為葉繽法力太高，煉有「冰魄神光」，居於有勝無敗之勢。近又煉會絕尊者《滅魔寶籙》，功候更深，這才下了數年苦功，把發現多年，為了許多顧忌未敢嘗試的魔教中無上法寶「秘魔神梭」取出，結合十三個有力同黨，在海底深處闢一洞穴，外加重重防備，費盡心力煉成三枚，打算將來強仇上門便與一拼。

這時烏龍珠恨極笑和尚，又被笑和尚衝進來，連捱了兩掌，一時急怒攻心，竟然將諸天秘魔梭連發了兩枚！這類邪法異寶用上一枚已是震撼乾坤，如何兩枚並發！當時只見兩道長約尺許的黑色梭形之物，尾部發出極強烈的銀色火花，帶著一串霹靂之聲，刺空直上萬千丈，晃眼無蹤，同時所有邪陣邪法在為首妖人暴喝之下，忽然一閃不見，全數失蹤。商建初只當妖人逃退，驚喜交集，忙上前待要拜謝。

笑和尚畢竟行家，見那黑梭形的妖光直上九霄，其高莫測。群邪法寶齊收，忽同隱去，雖被自己痛打，尚無敗意。這等形勢，必有凶謀毒計！忙仔細查看，正在戒備，忽聽遙空之中隱隱傳來萬千霹靂之聲，當頭日光呈異彩。日邊現出萬道銀芒，日輪中心卻轉成暗赤顏色，宛如一個大血輪高懸空中。日輪之外又現出不少奇星，也是五顏六色，星邊上各射出不同色的毫光。更有數十百道不同色的長虹滿空交射，頓成奇觀。

（按：本書之中，各種邪法異寶之中，大抵以烏靈珠的「秘魔梭」最厲害，因為它已突破了地球的範圍，而利用了太陽以及其他星球的能量。本書原著寫到這一部分時，已近尾聲，可以肯定若原作者繼續寫下去，一定會有大量地球以外星球的力量出現，「秘魔梭」不過是初試啼聲而已。）

天空光華電射，縱橫交織，色彩鮮明，美麗奪目，下面大地上反比先前昏黑起來。看去死氣沉沉，蘊有無限殺機，由不得使人生悸，如有大禍將臨之兆。笑和尚修道多年，歷劫三生，似此邪法尚是初次見到。耳聽天心高處霹靂之聲越來越密，全都高得出奇，卻不見有雷火打下，星日所發奇光也是越來越強。

笑和尚正令商建初小心，猛瞥見高空中有兩點黑影一閃，估計少說也有好幾千丈高下，自下仰望竟能看見，其大可想！知快發難，忙即加緊戒備時，黑影已自加大，突發奇光，只閃得一閃，天崩地塌般接連兩聲大震，宛如億萬迅雷集成一片天幕，再化為一幢傘形黑色怪火，大逾山岳，突自當空下壓飛墮！離頭還有一兩千丈，隨著億萬迅雷之聲同時爆炸，化為奇大無比一蓬黑色火雨，鋪天蓋地猛罩下來！來勢比電還快，只一閃，千百里方圓的海面齊被這黑色怪火籠罩在裏內！

笑和尚防禦得快，「香雲寶蓋」隨著心念動處化為一幢金光祥霞，傘蓋也似將人一齊護住。火是一片純黑，中雜無量數的大小火星。最小的簡直細如灰沙，最大的也只龍眼大小，震勢卻猛烈得出奇，互相衝擊爆炸。狂濤一般齊向中心湧到，越來越多。當空星日奇光已然不見，天地也早混沌，好似陷身無邊黑海之中，受那恆河沙數的黑色怪火星雷猛擊。雖仗法寶護身，尚能防禦，但是上下四外的壓力重如山岳，香雲寶蓋金光祥霞竟受了震撼，一任笑和尚運用玄功全力防禦，依然隨著怪火衝激震撼不已！

商建初欲用法寶相助防禦。笑和尚正以全力戒備施為，一眼瞥見商建初手掐靈訣，忙即喝止。商建初兩粒「土木雷珠」已朝外打去，只見青、黃二色兩團酒杯大小的光華脫手飛起。笑和尚本可自內封閉，不令飛出，因想此時整座海面已在「諸天太虛煞火」籠罩之下，反正不免浩劫，此寶一出，劫火受了衝動，妖人或許還要受傷！

就這轉念瞬息之間，「二行雷珠」已衝光而出。「太虛煞火」乃妖人採集萬千年地心「罡煞之氣」，會合兩極元磁精英所煉成魔教中惟一至寶，全名為「諸天星辰秘魔七絕烏梭」。一經施為，便直上九霄，超出兩天交界大氣層外，停空急轉。跟著四邊發出億萬道黑色光線，越轉越快，具有極強大的吸力。日光最強，易受感應，日輪中的「元磁煞火」首被引發，凡是挨近一點的天空星辰，多被吸引，相繼受了感應，發出本身「罡煞之氣」與之相合。

黑梭受不住空中日星煞火衝射，自行爆炸，再將先前引發的諸天星辰「罡煞之氣」與「元磁太火」毒焰帶同飛墮。一近地面，大地上的「罡煞之氣」立與相合，無論是何物質全受感應，方圓數千里內的生物全滅！這還是妖人功候尚差，所煉烏梭中的「元磁真氣」為量較少，又欠精純。如真煉到極點，直能將天空中無數巨星中的「罡煞之氣」大量引來，齊向地面衝射，使整個大地上的生物一起毀滅，威力之猛，端的不可思議。

（按：人類正盡全力在發展各種毀滅性的武器，難保沒有一天，會有可能毀滅整個地球的武器出現。要毀滅地球，必須借助地球以外星球上的能量，本書作者的想法，奇特而又合乎邏輯。）

烏靈珠和另一妖黨昔年無意中發現海底魔窟中有一部《魔神經》和三枚未煉成的烏梭。先知這類魔中異寶均有魔頭暗中主持，必須向其降服才能取用，由此受到魔頭的暗制，不能自主，死而後已。

烏靈珠匆匆退出，後來又遭慘敗，想起前事，因見上次出入魔窟並無異兆，誤以為前主人和魔頭已為正教中人所滅，這才決計重入魔窟祭煉此寶。誰知剛把一冊《魔神經》看完，如法祭煉，魔頭忽然在暗中發話，迫令歸順。勢成騎虎，欲罷不能，把心一橫，連同黨十三人加功祭煉下去。

適才急怒攻心，二枚齊發，附近四十七島已齊受震撼，眼看陸沉，哪還經得住兩粒「二行雷珠」一齊打出！只是寸許大兩團青白二色的寶光在萬丈黑色火海中閃得一閃，立時爆炸。炸後雷珠受了吸力反應，化成無數大小青、白二色的星光雜在彌天黑焰之中爆炸不已，隨滅隨生，下面島嶼當時陸沉崩塌了好幾座，多年辛苦修建的仙山靈景全數毀滅！

土木二行神雷發出以後，外面煞火宛如火上添油，越發狂烈。香雲寶蓋因未與心靈相合，這時已漸不能隨心主持，震撼更急。看去宛如十來丈高一幢天花寶蓋上下騰擲，往來搖晃於瀰天黑海之中。上下四外的無量煞火星雷似暴雨密雪一般互相激撞狂湧而來，吃香雲寶蓋一擋，激射起千重靈雨，億萬金花！雖未被其侵入，形勢已危險萬分！

眼看危機已迫，猛瞥見十萬丈黑海星濤之中，遠飛來一朵如意形的燈花，青光熒熒，其大如斗。後面跟著一幢上具佛家七寶高約三丈的金光祥霞，光中擁著一個妙年女尼和一雙形貌相同，各著一身白色仙衣年約十三四歲的少女。長幼三人都是容光美豔，望若仙神。再由那幢金光祥霞擁護飛來，越顯得寶相莊嚴，儀態萬方。

那麼強烈的煞火星雷，上天下地方圓千里內外全被佈滿，但這三人手指前面燈花開路，飛行無邊黑海之中，其急如電。所到之處大量黑色煞火和那青白二色的神雷星花，挨著便自消滅，衝開一條火衖飛近。同時又見左側飛來一道遁光，內有二男一女聯合同飛。

那二男一女，正是南海雙童甄艮、甄兌，同了凌雲鳳，帶了「子午宙光盤」來助。三人來到笑和尚近前，雲鳳二甄和笑和尚初次相見，知他本門先進，法力高強，執禮甚恭。

笑和尚聽說持有「宙光盤」，知是專破兩極元磁真氣與太火毒焰之寶，心中大喜，笑問：「師妹何不下手？」

雲鳳笑道：「妹子此來應前輩女仙金鐘島主一音大師之約，現在大師已率小寒山二女謝家姊妹同時趕到。此時將煞火取去，群邪難免乘機逃遁。大師來前曾用絕尊者《滅魔寶籙》中的『十二諸天降魔大法』將四邊封禁不令漏網，請看大師不已動手了嗎？」

笑和尚早看見先來長幼三女仙飛近烏魚島上空便即停住，那朵如意形的燈花時青時黃，有時又作金紅色懸在三人前面不住閃變，上下四外的煞火星光擁上前去便自消滅。晃眼之間，燈花祥光所照之處，竟空出了畝許大一片地面，才知長幼三女使是聞名已久的金鐘島主葉繽和小寒山二女謝瓔、謝琳。

葉繽知道群邪所煉烏梭尚有一枚未發，為首諸妖人均精玄功變化，事敗逃遁如將此一枚烏梭帶去，又留下一個大禍胎，故意誘敵，遲不發難。烏靈珠果然上當，把殘餘的一枚烏梭冷不防發將出去，衝入上空，吃那排山倒海的煞火和土木神雷青白色星花火雨上下四外一齊衝射，未等飛高便行爆炸。天崩地陷一片大震，大蓬煞火似天河倒傾，電射而下。群邪逃避不及，除了為首十三個祭煉烏梭的妖人和少數精通玄功變化的幾個，當時便死了一大半！肉身首被震成粉碎，元神再吃煞火猛壓下去，當時形神皆滅！

說時遲，那時快，這原是轉瞬間事，葉繽見群邪作法自斃，妖人紛紛傷亡。海水群飛，駭浪山立，煞火所衝之處，大量海水化為萬千霹靂自行爆炸，忙喝：「瓔琳姊妹，還不下手，等待何時！」口中說話，手掐靈訣往下連指。那朵如意形的燈花晃眼成了一個百畝方圓的光筒，將下邊煞火一齊罩住，不令往外開展。然後回顧笑和尚傳聲笑道：「『兩光盤』大有用處，請先準備，聽我招呼，助我消此煞火。」

葉繽腳底忽然湧起一朵青蓮，祥輝電射，和那燈花一樣，四邊煞火星雷只一近前便自消滅。小寒山二女身形微閃，連那「七寶金幢」一齊隱去，不知去向。

轉眼之間，眼前奇亮，「七寶金幢」突又在海底出現，高達數十百丈，金霞閃閃，祥雨霏微，上面七寶齊放毫光，挺立海中徐徐轉動。寶光照處，當時波平浪靜，恢復原狀。上面雖仍是黑焰瀰空，星雷如海，下面卻是碧波平勻，一望清深。為首群邪已各遠遁去。

又見天空四邊起了一圈明霞，奇光如電。估計少說也在數百里外，那強烈的煞火本是無邊黑海，上與天接，竟會掩不住那環繞若城的明霞奇光。明霞漸往中心收縮過來，當空煞火星雷的威勢本就猛惡已極。天地早成混沌，方圓千里以上直似一個極大洪爐，內裏包滿烈燄，更無一絲空隙。吃這四邊光牆往裏一迫，威勢驟加，轟隆巨響大震聲中，更雜著億萬密雷的怒嘯！

葉繽由一朵丈許大的青蓮托住，手掐靈訣停空含笑而立。另一面由那滿臉笑容的小和尚為首，在「香雲寶蓋」護身之下，面前飛起一盤長圓形的寶光，光內銀光閃閃，細如牛毛。煞火毒焰已被四外明霞合成的光圍由大而小逐漸迫緊，密壓壓齊在中心聚攏。光圍越發縮小，葉繽在佛火燈花防身之下，由那青蓮擁住，施展滅魔大法，逼住煞火毒焰由這煙筒形的光圈中朝九天之上猛射而上。看神氣似想送往大氣層上，仍由天空日星將那毒焰吸收回去。本來無事，但當空突飛來一片藍色妖雲，竟將那麼強烈的毒焰擋住！

煞火受迫，立時由上而下隨著那片藍色妖雲反壓下來，猛烈衝射，連那一圈筒形明霞也受了震撼。

笑和尚見狀大怒，忽聽葉繽大喝：「笑道友速將『宙光盤』中『子午神光』發射出來，待我和瓔琳姊妹除此元凶！」同時眼前倏地金光奇亮，抬頭一看，正是小寒山二女在「七寶金幢」籠罩之下同在當空現身。

那藍色妖雲中裹著一條藍影，由當空飛降，欲以煞火向下反擊。一見「七寶金幢」突在頭上出現。只一晃，妖雲收處，藍影化為三條上下飛舞，往來亂竄。無如明霞若城，四面擋住，衝突不出。上面又有「七寶金幢」罩定，只得掉頭飛星電瀉一般往下射來，打算由萬丈黑焰毒火中穿地逃去。

那三條藍影，正是烏靈珠三屍元神所化，因怨毒太深，還想作最後一擊，利用煞火與敵拼命，卻不料成了自投羅網！笑和尚動作何等靈敏，一聽招呼，手朝「宙光盤」中一指，那根虛懸的神針立射出一蓬細如牛毛而衝射之力極強的銀芒光雨。所到之處，煞火星雷首先紛紛消滅，化為輕煙，光線雖然極細，光卻強烈，亮逾銀電，帶著「轟轟」雷電之聲。那麼繁密的煞火星雷宛如浮雪向火，挨著便被消滅。

笑和尚全力施為，指定針頭上「子午神光線」在那黑海中上下衝射。就這轉眼之間，三條藍影已由極高空中東竄西逃，縮成尺許大小直飛下來。

忽聽一聲輕叱，葉繽頭上那朵如意形的燈花突又一閃不見，青蓮花瓣上立有一片青霞向上飛起，將人包沒在內，那三條藍影原是參差飛降，各不相謀，當頭一條竟似想和仇敵拼命，猛一掉頭，藍影突然加大，內中裹著一個赤身露體的妖人，由胸前發出一片血光猛朝葉繽衝過去！

藍影內中所擁妖人相貌十分獰厲，相隔葉繽約三四丈，猛然手口齊張，先由口中噴出一連串比血還紅的光氣朝前激射，兩隻其大如箕的怪手更發出連珠火彈同向葉繽打到，胸前血光驟轉強烈，火鏡也似朝前照去，來勢神速，猛惡已極！

笑和尚雖知葉繽法力高強，不致受傷，因憤妖人醜惡，百忙中揚手飛起師傳「璧月刀」。一圈金碧光華剛飛出，忽見豆大一點淡微微的黃影閃了一閃。藍影中妖人慌不迭改進為退，猛聽「波」的一聲極輕微的爆音，一團如意形的佛光燈花突在妖人胸前爆炸！妖人連身外藍影一齊震成粉碎，吃殘餘的煞火星雷往上一圍繞，「宙光盤」中「子午神光線」再衝射過去，當時消滅！

第二條藍影正往斜刺裡飛去，笑和尚想用「子午神光」除他，因見煞火星雷為數尚多，不敢怠慢，先飛出去那口「璧月刀」所化金碧神光正在飛舞，藍影一到，恰好迎頭擋住，當時絞為三段。仍想把殘魂合為一起設法遁走，一蓬紫色雷火已當頭打下，當時震成粉碎。末條妖魂藍影被「宙光盤」中神針針頭上的子午光線射去，只聽「轟轟」雷電聲中一聲慘嘯，衝裂成數縷藍煙，箭一般朝空射去。小寒山二女正由上空壓著殘餘煞火飛降，一見殘魂餘氣還想遁走，把金幢寶光微微一轉，一片金霞電射而下，殘魂立被吸去！

葉繽便對笑和尚道：「道友可將法寶收起，由我將這些殘餘毒焰煞氣送往大氣層上使其消散。」說時，那殘餘的煞火星雷被二女金幢壓定往下飛來，吃笑和尚用「宙光盤」中「子午神光線」衝射，全數消滅，只剩黑煙飛揚，往來鼓蕩，尚極濃厚，但已不能發火爆炸。

笑和尚聞言便把「宙光盤」收去，葉繽手掐靈訣正待施為，忽似有什麼警兆，面容微微一變，口喝：「強敵將臨，笑道友人走無妨，『香雲寶蓋』不可收去！」

說罷，將手一揚，那明霞合成的光筒木似一根撐天寶柱由海面起直上重霄，忽隨葉繽手指，裹著煞火星雷所化毒煙黑氣上升，晃眼高出數十百丈，長虹射空，照準天心高處電也似疾筆直上升，不一會超出雲層，剩下一條筆直的彩虹，光影由大而小，漸無影跡，煙消火滅，日華耀空，天色重轉清明。

耳聽遠遠空中有人厲聲大喝：「葉繽賤婢！」隨見一道白光由高空中電也似疾，橫海飛來，內中現出一個相貌醜怪的黑衣年老道婆。白氣將到達上空，葉繽也未答話，玉手一揚，立有一股電氣霞光激射而出，將那白氣迎頭敵住，兩下抵緊，時近時退，就在海面上相持起來。

一旁謝琳心中有氣，正待上前助戰，忽見一股青濛濛的光氣由海中心電射而出，朝兩道長虹之中衝去。定睛一看，正是凌雲鳳。笑和尚見謝琳滿臉怒容，正掐法訣似要施為。暗忖：「葉繽得道多年，近又煉成絕尊者《滅魔寶籙》，來人不會不知，竟敢拼鬥，已是奇怪。葉繽只將『冰魄神光』化成一股彩虹與之相持，其中必有原因。」

惟恐凌雲鳳冒失出手，所持「神禹令」又是前古奇珍，威力甚大，黑衣老婦所發白虹毫無邪氣，萬一是位前輩地仙，無心開罪惹出事來，豈不討厭！念頭一轉，忙用本門傳聲急呼：「凌師妹，不奉一音大師之命，不可冒失出手！」

雲鳳耳聽笑和尚傳聲急呼，不令造次，想起此是同門先進，見聞又廣，傳聲阻止必有原因，心念才動，那股白氣本由黑衣老婦右手發出，與葉繽凌空相持，時進時退，彼此旗鼓相當，無一人露出敗意。及至雲鳳「神禹令」神光電射而出，黑衣老婦面容驟變，怒喝得一聲：「賤婢也敢欺人！」把左手一揚，先是一股同樣白氣將「神禹令」敵住，同時把口一張，噴出一蓬細如米粒的銀灰色光雨，為數何止千萬，暴雨也似朝雲鳳當頭罩下！

雲鳳見那細如星沙的雲光剛一近身，便覺奇寒侵肌，幾難忍受！說時遲，那時快，就這轉眼之間，猛瞥見一道金光破空橫海而來，光中現出一個年約十六、七歲的白衣少女，正是神尼芬陀唯一的弟子，前輩女仙楊瑾。

只見五縷紅線由楊瑾左手五指上發出朝身前射來，這時雲鳳身外已被銀灰色的光雨緊緊裹住，密層層快要融為一體。這五縷紅線看去細極，色作深紅，又勁又直，是「太陽真火」凝煉而成，威力十分猛惡。和那雲光剛一接觸，黑衣老婦便似知道不妙，把手一招，想要收回已自無及。那大量銀沙挨著紅線，紛紛消滅，化為大蓬熱霧瀰漫海上。

黑衣老婦急怒交加，厲聲大喝，一股灰白色的光氣由口噴出，和那殘餘的銀色光沙兩下會合，不等紅線追來，先自紛紛爆炸，化為大量熱霧四下飛騰，晃眼展布開來，千百里海面齊在籠罩之下，奇熱無比。

雲鳳奇寒剛退，酷熱又生，雖在劍光防護之下，依然熱不可當。幸而當空白虹彩氣忽然收盡，敵我雙方均無蹤影，只楊瑾一人在法華金輪之上停住不動。正待用「神禹令」衝開熱霧，忽聽笑和尚二次傳聲急呼：「速用法寶防身，不可妄動！」

聲才入耳，海面上熱霧更加強烈，熱力比起烈火還要猛惡得多。遙望前面上下四外已被這類似火非火似氣非氣的霧佈滿，什麼也看不見。只楊瑾「法華金輪」等佛門至寶金光祥霞，在白色濃霧影裡隱隱閃動。那白霧不特奇熱無比，更具極大壓力！如非「神禹令」擋住正面，決難忍受。

正想發揮全力另取法寶一試，忽聽楊瑾笑喝：「閔道友，一音大師近煉絕尊者《滅魔寶籙》，已早成功，小寒山二女又是忍大師門下高足，兼修上乘佛法，煉就『有無相神光』，更有佛門至寶『七寶金幢』。你便多大神通也難占得上風。道友得道千餘年，當知順逆，乘著此時勝負未分，各自回山，豈不是好！如覺這太陰凝寒之氣陰極陽生，已然化生火霧，熱力勝於烈火，易發難收，那也無妨，我囊中帶有『九疑鼎』和一粒混沌元胎，足能收去！」

楊瑾說罷，金輪寶光中突現出一張大口，由口中噴射出中雜億萬金花的五色祥焰，神龍吸水一般投向霧陣之中。那方圓千百里、上與天接的無量熱霧忽隨同那兩股祥焰往大口中飛投進去，晃眼便去了一小半。

雲鳳方覺身外一輕，耳聽謝琳在旁低語道：「這老婆子有多可恨！我葉姑再三讓她，還自逞強，你那『神禹令』是她剋星，可乘著楊仙子話未說完，冷不防給她一點厲害，你看如何？」

又聽謝瓔插口笑道：「此人乃水母嫡傳弟子，因犯師規禁閉宮中三百七十二年，難為她竟以至誠苦修，由禁法中悟出妙用參透玄機，自身脫困，並還長了無邊道力，和另一男同門『絳雲真人』陸巽分居乃師所留兩處水宮仙府之內。雖未奉有遺命承繼大統，已隱然成了一派宗主。她喜怒無常，感情用事，四十七島群邪倒有七、八個在她門下，方才死於煞火，形神皆滅，是以趕來報仇。葉姑不欲各走極端，她偏不知好歹，凌姊姊用『神禹令』給她看點顏色也好！」

雲鳳知道謝瓔謹慎持重，不似謝琳膽大喜事，這等說法，料無妨害，便將「神禹令」寶光朝前射去。自從「九疑鼎」大口一現，三女問答幾句話的功夫，滿空熱氣白霧已被吞沒了十之七八。對方意似不服，始而口中連噴銀色光氣，滿臉忿激之容，也不發話，一味惡鬥。「神禹令」青光一發，黑衣老婦神情大變，知遇見對頭剋星，已討不了好去。

葉繽將手一指，一片霧光已飛向前將「神禹令」寶光擋住。

楊瑾知其素來好勝，收回「九疑鼎」，招呼葉繽、雲鳳一齊飛上前去。見面笑道：「閔道友，自來不打不相識，那幾個門人本是四十七島中的妖邪，極惡窮凶，無所不為，道友為他們負氣，未免不值。乘此勝負未分，由我作個魯仲連，將來再令雲鳳前往水宮負荊請罪如何？」

黑衣道姑自知不敵，樂得趁機下臺，忙即告辭。其時，四十七島群邪，被煞火震死一大半，烏龍珠死後，其餘妖邪，也被笑和尚、南海雙童悉數消滅。雲鳳因奉命將宙光盤借給笑和尚應用，便不再收回，先自飛走。南海雙童得知前生父親被葉纘的弟子朱鸞救走，心中大喜，正待往回，朱鸞已帶了改名歸吾的甄海飛來相會。商建初自和朱鸞相見不提。而南海雙童、歸吾和笑和尚，便起程去解李洪等人「天一玄冰」之圍。一行四人，一直向北海飛去，不久便行經東北兩海交界之處的鐵刀峽。

當地原是海中心突出來的六座大礁石，其高千百丈，石黑如漆，遠望好似六把大刀，犬牙相錯地釘在海上，形勢奇險。風濤更是猛惡，終年駭浪滔天。那六座礁石最低的離水也有五六千尺，莫說仙凡足跡之所不至，連海鳥都不住上棲息。四人雖是累生修為，足跡遍及海內外，當地尚是初次經過。

笑和尚見海氣荒涼，風濤險惡，浪花撞在那些礁石上面，玉濺雪飛，高起數十百丈，成為奇觀。以為甄氏父子生長海中，必知地理，一問竟連黑刀峽的地名都是出於傳聞，是否當地都不知道！一時好奇，試用慧目隔水查看。原來海下面竟是千石萬壑，峰巒靈秀，琪花瑤草滿地都是。那六座黑色荒礁便是下面山頂。

最奇的是，海面風濤那等險惡，離水五六丈下卻是碧波停勻，彷彿只有六七丈深的海水，下面千百丈深的大片山林均被一片奇大無比的琉璃籠罩。心中驚奇，正指甄氏父子向前遙望，猛瞥見一群七八隻似龍非龍，頸長十餘丈，鹿頭龜背，扁尾長拖，腹具四足一爪，通體碧鱗閃閃生光的大怪獸，由一片高達數十丈粗約十數圍的奇樹林中緩步而出。這些怪獸小的從頭到尾也有十七八丈長短，那條長頸幾佔身長五分之三，前胸生出一爪，形如蒲扇。

笑和尚再查看，那些山林全是陸地，偏看不出行法之跡，越看越怪。覺著這等地方休說眼見，連聽也不曾聽過！互一商計，似此海中靈域，美景清奇，難得發現，正好乘機往遊。即便有左道妖人在此隱跡，憑一行四人的法力決可無妨！

經笑和尚一提議，全都讚好。略一商計，便同往前馳去。到了前面同往下落，果然離海面六、七丈以下，裡面全是空的。上面海水仍是狂濤洶湧，駭浪如山，下面好似被甚東西將海水托住，只看不出一點影跡。急於穿波而下，也未仔細觀察，便往下降。

四人剛降六、七丈，快達中空之處，眼看穿過。腳底浮著一片奇大無比的潛力，軟綿綿湧將上來，差點沒被連人蕩退，拋出水面！笑和尚覺得有人有意阻擋，不令入境，不禁有氣。正待行法強衝，下面倏地水雲蕩漾，急轉如飛，連閃兩閃，腳底一虛，人已落在水層下。

水層之下不特洞壑幽清，景物靈秀，並還有各種從未見過的珍禽奇獸往來遊行。那些參天花樹無一株不是上開各色繁花。前面有二十四座高峰，南海雙童口讚奇景，當先前進，笑和尚同了歸吾隨在後面。剛到迎面兩峰中心，前行南海雙童已無蹤影。

笑和尚心中吃驚，表面裝著觀景，暗將元神遁出飛向上空觀察，看出那二十四峰竟是一座極奇怪的陣勢，不特雙童失蹤，連自己的隱身法也被人破去！忙將元神飛回，正待相機行事，忽聽甄艮用本門傳聲說道：「我們誤入陣地，不知道笑師兄和爹爹人在何方，望速傳聲告知，以便往尋！」

笑和尚隨用傳聲互相聯絡，不消幾句話的功夫，面前地底碧光亂閃螢雨橫飛中，南海雙童穿地而出。四人會合以後，笑和尚料知隱身法被對方破去，陣中已難隱形，所有言動均在敵人耳目之中，遂忙令眾人速由地底衝出陣去。果然四人剛入陣地，便聽到陣中天風海濤之聲大作，地皮也在震動。仗著飛遁神速，晃眼飛出陣地。

眼前是一片大湖，湖邊是一座竹林，四人互相對看了一眼，由笑和尚上前向竹林為禮道：「後輩等往北海有事，路過仙居，欲來觀光，自知失禮，來此負荊，意欲拜謁，請示仙機，望乞主人賜教為幸！」說罷忽聽身後風雨之聲甚急，回頭一看，乃是一條墨龍，長約數十丈，頭如小山，上生三角，鬚長丈許，龍睛外凸，金光閃閃遠射十餘丈，正由左側那列高樹梢上蜿蜒飛舞而來。

到了四人面前不遠，略一停頓，朝四人看了看，一聲長嘯，忽然掉頭往湖心深處穿波而下。那麼長大猛惡的蛟龍投向水中，竟連水花也未濺起一點。入水之後，晃眼縮成丈許長短，只見一條烏光電閃的龍影由大而小往湖心深處飛射下去，一閃無蹤。

甄氏弟兄心疑主人乃龍修成，方才現形，剛用傳聲談論，忽聽琴音起自林內。料是主人有意引客，同往林中走進。耳聽琴音甚美，隔林內視，見那瑤琴橫在一張白玉短几之上，形制十分古雅。暗忖主人既將我們引來，何故不肯出現？心中尋思，人已入林。

笑和尚暗中查看，見那琴弦好似有人勾撥撫弄，知道主人隱身石上。方想設詞探詢求見，琴聲忽止，隨聽石上有一女子口音說道：「諸位道友遠來不易，幸蒙光降，實是前緣。外子雖是得道千餘年，無奈前孽太重，未脫孽骸，自慚形穢，羞於見人。愚夫婦本身有一難題未解，自成婚之後遷居此地已九百年，便為此事延遲至今不能修成正果，如蒙鼎力相助，感恩不盡！」

笑和尚聽出主人好似水中精怪修成，先見三角墨龍便是此女之夫，越發驚奇，略一尋思，答道：「我四人決無推辭，只不知所說何事，我等能否勝任？」

隨聽女子答道：「事雖艱險，但諸位所帶的法寶正可合用，只消用『碧燐衝』開路，用『香雲寶蓋』防身，便可深入，將那一十七粒靈丹、幾件法寶、一道古人的靈符取了出來就可。」話未說完，對面一片黑光閃過，跟著又是銀光連閃，石墩上突現出一個白衣妙齡道姑，正自起立面向四人盈盈下拜。

四人見那道姑穿著一身白如銀雪的道裝，生得秀媚絕倫，美麗入骨，一身仙風道氣，哪像異類修成之人！問起緣由，才知原來湖心之下是一極大海眼，自男女主人由北海受一左道妖邪逼迫逃來此地，發現海眼之內有一極長的洞穴，內裡門戶甚多，均有仙法禁制。

男女主人定居之後，夫妻合力去往海眼之內日夜查探，運用法力破去頭層禁法，現出一座神碑，朱書古篆，大意是說此洞乃古仙人盆犖所居洞府。飛升以前，將生平幾件降魔至寶和各種丹藥靈符藏在三四兩層寶座之內，誰能得到便是有緣。凡人服上一粒靈丹，當時便可脫胎換骨，至少成一散仙。如是異類服下，立可脫去舊有形骸化為人類。男主人為此守候多年，但卻無法攻破仙法禁制。

四人聽女主人講完，四人便請其引路。不一會便來至一座極大的宮殿之中，才一進門，便聽到龍吟之聲起自玉屏風中，音甚幽長，細而娛耳。抬頭一看，原來屏上煙雲浮動，鱗爪飛舞，一條墨龍，先現出一個斗大龍頭朝四人將頭連點，長嘯兩聲。跟著身形一閃，屏上煙雲滾滾飛舞中龍便不見，煙雲隨同消散，仍是一片白如羊脂的美玉。

四人知是男主人現身致謝，也向屏風為禮，略為談論片刻，女主人又引四人到一個水潭邊上，眾人剛到潭邊，潭水忽似開鍋沸水一般水花滾滾往上高起。

主人笑道：「此間的地底泉脈縱橫，凡是有水之處均相通連，外子正開水路迎賓。適聽傳聲，今日泉眼占洞中竟有異兆。」

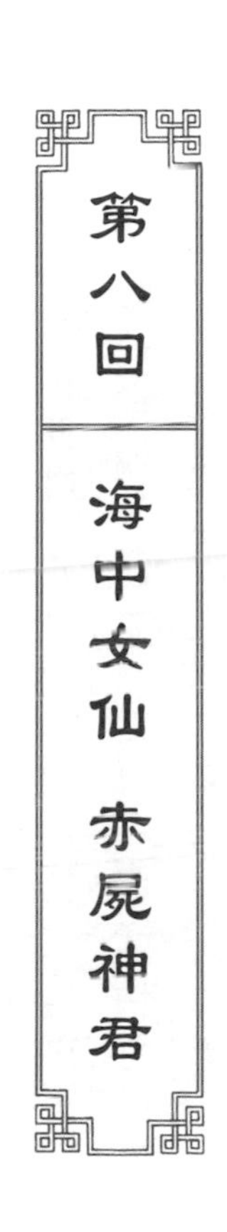

第八回　海中女仙　赤屍神君

潭中水花已冒高兩三丈，水塔也似矗立潭中，正突突往上冒起。倏地往下一沉，陷下去一個大深洞，四邊的水全停止不流。

四人俯視潭心深處，似有光影微微凸起。乍看相隔上面約有二十餘丈，跟著便見往上湧來。等出水面，乃是一個大水泡。眼看越長越大，約有五丈方圓，「波」的一聲化為一片淡青色的光氣罩向眾人頭上，反兜過來，分而復合，腳底也現出一片青色雲光將眾人托住往下降去。晃眼直下千百丈，再改平飛。四人看那前行之處乃是一條其長無比的甬道，上下四外的水全被那淡青色光氣形成的空洞劈開，人由那片水雲托住朝前急飛。

飛行多時，前面地勢忽然展開，兩座華表分立地上，高約三十餘丈，前面現出一座大洞，兩扇質似精鋼高約五丈的大門一扇大開，左邊一扇已殘缺不全，遙望洞內光明如畫，因當地乃前古水仙隱修之地，又在二千年前留下許多靈丹至寶，以前雖未曾聽說，必非尋常人物，為示誠敬，先朝洞門下拜，再同走進。

四人進洞之際，女人主突然收到傳聲，匆匆飛走，四人知道已該動手。南海雙童把「碧燐衝」取出施為，前面七葉風車星飛電旋，一蓬碧色螢光往地底衝處，洞中禁制已被引發。一道黑色精光朝著四人暴雨一般射來。跟著洞頂一蓬紫光當頭壓到，左右兩壁也有七八尺長的火箭攢射過來，地底風雷烈火之聲大作，全洞一齊搖撼！

笑和尚「香雲寶蓋」放起，化為一幢金光祥霞將四人一齊籠罩在內，上下四外的火箭神光立被擋開，口喝：「甄師弟還不快走！」

南海雙童聞言忙以全力施為，碧光電轉往下鑽去。初意下面地層定必堅厚難於通行，誰知通行並不艱難，入地不過丈許，便入了烈火之中。這才看出古仙人的禁法神妙異常，下面地底直似一座大洪爐，火光比電還亮，已成銀色，內中更雜有無數火彈，打到身外金霞之上紛紛爆炸，威力奇猛，如非佛門至寶防身，幾為所傷！

笑和尚見狀道：「二位甄師弟，不可退縮。」說罷，揚手把「火靈珠」發將出去。初意相助甄氏弟兄開路，不料巧合，那粒「乾天火靈珠」正是地底陰火剋星。一團金紅奇光剛發出手，投向火海之中，那大量玄色陰火和身後射來的火箭才一接觸，立時消滅。再看出前面地層竟是白色銀泥，「碧燐衝」螢光飛射中激盪起千重銀漩，轉眼便到了另一個洞中。

四人見洞中空無一物，光景卻極明亮，匆促間不知光從何來，後經仔細查看，當中洞頂離地十丈，凌空懸著一面上豐下銳長約六寸、前端具有雙耳的人形鐵牌，本身烏油油僅現微光，但是越來越強，光也轉為白色，照得全洞通明如晝。如非見聞多，決看不出那牌的妙用。知是至寶奇珍，忙同跪拜，通誠求告。

拜罷起立，笑和尚行事謹慎，將四人合成一起，收了別的法寶，只用「香雲寶蓋」護身朝上飛去。到了牌前，見和釘在那裡一樣，看是凌空，實甚牢固，試用本門「太乙分光捉影之法」手掐靈訣朝前一招，牌便冉冉飛來，竟是容易已極。

笑和尚心中大喜，剛往下降，就這法牌到手微一注視之間，地面上突有一幢金光湧起！回頭一看，原來鐵牌下面洞中心埋伏著一座形似寶塔之物，高只丈許，色作烏金，光芒四射，立在地上。方想行法收去，忽聽內裡有人說道：「此是鎮海之寶，妄動者死！」以下便沒了聲息。知是古仙人仙法留音，不敢冒失，忙用「碧燐衝」開路，「寶蓋」防身，穿地而入。

四人一開始行動，上下四外的埋伏也一齊發動，才一入地，烈火風雷、火箭金刀便潮湧而來，前面和身後來路更具有一種極奇怪的吸力。笑和尚運用玄功，施展全力，又和南海雙童父子把所帶法寶全都試遍，只火箭風雷和那奔騰若海火浪被靈珠消滅，那無形吹力四外一齊吸緊，連「香雲寶蓋」也被裹住。如非人在金霞籠護之下，內裡還有空隙，勢必手腳均難移動。用盡方法，困守了好些時候，仍無計可施。後才想起那塊鐵牌也許有用，姑且一試，因還不知用法如何，上來只用鐵牌朝外連晃。

哪知此牌正是各種埋伏的樞鈕，才一晃動，禁法和那吸力全數失效。四人忙往前進，越過三層洞門潛入地面，見洞頂上也懸著一面同樣大小的鐵牌，忙用前法取下。迎面洞壁之內有一座似鼎非鼎、高約丈許之物，知道那鼎便是藏珍寶庫。

笑和尚將兩面鐵牌合攏，「錚」的一聲微響，雙牌合璧，一片金光過處，竟成一體。兩牌相合以後，前端現出一團形似太極的圓光，兩儀二氣正在微微旋轉不休，時隱時現。笑和尚把牌握在手裡，按照師傳「太清仙法」，手掐訣印朝前一揚，一口真氣朝牌頭上噴去。隨見一青一白兩股光氣，細如游絲，起自牌上，朝前面似玉非玉、似金非金的洞壁上射去。

那青、白二氣剛射上去，耳聽「轟」的一聲大震，眼前煙火變滅，騰湧如潮，正面洞壁忽然失蹤，寶庫也自出現。眾人見那寶庫下具五足，形似金鼎，高約三丈，上面無門無口，看去堅厚異常。笑和尚辨明向背之後，再用前法把青、白二色的光氣發出，朝寶庫上射去。陰陽二氣射到上面，鼎上五色毫光迸射如雨，每面各現出一座小門，同時開放，外面光華立隱，庫中寶光閃閃，並有金鐵交鳴之聲。

笑和尚想起昔年偶往峨嵋仙府去尋金蟬、石生，同往苗疆共敵綠袍老祖時，正值師祖長眉真人仙籟頂石洞藏珍「七修劍」由裡飛出，便是這等光景，料知庫中藏珍將要飛出，忙喝：「大家留意，莫被法寶遁走！」隨說隨將「香雲寶蓋」向前罩去。不料鼎內藏珍頗多，六門齊開，匆促之間不及兼顧，眼前五色奇光虹飛電舞，金芒耀目。當頭一道龍形紫色奇光首由正門之內激射而出！下餘五門也各有寶光騰起，其勢比電還快！

笑和尚見狀大驚，忙用「香雲寶蓋」飛罩上去，已自無及。左側門內又飛出七點火星，作「之」字行，互相追逐飛舞而出，趕上那道龍形紫光，衝向出口一面洞壁之上，只聽霹靂連聲，洞壁立被震穿一個大洞，兩件前古奇珍就此破壁飛去！

六面庫門各有一件奇珍，除先逃兩件外，「香雲寶蓋」只罩住了三件。另外還有一件形似三根二尺多長彩羽之寶由庫後飛出，被南海雙童瞥見，各指飛劍上前攔阻。劍光才一接觸，前面洞壁已現裂口，那三根彩羽立化彩虹飛去。只有一件鐘形之寶由內飛出，吃歸吾身劍合一飛起一擋，逃勢略緩，笑和尚忙發「無形劍煞」追將上去，行法收到手裡。

逃走的法寶沒法再追，只得回到鼎前在「香雲寶蓋」籠罩之下，側耳一聽，內裡金鐵交鳴之聲越急，並還雜以風火雷鳴。時見寶光往外衝出，都被金霞將門封住，不曾衝破。笑和尚暗忖鼎中至寶已失其三，似此相持，幾時是個了局？想了想，把金霞寶光往外加大，一面令歸吾父子三人攔住法寶逃路，合力截堵。等到準備停當，把手一揮，金霞往外展開，空出大片地面，內中法寶立時奪門而出。

那法寶共是三件，一件形似雙斧交叉，飛舞而出，斧頭正圓。其中一斧形如滿月，寒光閃閃；一斧四邊金芒電射，中心深紅，宛如一團日輪斜插在一根形似長矛、奇光激射的斧柄之上，飛舞之時發出轟轟雷電之聲。下餘兩件，一件形似一個大半環的玉圈，上面蟠著七條靈蛇，口中各噴彩焰，其直如箭，滿空飛舞；一件是個兩頭尖針形的青光。三個法寶被「杳雲寶蓋」金光罩住，兀自收它不下，笑和尚忙告雙童小心戒備，不求有功，只求無過。

等到入庫取出靈丹，查看庫中是否附有收寶之法，再作計較，隨往寶庫中飛去。庫高三丈，門僅三尺大小，笑和尚飛遁入內，初意門戶大開，必可隨意出入，哪知剛到裡面，瞥見庫中心似有光華閃動，疑有藏珍在內，便縱遁光飛往當頂查看，剛看出那寶光作六角形，中藏一圓形似雞卵的灰白影子，眼前倏地一暗，耳聽金鐵風雷之聲四面湧來，知道庫中還有埋伏，無心觸動！

總算東海面壁之後功力大進，人又機智萬分，忙將「無形劍煞」向外展開，先將本身護住，再用慧目法眼省看。原來身已陷入萬丈濃霧之中，上下四外黑影沉沉，什麼也看不見，不知多高多遠，身外只是一片濃黑！耳聽風雷大作，金鐵交鳴，宛如百萬天兵挾著排山倒海之勢和重逾山嶽的壓力齊向中心壓到！開頭運用玄功，還能稍為衝行移動，晃眼之間上下四外一齊迫緊，休說隨意衝行，如非道法高深，直連手足都難移動！

笑和尚累生修為，見聞廣博，先見寶庫中心所懸灰白色形似雞卵的氣團，便疑中藏先後天五行妙用，隨而立時取出「宙光盤」，朝盤心所懸神針一指，針頭上「子午神光線」便隔著寶光劍氣衝射出去。那細如牛毛的銀色光雨長才尺許，剛一射向劍氣層外，那籠罩外層重逾山巒的濃影便似飛雪投火，當時消熔，衝開一個大洞！跟著身上一輕，再用慧目法眼定睛一看，不禁驚喜交集。

原來那黑影竟是太白玄金精氣煉成，具有極大威力，圍困在內，不消多時便由氣體化為實質，彷彿一塊極大鋼鐵將人埋葬在內。這時玄金精氣已快化純鋼，「宙光盤」恰在此時發動。「子午神光線」所指之處，四外快成實質的精鋼紛紛消滅化為烏有。笑和尚猛覺身上一輕，眼前大放光明，知已脫險。猛瞥見先前發光之處，飛落下三尺大小形似燈焰的銀光，比電還亮，中心擁著一個道裝小人，貌相奇古，身長不滿二尺，手掐法訣朝著自己微笑，把頭一點往外飛去。

跟著落下一個淡青色的皮囊，試行法一收，容容易易到了手上。那皮囊通體細鱗，青光閃閃，大約二尺，並未封口。伸手一摸，內裡共是兩個烏金瓶，高只數寸，另外一本用竹簡製成的道書，共是七十二頁。除開頭三張朱書古篆載明庫中藏珍和靈丹妙用外，底下每頁均是靈符。

末一頁又是朱書細篆，大意是說；三千年前有一仙人盤犖在此隱修，在大劫將臨以前，將本身元靈用太白玄金精氣包沒，連同平生所用法寶、神符、靈丹一齊藏於寶庫之內，再用諸天禁制封閉，以避過天劫。非到前古至寶「宙光盤」二次出世，不能脫身。寶庫中一切，便贈與救他之人。

笑和尚看罷大喜，飛出庫外，朝金霞中一看，三寶最長的也只七寸大小，斧形之寶乃是一塊鐵令符，上刻雙斧。另一月牙形的玉環，上刻七條怪蛇，彩色斑斕，精芒外映，和一根似鐵非鐵、長約三寸，上繪符籙的長針，都是寶光隱隱外映，知是前古奇珍。照道書所載收法飛入金霞之內，如法施為，果然應手取下。將「香雲寶蓋」一同收去，正和歸吾父子三人同觀道書，忽聽洞外天空中異聲大作，雜以龍吟，自遠遠傳來。

四人忙循聲飛去，女主人迎上來，笑和尚說了經過，女主人大喜過望，笑和尚將靈丹分與女主人一瓶，隨即告辭，逕往北海飛去。等到四人飛近李洪等人被困的所在之際，天一玄冰在方圓千餘里方圓，高達萬丈以上。四人仗「碧燐衝」開路，與李洪等人會合，各人見面，笑和尚說了來由，李洪又各代人引見，眾人一見如故，穿過大片玄冰，到了水仙絳雲真人陸巽的絳雲宮前。

二人看了片刻，傳聲令甄氏兄弟和陳岩前來相會。五人會合之後，同向玉屏風上看去，只見屏風上一白一紅兩個道人，高只二尺，各指飛劍法寶正在拼鬥。那屏風初看只是一片整玉，及至近前細看，竟是一團雲霧，內有兩個二尺來高的道裝小人在內鬥法，一時雲煙滾滾，煞光血焰飛舞如潮，中雜一種異聲，十分強烈！先前上面遠聽，好似在奏細樂，這一深入內殿，才知那異聲也是一件法寶，洪細相間，震得人耳鳴目眩，魄悸魂驚，心神皆顫，以笑和尚等五人的法力也幾乎難於忍受！

屏風上面兩個小人各用飛劍法寶拼鬥，赤屍煞光越來越強，眼看快把屏風佈滿，忽聽中坐絳雲真人大喝道：「道友得道千餘年，怎還不知進退！任你法力多高，絕難傷我，如敢逆天行事，休說天人共憤，便路過的諸位道友也必不容。以道友多年威望，萬一敗在幾個後起道友之後，豈不難堪？」

話未說完，旁坐赤屍神君本在閉目入定，聞言倏地兩道紅眉往上一豎，猛睜大眼，厲聲怒喝：「我與你仇恨多年，今日必須拼個存亡，閒話少說，有甚法力只管施展出來！」

絳雲真人接口笑道：「日前有幾位道友由此路過，門人無知，發動水宮埋伏。以來人之力本可隨意脫出，因想等我出面理論，雖然持有佛門至寶，始終不曾施為。我又因你延誤，不能出見。現這幾位道友已然尋到，我顧慮已消，專以全力和你周旋，任你多大神通也必奈何我不得，何如放棄前嫌，兩罷干戈，以免各走極端，有害無益！」說時屏風上兩個小人一個已然不見，只剩赤屍神君的元神尚在煙雲之中飛舞，並未復體。聞言厲聲怒喝：「今日有你無我！」

主人忽把面色一沉，冷笑道：「當真的麼？」說罷，雙手齊揚，左手一股銀光射向屏風之上，右手一蓬大只如豆、形似水泡的「癸水雷珠」跟著往屏風上射去。

赤屍神君一聲怒吼，由身畔剛湧起一幢紅光將人罩住，屏風上面已起了變化，先是光煙如潮，電也似急連閃幾閃，跟著霹靂之聲大作，無數水泡突由煙雲中出現，紛紛爆炸，越來越多，赤屍神君的元神在一幢比血還紅的光華籠罩之下，飛行雲雷之中，往來衝突。雙手指上發出十股比電還亮的紫色烈火，身外雷珠挨上便化白煙紛紛消滅。晃眼之間，「癸水雷珠」全數消散，只是雷珠破後所化白煙依舊聚而不散，熱氣蒸騰，越來越濃。

赤屍神君仍指那十股烈火在白色熱霧之中往來飛舞，口中不住怒嘯。後來熱霧越濃，幾成實質，衝突也漸艱難。赤屍神君元神所化小人置身霧海之中時隱時現，神情漸覺狼狽。幾次朝前猛衝，似想衝出屏風之外，剛一現形，四外熱氣便潮湧而上將其包沒。末了好似情急，厲聲喝道：「賊妖道，不敢和我對面迎鬥，只仗禁制多延時候，又奈何我不得，有甚用處！是好的，容我與你對面分個高下，否則我必將禁制震破，引發浩劫時，就說不得了！」

絳雲真人冷笑答道：「你有何法力，只管施為，孽由你造，與我何干！」說罷，張口一股灰白色的冷焰朝屏風上噴去。

屏風上面本是一團濃霧，赤屍神君的元神先還偶現形跡，這時已被埋入霧中，什麼也看不見，僅聞怒嘯咒罵之聲隱隱傳出。自從主人一股冷焰寒光噴將上去，形勢突變，濃霧全消，寒光一閃，那七、八丈高大形似屏風之寶忽化為一座冰壁，看去不知多深。

赤屍神君的元神已被埋入堅冰之內，手舞足蹈，身子懸空停在上面。周身雖有紅紫光華籠罩，但是上下四外一起被冰包沒，休說飛舞往來，稍為行動均所不能！人已氣得鬚髮皆張，瞪目切齒，憤怒已極。

主人笑喝道：「你當知我水府奇珍的威力，此時勝敗未分，如肯回頭，彼此顏面無傷，豈不是好。」隨聽屏風上厲聲答道：「你做夢呢！我不過誤中詭計，休看天玄屏暗藏癸水玄精，變化多端，想要傷我固是難如登天，我一舉手仍可把你師徒盤踞千餘年的巢穴震成粉碎，趁早撤退，由我將元神復體與你一決勝負，否則休怪我下毒手！」

主人厲聲答道：「不畏天命，那也由你。」話才出口，屏風上面小人忽然一聲怒吼，由身上發出億萬毫光連衝幾衝，不曾把冰層衝破。末次稍為衝開一些，一片鏗鏘鳴玉之聲過去，身外堅冰重又合攏，壓迫之力反而更大，一任小人全身紫色毫光紛飛迸射，分毫不能衝動。小人越發暴怒，面容慘變，驟轉獰厲，猛然奮力一掙，周身光焰突加強烈。四外堅冰竟被衝破，紛紛碎裂！未等由分而合，小人獰笑了一聲，就在這玄冰分合瞬息之間，張口一噴，一蓬金、紫二色的奇光出口暴漲，頭上冰層先被擋退！跟著環身反捲而下成一光籠，將小人包在裡面，現出丈許大小空處。

絳雲真人見狀，面上立現驚懼之容，大喝：「諸位道友速用法寶防身，這廝妄發『十二都天秘魔神音』，留神遭他暗算！」話未說完，眾人瞥見小人自用煞光護體之後，四外堅冰因被煞光擋住，有了空隙，緊跟著回手一按腰間白玉葫蘆，來時所聞異聲重又大作，入耳驚心，神魂皆欲飛越！小人又把手按在第二個葫蘆之上，聲更洪厲！

那異聲十分奇怪，乍聽去還沒有「太乙神雷」聲威猛烈，不知怎的，令人聞之心神怔悸，不能自主，彷彿受了極猛烈的震撼，連身上皮肉也快震散神氣。笑和尚首將「香雲寶蓋」施展出來。應敵匆忙，身形雖仍隱而未現，寶光忘了掩蔽。等到寶蓋金霞突然湧起，再想掩蔽已自無及。

「絳雲真人」陸巽見眾現身，滿面喜容，笑喚：「諸位道友，日前門人無知，多有得罪，少時再當奉教，且先除此妖孽再說。」說時李洪因覺那聲刺耳驚心，十分難耐，又聽陳岩傳聲急呼，說這類「秘魔神音」只在百里之內聽到，入耳必死，全身震成粉屑。便是法力稍差的人遇到，臟腑也要震裂，連取法寶防身要緊。

李洪一聽這等猛惡，不由怒火上撞，也未告知眾人，先將「如意金環」飛起，化為三圈佛光將眾人籠罩在內。跟著左肩搖處，「斷玉鉤」立化為兩道交尾精虹電掣而出，朝前飛去。

小人看出仇敵有些手忙腳亂，心正高興，忽然一陣香風過處，前面湧起一幢金霞，跟著現出四個少年幼童和一個小和尚，全都根骨深厚，身旁寶光隱隱外映，一望而知非庸流。心正驚疑，緊跟著由一幼童手上放出三圈佛光和兩道精虹電掣飛來，認出此寶乃前古奇珍「斷玉鉤」，聞說此寶曾落峨嵋派棄徒曉月禪師之手，不知怎會被這幼童得去？此時雖然稍占上風，元神仍被「天乙玄冰」所困，萬一不能抵敵，豈不所為所傷！心中急怒，厲聲大喝，手朝第三葫蘆一按，立有數十道其細如髮的彩氣激射而出，到了外面互相糾結，略一掣動，便自消散無蹤。

同時那異聲也越發加強，眾人雖在寶蓋金霞籠罩之下，聽去仍覺心神驚悸，差一點便難支持。李洪忙問：「笑哥哥，此是什麼邪法，這等刺耳！」

笑和尚還未及答言，忽聽冰裂之聲，跟著驚天動地一聲大震，寒光如電，四下橫飛，寶蓋金霞之外全被這類寒光白氣佈滿，爆炸不已。異聲越來越猛，震得整座宮殿一起搖撼，彷彿就要崩塌。再看主人已不知去向，那座玉屏風隨同上面冰層一齊震成粉碎，小人滿臉得意之容，縱著一道煞光，正往原身飛去。

「斷玉鉤」本快追上，小人忽然回手一揚，飛起一道紫灩灩的煞光將「斷玉鉤」敵住。就這晃眼之間，元神便自復體，仍由那一幢煞光籠罩全身，厲聲大喝：「妖道若敢作敢當，便不應藏頭露尾。你這巢穴鄰近地竅，再不現形答話，莫非要我施展毒手不成！」

話未說完，李洪見那麼雄偉壯麗一所貝闕珠宮，已被邪法所發異聲震撼得通體搖晃，快要全部崩塌！好些柱子已成龜裂，碎瓦珠綴紛紛墮落，整片金玉鋪成的地面已現出好些裂痕，忙以全力指揮「斷玉鉤」急追上去，同時取出「金蓮神座」待要施為。

笑和尚急呼：「洪弟不可造次，待我上前。」說罷，身形一晃便到了前面，一面攔住李洪，帶笑說道：「白來冤家宜解不宜結，況你雙方勢均力敵，誰也不能把誰殺死，一個不巧引發浩劫，使生靈遭殃，誤人誤己，何苦來呢？」

赤屍神君修道多年，原有眼力，見笑和尚年紀雖輕，一身道氣，又不像是道家元嬰煉成，心中奇怪，聞言方喝：「你是何人，也配管我閒事！」

忽聽地底大喝：「諸位道友且自防身，這廝上門欺人，毀我水宮，今日萬容他不得！」

眾人循聲一看，一幢寒光擁著主人由地底飛身直上，才一照面，揚手先是五股灰白色的光氣朝前直射。

赤屍神君獰笑道：「你那法寶禁制被我彈指之間震成粉碎了！」隨說揚手一片煞光將那寒光敵住，雙方就此相持起來。

李洪因被笑和尚強行止住，心正不快，又見雙方鬥法，急切間難分上下。整座水晶殿已紛紛折斷崩塌，只剩了幾根樑柱支持殘局。遂暗告陳岩，意欲冷不防背了笑和尚一同下手。陳岩也覺敵人恃強太甚，雙方至交，又都具有童心，各自以目示意，突然發難，飛劍法寶一齊施為！李洪惟恐不勝，又將前在峨嵋向「女神童」朱文討來的「乾天一元霹靂子」暗取一粒藏在手內，夾在「太乙神雷」之中發將出去。

赤屍神君和絳雲真人正在惡鬥，因知雙方功力差不多，正在暗中盤算下手之策，忽見對方兩幼童一個發出一道中雜金花的朱虹，一個又將「斷玉鉤」施展出來。又瞥見數十丈金光雷火對面打來，剛看出此是長眉真人嫡傳家數，心中一驚，因覺雷火威力太大，用玄功變化遁出原神，一面放起一幢煞光將原身護住。不料元神剛一離體，百忙中發現金光雷火之內夾著豆大一粒紫光，正朝原身打到。認出此是昔年威鎮群魔的「霹靂子」，正是專破魔法煞光的剋星，這一驚真非小可！忙即行法回身搶護，已自無及！

只聽震天價一聲大霹靂，原身當時震碎，玉鉤精虹和那金花紅霞再往上一絞，立成數段！雖仗玄功變化飛遁神速，元神不曾波及，多年修煉的法體卻被毀去！咬牙切齒，心中痛恨，一聲長嘯，把手一招，先把殘屍上面的寶囊葫蘆隨手收去，厲聲大喝：「何方小狗，今日叫你死無葬身之地！」

李、陳二人見仙劍神雷一同奏功，將敵人肉身炸碎，方覺赤屍神君不堪一擊，忽聽一聲怒喝，赤屍神君突然出現，身形暴長十倍，在一片極濃厚的血光環繞之下電馳飛來。另一面主人見狀也正大聲急呼，令眾速退。

敵人元神剛一出現，便帶著大片血雲煞光，鋪天蓋地往下壓到。血光之中雜著無數三寸來長，兩頭均精芒電射的梭形之物，帶有轟轟雷電之聲，前發三種異聲也自合而為一，方覺震耳欲聾，身在金霞籠罩之下均覺難耐。忽聽笑和尚和甄氏兄弟連聲大喝，聲才入耳，只聽「轟隆」連聲，整座殿臺竟被異聲震成粉碎！

對頭元神帶著大量煞光潮湧而來，內中梭形之物光芒暴射，越發強烈。

李、陳二人本要迎敵，因聽絳雲真人連聲大喝：「此是蚩尤《三盤經》中最狠毒的邪法『紅雲散花針』，非比尋常，不可力敵！」

陳、李二人聞言方自將信將疑，一片寒光比電還快，已由主人手上電掣飛出，擋向二人前面。同時一團青熒熒的冷光和一團金紅光華相繼飛出，懸立眾人身前。赤屍神君手指梭形法寶剛要發難，忽被主人所發寒光和這一青一紅兩團寶光擋住去路，停空一轉，梭上精芒好似受了剋制，立時減退。不由悲憤填膺，厲聲喝道：「我與你們拼了！」說罷，身形一晃，重又隱去。煞光中忽現出五隻大約數丈的血手影，待要往下抓到。

笑和尚見李洪手持一粒「霹靂子」，二次又想發將出去，忙搶上前一把拉住低聲喝道：「洪弟不可冒失，我自有道理。」說罷，將新得「騰蛇環」朝空一揚，大半環形如新月的寶光立時飛向煞光紅影之中。上面七條彩蛇齊吐靈焰，向前噴射。跟著，又將那面鐵令符往外一揚，兩柄神斧交錯而出，當時暴長十餘丈，和那蛇環一樣停空不動，也未向前進迫。

笑和尚道：「赤屍神君如再不知機，我還有一件前古奇珍不曾使用，就要對你無理了！」說罷，揚手將新得神針發出。針出手只有五六尺長一道兩頭尖似梭非梭的玄色寶光，並不向前直射，筆直懸在空中凌空急轉，發出大片玄色精芒，煞光挨著一點便自消滅。

這原是瞬息間事，赤屍神君一見敵人三寶相繼飛出，身在「香雲寶蓋」金霞籠罩之下，本就無法侵害。內一幼童又發出一朵金蓮和同來五人一同飛上，暗忖：「對方小小年紀，哪裡來的這許多仙佛兩門至寶奇珍！」心方悲憤情急，那針形之寶轉了一陣，兩頭細尖上突現出玄色火花，色如烏金，其細如絲，四下飛布，晃眼成了兩片絲網。

赤屍神君把那三個玉葫蘆往上一舉，眾人此時已同飛往「金蓮神座」之上，「香雲寶蓋」化為一幢金霞將人罩住。又將如意金環放起，化為佛光環繞在外，蓮花瓣上再射出萬道毫光往上激射。眾人包沒在內，只覺異聲比前更猛，到處地震山崩之聲響成一片，遠近相聞。方疑有變，忽又聽霹靂之聲，一片金光由斜刺裡飛來，光中一隻大手，廣約畝許，突然出現，帶著風雷之聲朝前抓去，隨聽一聲怒嘯，赤屍神君忽然不見，金光大手也自無蹤。

笑和尚正自觀察，主人已滿面笑容舉手稱謝道：「多蒙諸位道友仗義相助，貧道得免於難。可惜恩師昔年辛苦締造的水宮別府已被敵人『秘魔神音』震塌了十之七八，大約前殿尚還完整，請到上面奉陪一談罷。」笑和尚知道主人行輩甚高，連忙還禮陪話，一同飛上。

主人當先領路，穿波而上，出湖面四下一看，來時所見貝闕珠宮連同那些瑤草琪花，十九塌倒斷裂，殘珠翠玉，瓦礫也似狼藉滿地。

陳岩氣道：「大好一片水宮仙府，竟被魔音震得如此殘破，這廝真個死有餘辜！先前金光中大手不知來歷，也不知追上敵人元神沒有？」說時主人已用一片青霞引眾人飛往前殿落坐。

笑和尚才一入殿，便覺有異，暗用慧眼查看，看出赤屍神君由外飛來，到了殿中，化為七條血影，張牙舞爪，欲前又卻。

笑和尚見此情形，故意道：「昔年師祖長眉真人曾有仙示，說他雖是左道旁門，素無惡跡，因此屢擒屢放，使知警戒。難得他竟能仰體師祖美意，多年西崑崙苦修，輕不出外。今日來此尋仇，是轉禍為福之機，由此洗心革面，立可歸入正果，成一地仙。否則他開頭把路走錯，煉那蚩尤《三盤經》和『轉屍煞光』，不特永無成道之望，等到道家千三百年大劫降臨，也必化為劫灰形神皆滅。我此來帶有古仙人的十九『三元固魄丹』，意欲贈他一粒，偏是執迷不悟！」

笑和尚說時暗中留意，見那七條血影本有六條待朝賓主六人分頭撲到，已快上身，正當緊急之際，聞言一停頓，忽在暗中退去，血光一閃，仍化為一，立在一旁似憂似喜，先前盛氣似已消退。

主人聞言大喜道：「道友竟把黑刀峽海底龍氏夫婦守護的古仙人靈丹藏珍得到了麼？」

笑和尚含笑點頭，未及回答，忽見一道金銀劍光擁了四人一同飛進，正是蘇憲祥同了歸吾、虞孝、狄鳴岐等四人，見面和主人互相禮見之後，便朝陳李二人急道：「易道友不合一時氣憤，追一妖人，巧遇魔女鐵姝，誘入魔窟。『赤身教主』鳩盤婆隨後趕到，將易道友困入魔陣，施展『九子母天魔大法』，準備九鬼啖生魂，永除後患！易道友門下愛徒上官紅得信趕去，現時師徒二人同困陣內，我們必須早為準備才好！」

眾人聞言大驚，陳岩更是氣憤，未容發話，猛瞥見一條血影由斜刺裡飛來。笑和尚見赤屍神君元神突然現形，知他明白那「三元固魄丹」妙用，只為得道多年，行輩甚高，不甘服低，意欲藉此試探，以防求丹不成，反受譏嘲。一見血影張牙舞爪對面飛來，動作卻不甚快，惟恐李、陳諸人不知底細把事鬧僵，激出變故，用「無形劍煞」擋在前面，暗用傳聲急呼：「諸位不可妄動，我自有道理！」

血影飛離笑和尚坐處一兩丈，便現遲疑之狀，剛怒吼得一聲，似要發作，笑和尚已先笑道：「神君不必如此，自來禍福無門，惟人自召，剝復消長之機全在你自己了！」話未說完，揚手一點豆大青光，光輝四射，到了血影頭上一聲大震，突然爆炸。血影立被震散，化為七團黑氣，發出極淒厲的怒吼待朝笑和尚撲來！

青光爆散以後，忽化為大蓬青白色的光氣，只一閃將七團黑影裹住，晃眼之間便被裹緊。黑影意似憤極，連聲怒吼，強行掙扎。無如那青白色的光氣越裹越緊，漸漸成了實質，層層包圍往裡緊壓，終至由分而合，將那七團黑影擠成一團。

不多一會，黑影逐漸合為一體，成了人形，方始不再掙扎。又隔半盞茶時，黑影逐漸現出一條赤身人影，和赤屍神君形貌一般無二。青白光氣也由厚而薄，逐漸往光中人影透進。到了後來只剩薄薄一層緊貼在外，人形已自凝固，無異生人。

眾人幾次想要開口，均被笑和尚攔住。等到血影化盡，黑影由分而合，赤屍神君已自凝煉，方笑說道：「恭喜神君轉禍為福，與你元神合為一體，百劫難分的『七煞赤屍血光』已被古仙人盤犖留賜的一粒『三元固魄丹』化去。神君曾習蚩尤《三盤經》，邪毒太重，如影隨形。靈丹發生妙用，不特邪毒全消，元神更加堅凝，毫無損耗，反多補益，此去回轉仙山，只照家師祖長眉真人昔年遺偈加意修為，不特仙業遠大，連那數中註定的天劫，也因今日化去。此處主人在海底清修，從不與人結怨，當初原因互相誤會，幾成不解之仇，今日神君雖將法體失去，主人大好珠宮貝闕也成了一片瓦礫，即使不肯釋嫌修好，也應化去前仇，以免循環報復，誤人誤己！」

笑和尚隨說，手中靈訣往前一揚，張口一股真氣噴將出去，那緊附元神之外的一層光煞忽然一閃不見，全數往裏透進。

赤屍神君面上立現喜容，行動自如，如非留心查看，決看不出那是元神所化。笑和尚忙即起身請其入坐。

神君似因自己通身赤裸，面有愧容。

絳雲真人已起身笑道：「多蒙道友大量，化敵為友，道友衣冠已然應劫，如不嫌棄，貧道已為道友準備，請即服用如何？」說罷將手一招，兩旁門人侍者忽然同時出現，兩門人已捧了一套羽衣星冠上前跪獻，赤屍神君隨手接過，穿上笑道：「我此時如夢初覺，從此去舊從新，棄邪歸正，從此便是同道，不必多客套，這就告辭了！」

第九回

歡喜神魔 血河大陣

笑和尚忙道：「我們尚還有事，改日再往仙山求教罷。」絳雲真人忙起陪話，親送出去。

神君道聲：「行再相見！」便縱遁光穿波而去。

陳李二人懸念易靜師徒二人安危，早就情急。陳岩關心過甚，幾次想說話，均被笑和尚攔住。好容易把赤屍神君送走，大功告成，見主人又要請眾人入宮，忙即辭謝，催眾起身。眾人經不起催促，一同告辭。

眾人見陳岩悲憤愁急，李洪已先向憲祥問道：「水宮相隔海面數千丈，上面又佈滿『癸水雷珠』與『天乙玄冰』，易師姊被困之事如何得知？」

憲祥答道：「我們四人在牌坊下面等候，先是一道金光，光中一隻大手，由裏面追出一條血影，晃眼便同隱去。待了一會忽見前輩女仙嚴英瑛元神現身，說起易道友被困之事。」

各人這才知金光大手，逐走赤屍神君，原來是瑛姆元神化身。而易靜師徒被困一事，經過曲折。原來易靜、英瓊、癩姑師徒數人自從智激丌南公，逼走九烈神君之後，余英男巧收火旡害，又收了竺氏三姊弟為徒。金蟬等男女同門聽說易靜將有大難，只奉師命有事他往的幾個和沙佘、米佘、李健、韓玄四小相繼辭別，餘人多想到易靜事完再去，誰也不肯先走。小輩仙俠雲集幻波池內，一時冠裳如雲，聲勢為之大盛。

光陰易過，一晃多日，並無絲毫徵兆。

易靜自與丌南公鬥法之後，功力大進。因在前生本是玉骨冰肌，花容月貌，為受鳩盤婆之害將元身失去。蒙恩師相助，受盡苦難，始將元神凝煉成形，人已十分醜怪。起初原想藉此免去情孽糾纏，及至陳岩一來，劫後重逢，情愛只有更深，力請將來合籍雙修。好容易劫後重逢，昔年玉貌如花化為嫫母，連使對方眼皮消受都不能如意，益發問心難安。於是想起罪魁禍首，最可恨是女魔鳩盤婆。

易靜心想憑著師傳七寶和下山時所賜法寶藏珍，與其枯守待敵，何如直赴魔宮見機行事，除此隱患！易靜為人強毅，想到必做。這日朱文想起申若蘭、雲紫綃兩女同門，欲將二人接來幻波池中聚上些時。易靜本喜若蘭溫柔忠厚，當銅椰島分手時，約定將來接她往幻波池聚首。一別數年，彼此有事，不曾再見，日前和英瓊說起，還在想念。紫綃更是女同門中年紀最輕的一個，誰都喜愛。連日反正無事，正好同往將二女接來幻波池，便告朱文，意欲同往。

二女飛行神速，到了路上，忽見一道本門遁光由斜刺裡飛過，忙趕過去將其攔住一看，正是裘芷仙，身已受傷，左肩頭上流著紫血，面容慘變，正在亡命飛馳，似有強敵在後窮追。見了易朱二女驚喜過度，哭喊得一聲，人便昏倒。

易靜平日本喜芷仙溫婉恭謹，又知她以前經歷甚慘，身世可憐，十分愛護。見狀知她必是費了好些心力由右元十三限通行過來，剛剛下山不久，便遇妖邪，致為所敗！二女取出身帶靈丹，按向傷口，正待行法醫治，猛瞥見側面芷仙來路密雲層中飛來一道赤陰陰的妖光。朱文怒火上升，回顧芷仙被易靜扶住，尚自昏迷不醒，心想區區妖邪，何值兩人動手。也沒和易靜商計，一聲清叱飛身迎去。

易靜本要隨同追趕，因見芷仙傷口流著紫血，半身已成黑色，分明傷毒甚重，只得顧人要緊，沒有當時追去。將遁光按落，又取了兩粒靈丹塞向口內，一面行法運用本身真元之氣為她清解邪毒。

隔了一會，芷仙方始醒轉。猛又瞥見一道遁光穿雲飛來，正是方才想往尋訪的同門師妹「墨鳳凰」申若蘭，好生喜慰，匆匆不暇多言，忙囑若蘭速將芷仙送往幻波池，自己往助朱文同除妖邪就來。若蘭笑諾，扶了芷仙一同飛走。易靜說完起身，朝朱文去路追去。

飛約二百餘里，始終不見敵我影跡，易靜心正疑惑，偶然發現前面高峰之下有一山谷，料是朱文也許中了誘敵之計，忙即往下飛落。到地一搜，見谷底有一崖洞甚是高大，好似一片絕壁用邪法開裂，隱聞男女笑語豔歌之聲。入內一看，不禁怒從心起！原來洞共兩層，外層石室數間，甚是整潔，邪法照明，宛如白晝。內層是一廣場，十分高大，洞頂銀燈百盞，燦如繁星，下面鋪著畝許方圓一片錦茵，十餘對少年男女妖人，赤身露體，正在口唱豔歌，互相交合追逐為樂。淫蕩之狀千奇百怪，污穢不堪入目！

易靜一指劍光飛將上去，只一絞當時殺死了一大片。內有兩個妖徒見勢不佳，一面逃遁，一面大聲急呼求救。易靜恨他不過，揚手又一「太乙神雷」，數十百丈金光雷火自手發出，震天價一聲霹靂，連死帶活一齊粉碎，妖洞也被震塌了半邊！接著便聽「轟」的一聲大震，正面洞壁忽然中分，一片紅光擁著一個白髮紅顏，身材微胖，一部絡腮長鬚，手持蒲扇的短裝妖人，在妖光環擁中跳舞而出。易靜更不怠慢，一指劍光飛將過去。

妖人笑道：「你是『女神嬰』易靜麼？無故傷我徒子徒孫，今日遇見我宋鬍子，就來得去不得了！」話未說完，手中蒲扇往外一揮，便有一片紅光將易靜飛劍逼住。

易靜暗忖這妖孽不曾聽人說過，看那護身紅光似由人身發出，本門仙劍何等威力，竟被扇上妖光逼住不得近前，並還知道我的姓名來歷，口出狂言，莫要中他的道兒！便留了心，一面留神妖人的動作，一面暗中戒備。當下便將「牟尼散光丸」暗中取了一粒，並將「兜率寶傘」隱去寶光暗中放起護住全身，又將「六陽神火鑑」與「滅魔彈月弩」準備停當，一面暗用本門禁制封閉出口，以防妖人乘隙遁走。

易靜一向自恃玄功變化，身帶仙府奇珍又多，遇敵時從來不會這等謹慎。因見那妖人好些異樣，走起路來不住跳舞搖擺，面上老帶笑容，自稱宋鬍子，名字甚生，從未聽過。照著先前所見，必是一個淫兇狠毒的妖邪，偏生得那等慈眉善目，未語先笑，一臉和氣。護身妖光又是那等強烈凝固，看去直似尺許厚的紅色晶玉貼在身上，如非隨同身子手足舞動自如，直似丈許大小一塊紅水晶將人包沒在內！

易靜越看越奇，忽想起此人形貌頗似昔年被大師伯玄真子追戮數年，未得伏誅，後被天蒙禪師封閉在岷山飛龍嶺山腹之內的「歡喜神魔」，又叫「美髯仙童」的趙長素！他是有名的笑面魔王，早已年老成精，邪法甚高，平日笑裡藏刀，無論何人只經他對面一笑，遲早必為所害！初原是「赤身教主」鳩盤婆的情人，為了中途變心，寵另一妖婦，鳩盤婆妒念奇重，將妖婦搶來慘殺，並將本來美貌自行毀去，變得奇醜無比。

當初鳩盤婆對妖人毀容絕交時，曾按魔規立誓，說：「我已形貌醜怪，但你將來仍要求我寬恕！」

妖人憤極之下也向神魔立誓，說：「你如此乖戾凶妒，我愛的人已為你殘殺，連魂魄也被你收去受那煉魂之慘，今生和你永無相逢之日！我如再來求你，便我二人大劫將臨同歸於盡之時！」

鳩盤婆見他竟乘自己一時疏忽，向雙方同奉的本命神魔立此毒誓，不禁大怒，妖人早有準備，一縱魔光逃去。鳩盤婆由此也未再尋他。自己正防鳩盤婆要來尋仇，偏巧與這禁閉多年的老魔頭相遇，也許鳩盤婆這事由此引起！心中一動，把隨身七寶準備了好幾件。見妖人用一柄蒲扇擋住飛劍，目注自己，滿臉笑容，也不再開口說話，料是暗中鬧鬼。

易靜已想到對方底細，胸有成算，喝道：「無知妖孽，連真姓名都不敢顯露，吹什麼大氣。你被天蒙禪師禁閉岷山飛龍嶺山谷之內，何時暗用邪法順著山脈逃來此地，才得脫身便自猖狂，當我不知你這老魔鬼的來歷麼？」話未說完，妖人兩道壽眉忽然往上斜飛，哈哈大笑。

易靜一聽笑聲便覺心神微震，冷不防左手「牟尼散光丸」，右手「滅魔彈月弩」同時施為，發將出去。

那妖人正是「歡喜神魔」、「美髯仙童」趙長素，見易靜不曾隨同笑聲昏倒，心方驚奇，「散光丸」、「彈月弩」相繼飛到。這兩件法寶均是一真大師所煉仙佛兩門至寶奇珍，威力絕大。趙長素不知敵人看破行藏，早具深心，等到二寶相繼發難，「散光丸」首先爆炸，見勢不佳，忙用左手一擋，一片魔光剛剛電掣飛起，「波」的一聲大震，魔光便被震散，左臂膀連帶震成粉碎！

妖人心中恨毒，飛起張口一噴，那條斷臂立在血雲擁護之下化為一隻畝許大的血手朝前抓去。易靜一見血手迎面飛來，將手一揚，「六陽神火鑑」立時發將出去。一真大師所賜降魔七寶原以「六陽神火鑑」威力最大，本是一面圓鏡，不用時小才寸許，一經施為，那面圓鏡便隨人心意大小，發出六道青光疊在一起，化為乾上乾下六爻之象。光由鏡中發出，每道最長時不過六寸，粗才如指，青熒熒的光色甚是晶明，看去並不強烈，但是越往外射展布越大。

趙長素修煉多年，原是行家，一見敵人手上現出一面明如皓月的圓鏡，中有六道青光迎面射來，不禁大驚。那條斷臂所化血手被寶光吸住，一片五色彩焰略一閃變，眼著一陣青煙過處，化為烏有。慌不迭咬破舌尖朝前一噴，一片魔光閃處，立幻化出好幾個替身，惡狠狠朝前撲到。

易靜認定妖人著名淫兇狠毒，決不輕於退去，微一疏忽，只顧施展法寶飛劍上前夾攻，等到「六陽神火鑑」連照破兩個幻影化身，忽聽「嘩喇」連聲，由先前妖人出現的裂口，一直朝裡響去，晃眼響出老遠，才知妖人已幻化元神遁走。

易靜立意除他，一見穿山逃遁，一縱遁光跟蹤追去。及至穿入石縫之中朝前一追，只見前面一溜血紅色的火燄電似也急朝前急飛，開頭一段還有山石碎裂之聲，追逐不遠便沒了聲息。為防妖人暗算回攻，在寶傘防身之下，取出聖姑留賜的照形之寶「眾生環」朝前一看，原來前面乃是深山山腹之中的一條甬道，洞徑只有丈許方圓，並不高大。

雙方飛行均極神速，相隔約有一二里地，易靜追了一陣不曾追上，心中有氣，一指「阿難劍」，一道金光電掣追去。妖人回手一片暗赤色的妖光飛迎過來將「阿難劍」敵住，同時妖人身旁又有一團丈許大的紫色火焰飛湧起來。

易靜一見焰光強烈，認出是魔教中的「紫河魔焰」，手掐靈訣朝前一揚，「兜率寶傘」立放毫光，跟著手上「牟尼散光丸」化為一點寒光，朝那紫焰打去，「波」的一聲大震，紫焰立被震散，四外山石經此強烈巨震，也紛紛崩塌了一大片，再看妖人，蹤影均無。

易靜仍窮追不捨，追出不遠，地勢忽然下陷，現出一座大洞。跟蹤追進一看，原來裡面乃是山腹中的一座洞府，石室甚多，陳設用具都華美異常。再取「眾生環」仔細查看，妖人正在側面一條歧徑上隱形飛遁。易靜見妖人已入死地，無處可逃，正加急追去，妖人好似走投無路，忽長嘯一聲，便朝盡頭石壁上衝去，人影一閃便自無蹤。同時霞光電閃，宛如潮湧，突然迎面捲來。

易靜不知趙長素昔年被天蒙禪師禁閉岷山之時，曾留偈語，說：「你這妖孽罪惡如山，早應形神均滅，姑且將你禁閉山腹之內，我佛家慈悲為本，就這一兩日夜的數運，未始不是你一線生機。如能洗心革面，懺悔罪孽，從此改行向善，雖然不免兵解，元神卻可保住。我這降魔禁制，威力神妙不可思議，你若倚仗邪法，妄想逃走，必被佛光捲去，連元神一齊消滅。除非時至自解，否則一見天光，便只一兩日的壽命！」

趙長素深知天蒙禪師佛法高深，萬難與抗，起初被禁在內也頗安分。日子一多，漸犯本性，但懼禪師佛法威力，還不敢於妄動。後用魔法查看，得知妖徒飛刀真人帶了許多俊童美女潛伏鐵柱峰旁崖谷之中，相去約千餘里。便用魔法開出一條甬道，由岷山風龍嶺山腹之中一直開到妖徒後洞，仗著魔法隔石透視，與妖徒相見，傳與魔法。日令門下男女徒孫在洞交合淫樂，自己隔石觀看為樂。

易靜來時，趙長素大怒出門，本意殺死敵人，並將生魂攝去祭煉魔法，誰知連遭慘敗，已自心驚。同時又瞥見洞壁崩裂之處，正斜射下一線日光，想起禪師遺偈，不禁大驚！這時妄想藉著敵人法寶之力衝破禪師禁制逃走。易靜哪知妖人詭計，一見光霞千里潮湧而來，「彈月弩」已化為一點寒星，隨同「阿難劍」飛出去，與前面佛光才一接觸，「波」的一聲，佛光一閃不見。目光到處，瞥見妖人趙長素在一片血雲擁護之下，前面洞壁現出一條裂痕，妖人朝上面衝去。

易靜忙將聖姑留賜的開山法寶取出，把手一揚，一團酒杯大小的六角形紫色奇光突然爆炸，霹靂連聲，前面山石立被震穿一個大洞。那紫色奇光所發迅雷更不停止，隨滅隨生，紛紛爆炸，勢絕神速，晃眼便將那數十百丈厚的山腹穿通，前面已現天光。

趙長素在前飛逃，見易靜追來，所用法寶如此厲害，哪裡還敢回顧，心知不是敵手，一時慌亂，忘了昔年向本命神魔立下毒誓，竟直向鳩盤婆魔宮飛去，企圖嫁禍。易靜嫉惡如仇，一味追逐。

雙方飛行極速，不一會已到地頭，趙長素一按魔光，正要往下飛降，下面陰雲濃霧忽似狂濤一般往上一合，立被捲了下去。當地原有魔法禁閉，外人到此只見到處冰峰刺天，冷霧昏茫，便是慧目法眼也不能透視到底。

易靜正追之間，妖人忽然穿入前面密雲濃霧之中，近前再看已自無蹤，忙取法寶查看，不論何方均看不出絲毫影跡。心正奇怪，忽聽妖人咒罵之聲發自下面，另一女子似朝妖人數說喝罵，彷彿妖人被那女子擒住神氣。聲音來自崖底，聽去不真切。暗忖這等荒寒幽冷的雪山危崖，難道還有仙靈隱居不成？忽然一陣香風吹過，十分濃烈，好似夜合花的香味。心疑有異，運用慧目注視，前面仍是一片昏茫。那香風一陣接一陣由身後逆風吹來，猛一回顧，腳底雲霧開處忽現大片奇景。

趙長素此時引易靜到來的，乃是鳩盤婆新闢的魔宮，趙長素也是年前，由鐵姝路過岷山時相告，易靜恰未用「眾生環」查看，一時疏忽，全然不知鳩盤婆已移居來此。這時見身後雲開霧消，現出一片數畝寬的雲洞，下面山原繡列，清麗絕倫。所有山峰均不甚高，估計最高的不過七八十丈，都玲瓏秀拔，宛如二三十根碧玉簪倒插在錦原繡野清泉白石之間。山巔水涯現出好些金銀宮闕、玉樓飛閣，更有好些珍禽奇獸飛舞往來，意態悠閒。

易靜心想莫非此是地仙宮闕，妖人犯禁，已被擒住，主人特地開雲引我相見也未可知。聽妖人又怒嘯了兩次，始終認為妖人已被主人擒住，想是得道年久，行輩較高，欲令自己親自往見，將所擒妖人當面交付。略一尋思，便按遁光往下飛降。到地一看，到處靜悄悄的不見人影。

走了片刻，忽見前面花林之內走出兩個垂髫女鬟。那兩女鬟年約十三四聲，生得雪膚花貌，嬌小娉婷，十分動人憐愛。各穿著一身雪也似白的羅衣，腰繫淡青絲帶，一個肩扛一根鴉嘴花鋤，上挑六角平底形製精巧的花籃，內放五六朵各色大小鮮花。一個腰佩長劍，手持白玉拂塵，由花林深處從容款步而來，並肩說笑，態甚悠閒。

易靜喚道：「二位姊姊留步，此是哪位仙長洞府？」

佩劍那個轉身笑道：「你是哪裏來的？」

易靜見對方笑顏相向，人又那麼美好可愛，忙笑答道：「我乃峨嵋山凝碧崖妙一真人門下弟子易靜，令師那位仙長，可容拜見領教麼？」

雙鬟同時一聲冷笑，把手朝側一指，喝道：「不知死活的賤婢，你自看去！」

易靜聞言往側一看，面前倏地一暗，就這晃眼之間，雙鬟不見，所有樓臺殿閣繁花美景一齊失蹤，面前現出一座十來丈高大的牌坊，上現「萬劫之門」四個大字，其紅如血。

同時一片暗赤色的濃影天塌也似比電還快當頭下壓，身子立陷入萬丈紅海之中，上不見天，下不見地。四外昏茫一片殷紅如血的濃霧，將人埋在裡面，隱聞血腥之氣，刺鼻難聞。

易靜原是道家元嬰煉成的形體，對於佛道兩家均有極深根底，又得峨嵋真傳，這類邪法自難侵害。無如到此境地，仍把對方當著一個旁門中的能手，沒想到會是平生夙仇！見狀一面運用玄功施展法寶將身護住，正待出手還攻，破那邪法，忽聽另一少女用本門傳聲急喚道：「被困魔陣的可是幻波池易師伯麼？」

易靜聽那少女語聲宛如鳴玉，清脆娛耳，似由地底發生。暗忖此是何人門下，怎會在此？好在敵人這類陣法還難不倒自己，便先停手，忙用傳聲回問：「我正是幻波池易靜，追一老妖人誤入埋伏，你是何人門下，叫什麼名字？」

少女忙答：「弟子叫石慧，家師凌雲鳳。我因途遇一女異人，故意相戲，追來此地被魔女撞見，強要收徒。仗著本門地遁之術逃來地底潛伏。弟子得那異人指教，逃時乘機偷了她一件要緊東西，如追逼太緊，便用本門石火神光與之同歸於盡。魔女一則有此顧忌，又想收我為徒，暫時不肯殺害。家祖父是石仙王，弟弟石完也在峨嵋兩位甄師伯門下！」

易靜曾聽金蟬、石生說起過凌雲鳳與南海雙童，收秦嶺「石仙王」關臨之孫石慧、石完二人為徒，一聽是她，好生歡喜。聞言還未及答，忽聽惡鬼哭嘯之聲淒厲刺耳，同時眼前一花，先是四外現出無數大小白骨骷髏，一個挨一個密層層疊在一起，都是綠髮紅睛，面容灰白，口中獠牙厲齒，森森外露，口噴血焰，互相厲嘯，似在喚人名字。全陣又被殷紅如血的暗霧佈滿，襯得萬千惡鬼的形態越發獰厲。

易靜雖聽石慧說起敵人是個魔女，因那地方與昔年所見魔宮東西相差好幾千里，近來又未聽說過仇敵移居的消息，仍未想到仇敵近在咫尺。一見惡鬼成群湧來，厲聲喝道：「無知邪魔，不敢出門，卻叫這類受迫無奈的凶魂厲魄前來送死！」說罷，冷不防將師傳七寶連同別的兩件法寶飛劍一齊施威，立有大片寶光齊射精芒，朝眾惡鬼衝射過去。緊跟著左手「六陽神火鑑」、右手「太乙神雷」連珠也似四外亂打。

那群惡鬼雖是多年祭煉的凶魂厲魄，如何能是對手？這類惡鬼均具靈性，早就覺出敵人有極強烈的劍氣防身，未敢當時進逼。無奈魔女法令如山，魔陣已被催動，稍為後退，所受慘刑有勝百死，沒奈何只得口中悲嘯，狂噴血煙。

誰知敵人發動太快，前排惡鬼首當其衝，被寶光神雷震散消滅。後面的前進不敢，後退不能，吃「六陽神火鑑」、「太乙神雷」聯合夾攻，也是紛紛倒退，化為一團團的黑煙，微一滾轉，化為烏有，只聽一串唧唧啾啾的慘號厲嘯之聲，當時便消滅了一大半。

易靜正用飛劍寶光四面掃射，「太乙神雷」連珠猛擊，殺得正高興頭上，耳聽石慧地底傳聲急呼：「師伯留意，魔女來了！」耳聽一聲極尖銳的厲嘯，眼前血光一閃，黑煙飛動中現出一個腿臂赤裸，上穿翠葉雲肩，下穿翠羽短裙，膚白如玉，面容冰冷，頭插金刀，日射凶光的長身少女。定睛一看，不禁怒從心起，原來那女子正是鐵姝！

仇人相見，分外眼紅，因知魔女邪法高強，未可輕敵，尋常法寶飛劍無甚用處，開頭便將「六陽神火鑑」發將出去。魔女鐵姝更是天生兇狠，仗恃煉就「神魔」和「諸天秘魔玄經」，自信無敵。難得魔頭趙長素將仇敵引上門來，明知仇敵法力高強遠非昔比，但自負當地佈有魔陣，十九可以成功。一時忘了一件最重要的令符「元命牌」，前日被一不知姓名的少女巧得了去。

易靜出手又快，那乾卦形的青光射上身來，一任長於神通變化，依然措手不及。總算飛遁神速，見勢不佳，咬破中指向外一彈，立有一片血焰擁著一條化身朝那寶光神火撞去，本身就此遁走。

鐵姝好些魔法神通均未用上，才一上場便遭大敗，心中自更痛恨，一聲厲嘯，黑煙一閃，人又隱去。易靜一看當日形勢，知道鳩盤婆師徒驕橫殘忍，惟我獨尊，鐵姝一敗，定必出場！

此時危機密佈，羅網周密，即使仗著法寶之力衝出重圍，仇敵師徒來去如電，晃眼仍被追上，與其示怯，還不如就此與之一拼！心念一轉，便不再作脫身之想。正在靜以觀變，忽聽鐵姝咒罵悲嘯之聲若遠若近，似哭非哭，淒厲刺耳，令人心旌搖搖，聞之生悸。

易靜一聽哭喊之聲，知道敵人正在用「呼音攝神」之法，想要暗算，忙運玄功鎮定心神，接口罵道：「無知女魔，你那『呼音攝神』之法只好欺侮凡人，如何能夠傷我！此時你還不曾伏誅，先哭做甚？你師徒惡貫已盈，便無昔年殺身之仇，早晚也必為世除害！反正須決一個死活存亡，既被你們引到此地，正好了斷，此時有你無我、有我無你，可叫老魔速出納命，無須藏藏躲躲，裝腔作態，首鼠兩端，平白丟人！」

易靜說時，魔女並未再現，只陰惻惻冷笑兩聲，底下便沒有聲息。那身外暗霧越發濃密，跟著萬丈血雲似狂濤一般湧到，晃眼便被包沒在內。忽聽身前不遠趙長素喝罵道：「易靜賤婢，傷我徒子徒孫，又將我斷去一臂，現在陷入『血河陣』內，任你多大神通，也必化為膿血而亡，連元神也保不住了！」

易靜一聽發話的是老魔趙長素，正在暗中準備法寶，忽聽石慧地底傳聲說：「師伯先莫動手，弟子有祖父所賜一件奇珍，無論相隔千百丈的山石土地，均如掌上觀紋。這說話的是個斷臂老魔，就在師伯身前不遠。」

易靜還未及答言，忽聽陰風怒號，鬼聲啾啾，哀鳴哀嘯，宛如潮湧。全陣已成血海，濃如膠質，血雲被數十丈方圓的防身寶光逼住不得近前。

「眾生環」查看之下，血海中隱藏著好些惡鬼頭顱，全都大如車輪，紅睛怒凸，綠毛森森，塌鼻闊口，二目凶光遠射丈許，互相咧著一張似哭似笑的鬼臉，浮沉血海之中，望著自己不住歡嘯飛舞，似欲得而甘心之狀。不用寶環查看，卻看不出惡鬼影子。

忽聽群鬼厲嘯聲中，一聲怒喝，面前血光一閃，突現出一幢黑煙矗立血海之中，煙中裹著魔女鐵姝，正在戟指咒罵。

易靜見魔女二次出現，已換了一身裝束。依然裸臂露乳，面容死白，上身披著一件翠鳥羽毛和樹葉合織而成的雲肩，色作深碧，光彩鮮明。後面露著脊背，前面僅將雙乳虛掩，下半身同樣一條短戰裙，略遮後股前陰。本來玉立亭亭，加上楚腰一搦，柔肌勝雪，周身粉滴酥搓，通無微瑕，側面看去丰神豔絕，偏生滿臉獰厲之容，碧瞳若電，凶光遠射，柳眉倒豎，隱蘊無限殺機！

左肩上釘著五六把尖刀，亮若碧電。刀柄上各刻有一個惡鬼頭，形態生動，宛然如活。右膀上另釘著九柄「血焰叉」，光焰熊熊，似欲飛起。右前額也釘著五把三寸來長的金刀和七枝銀針，全都深嵌玉肌之內，好似天然生就一樣。秀髮如雲，已全披散，髮尖上打著好些環結，前後心各有一面三角形的晶鏡。腰間左插權杖，右懸「人皮口袋」，右手臂上還咬著五個茶杯大小的死人骷髏，和暗藏血雲中的惡鬼形貌一樣獰厲，通體黑煙圍繞，載沉載浮，凌空獨立血海之中。那麼濃厚的血雲，相隔又遠，竟如鏡中觀物，纖毫皆見！

易靜知道妖女恨毒自己，全身披掛而來。那些魔法異寶、血叉金刀之類還在其次，所穿雲肩戰裙和腰間所懸「人皮口袋」，一名「秘魔神裝」，一名「九幽靈火」，同為赤身教鎮山之寶。魔女既然全都用出來，鳩盤婆必在暗中主持。又聽石慧地底傳聲急呼：「師伯留意，方才逃來的老魔現藏魔女身右與魔女並立，手持一弓三箭，箭頭上已發出暗紫色的魔焰，中雜無數細如牛毛的魔針，指定師伯似要發射！」

鐵姝一現身，左膀微搖，肩膀上魔刀和九柄血焰金叉當先飛出，緊跟著又將前額一拍，右額所釘金刀鋃針也相繼電射飛起，朝易靜夾攻上去。

易靜笑罵：「無知邪魔，你便把全副家當施展出來，也不免於送死！至多把衣服脫去，賣弄你那無恥下作的勾當，能奈我何！今日如非立意除你師徒，破陣飛走不過舉手之勞。想看你師徒兇橫多年，到底有何伎倆，你當我真個靜守不動麼？」說時將手連指，身外寶光突然大盛。「兜率寶傘」首先暴長，發出萬道毫光，宛如一座金光祥霞結成的華蓋，將人籠罩，下面又有一片金雲將人托住盤坐其上。

那九柄「血焰叉」帶著血焰金光剛一飛近，寶傘之下突飛起一蓬形似彩絲的雲網，暴雨一般向前激射，只一閃便將九叉一齊纏緊，縮在一起。魔女剛認出那形似彩絲具有九色的雲網，乃師父常說幻波池聖姑昔年所煉降魔十四奇珍中的「九曲柔絲」，忙即行法收回，已自無及，連同發出的魔刀全被網住，纏了個結實，休想掙脫分毫。這兩件法寶乃鳩盤婆新近所賜魔教奇珍，不料才一出手便被敵人網住！

寶傘下又飛出酒杯大小三團寒光，剛一入眼，已投入彩網之中。「波波波」

接連三聲大震，銀芒電射彩雲飛舞中，大蓬金花血雨在彩網裡面閃得一閃，那九口血焰金叉和魔刃已全被敵人消滅！這些均是與鐵姝心靈相連之寶，經此一來，元氣大傷！

趙長素老奸巨猾，見鐵姝魔法無功，連遭挫敗，喝道：「鐵姝，你身旁現有至寶，竟為何不用？」

鐵姝「秘魔神裝」、「人皮口袋」兩件鎮山之寶和手上「三梟神魔」尚還未用，聽趙長素一說，立即醒悟。暗忖：「『人皮口袋』中貯『九幽靈火』，甚是陰毒，無孔不入。『秘魔神裝』更是師父開山以來第一件法寶，與本命魔神靈感相通，何不一同施為，再將『三梟神魔』同時發出，只要敵人寶光稍現空隙，立可成功。」

主意打定，便即施為。怒火頭上竟忘了這三個法寶倒有兩件與所失令符息息相關！當下將「人皮口袋」一拍，立有些鬼氣森森，形似寒燈殘焰所結燈花的幽靈陰火飛起。自來邪法異寶來勢均極猛烈，鳩盤婆所煉「九幽靈火」卻是不同。發時先是三五點鬼火一般的亮光冉冉飛出，光既不強，來勢又緩。每朵鬼火下面各有一似人非人的黑影，用慧目法眼也看不真切，飛揚浮沉於血海之中，到了近前也不往寶光上撞，只在敵人身外環繞不動，一閃一閃的看去陰森淒厲，使人生出一種幽冷之感。

易靜不知此寶詳細來歷，一見魔女惡狠狠發出，料非尋常，意欲看明形勢再行下手，未免多看了兩眼。正注視間，鬼火下面的黑影漸現原身，相貌並不十分獰厲，但都斷手斷腳，殘缺不全。為首一個只剩多半邊身子，白森森骨瘦如柴，前胸已腐，血淋淋的五臟皆見，上面卻頂著一個肥胖浮腫的大頭，嘻著一張闊口。下餘的不是面如死灰，便是綠黝黝一張鬼臉，口中噴著白沫。再襯著頭上稀落落幾根短毛，越發使人煩厭作嘔。

有的純是一個陳死骷髏，大僅如拳，色如土灰。本是一個死人頭骨，上面偏生著一兩片的新肉，爛糟糟的說不出那等難看！有的連頭帶身子俱都沒有，只剩一兩隻殘破不全的手足，不是白骨瘦長，形似鳥爪，便是又短又肥，宛如新切斷的人手足，卻生得又白又膩，紅潤鮮肥，各頂著一朵鬼火，發出吱吱啾啾的悲嘯，聞之心悸神驚，說不出那一種陰森愁慘的景象。易靜那麼高道力的人，微一疏神，目光便被吸住，連打了兩個寒噤。

知道厲害，又驚又怒，忙運玄功，剛一收攝心神，就這晃眼之間，忽然滿陣皆火。匆促之間，竟未看出如何化生出來。陰風鬼氣，越來越盛，那悲嘯鬼哭之聲，說不出那麼難聽。那些鬼火也不朝人進攻，無形中卻具有一種極微妙的凶威，耳目所及，心神便受搖動。易靜久經大敵，知道內中恐還藏有別的變化，心正尋思，鐵姝等鬼火將人包圍，突把雙臂一搖，黑煙飛動中化為一條黑影，在碧光籠罩之下朝著易靜撲來。易靜知是魔女元神變化來攻，忙將心神守住，暗中準備，靜以觀變。

此是魔女元神在秘魔神裝防護之下來攻，厲害非常，易靜忽見魔光奇亮，光中人影也漸顯明，再一細看，就這晃眼之間，那防護外層的寶光竟被魔女透進，事前絲毫跡兆俱無！那麼強烈的兩道劍光，阿難劍又是師傳七寶之一，竟會攔她不住，這一驚真非小可！暗忖魔女身外碧光不知是何法寶？頭層劍光已被衝破，身外尚有萬丈血雲包圍，如被魔女把末兩層寶光攻進，再化生出別的魔法凶謀，如何能敵！

鳩盤婆未來便遭失利，少時師徒合力一齊夾攻，焉有倖理！心方愁慮，剛把「六陽神火鑑」朝魔女迎面照去，二層寶光也被透進！魔女似因得勝在即，滿臉獰笑，六道青光射出，易靜先以為此寶威力絕大，魔女多高邪法也難禁受，至多仗著玄功變化飛遁閃躲，絕不敢正面迎敵。誰知那六道青光照將上去，魔女連躲也未躲！青光射向身上，魔女護身碧光也自加強，千萬點金碧輝煌的火星花雨周身亂爆，「神火鑑」青光衝射上去，竟似不怕，依舊向前猛撲！

易靜見狀，方自駭異，忽聽地底傳聲，急呼：「師伯，那老魔頭手中魔弓箭頭正對師伯前心，意欲乘隙暗算，立處就在魔女身後左側，相隔不過五丈。魔女現用『秘魔神裝』護住元神，想和師伯拼命。弟子得異人指點，專為破此魔宮至寶而到來，請師伯放心！」

易靜聞言大喜，朝前一看，魔女雖仗「秘魔神裝」之力猛攻不退，無奈「神火鑑」威力神妙，隨同敵人前進之勢，光更強烈，魔女已被擋住，急得咬牙切齒怒嘯不已。易靜為防萬一，將手一指，又將上附「五行神火」發出助威。經此一來，威力越猛，那六道乾卦形青光忽然連閃幾閃，發出五色毫光，金芒雹射，到了前面化為五色神火朝著魔女猛衝。魔女雖仗神裝護身，也禁不住「乾天靈火」與「五行真火」合運的威力，怒吼一聲，一閃退出寶光層外。

說時遲，那時快，魔女一退，易靜先把「六陽神火鑑」照將過去，跟著又是一粒「紫霆珠」，霹靂一聲，六道青光夾著大股神火和數十百丈紫閃閃的迅雷烈焰，一齊朝左側面打下！那濃如膠質的血海立被衝破一個大洞，神雷烈焰紛紛爆炸，一直響到地底。魔女一見地底被雷火震穿一個大洞，老魔趙長素隱身在旁，如非遁得快，幾為所傷。

想起前日誤入魔宮的少女尚在地底被困，恐其受了誤傷或是就勢逃走，連忙咬破舌尖，張口一股血焰噴將出去，待將地穴封閉。同時施展魔法，要將妖陣復原，接著一聲極淒厲的長嘯過處，身形一閃，人又隱去，只剩那幢金碧魔火，懸空停立血海之中。

三個死人骷髏忽然飛起，暴長丈許大小，各在一團烏煙圍繞之下飛舞而起，五官七竅齊噴黑煙，口作厲嘯哭喊易靜的名字。

「三梟神魔」剛一發出，魔女猛瞥見一線墨綠光華在那地穴口邊一閃。魔女本來意欲運「三梟神魔」和「九幽靈火」、「秘魔神裝」一齊施威，與敵拼命。一見墨光飛出，心方一動，忽聽一少女口音笑罵道：「該死魔女，禁閉我的邪法已被我易師伯破去，你那制命的東西卻在我的手上，可要還你？」魔女只顧急於報仇，忘了那面本命神魔的令符尚在少女手中！

魔女前日因喜少女靈慧，自己尚無傳授衣缽的門人，意欲收為弟子，少女偏是倔強不肯，將之禁在鬼壇之上，竟被少女將一面本命神魔的令符盜去，反倒受了挾制。此際聞言，猛想起那面令符關係重要，如被毀去，休說「秘魔神裝」難於保全，那「九幽靈火」均是數千年前凶魂厲魄煉成，凶野異常，全靠這面「元命牌」統制，一旦被毀，這類惡鬼有甚情義，害敵不成，必向主人倒戈反噬！

當此千鈞一髮之際，此女忽然遁出，魔女異寶已全發動，急切間又收不轉來，口中怒喝：「速將令符還我，免遭慘死！」隨手一揚，一股血焰剛發出去，墨光一閃，人影一晃，少女突在敵人寶光中現形，與易靜會合一起。這才看出仇敵與日前入魔宮的少女竟是同黨！

鐵姝這一驚真非小可，爭怒交加之下，強忍憤怒，正待把神魔強行收回，忽聽霹靂一聲，由少女手上飛起一片綠光，中擁一個赤身倒立的美貌少女，長僅尺許，生得又嬌又嫩，膚如玉雪，美豔絕倫。

鬼女見元命神魔已然飛出，暗道「不好」。無如本身命脈已被敵人寶光隔斷，無法收回。「三梟神魔」又因剛放出來，尚未吸到敵人精血，主人再一強迫回收，立時暴怒，同聲厲吼，張牙舞爪，目射凶光，狂噴毒焰，口中獠牙挫得山響，一齊反身竟朝自己撲到。知道這類凶鬼反臉無情，稍為應付失宜便受其害，事前沒料到來勢這快，兩下不能兼顧，當時鬧了一個手忙腳亂！

接著一聲大震，銀色火花由少女右手五指彈出，打向左手那面令符之上。本命神魔身上綠光立隨雷聲震散，剛現出一個其紅如血貌相猙獰的鬼影，仇敵揚手又是一粒銀光，「波」的一聲，血焰紛飛中，連那魔影也被震散化為烏有！

那「三梟神魔」和所有凶魂厲魄俱都賦性兇暴殘忍。日受魔法禁制服那苦役，並受煉魂之慘，怨毒已深。常年只盼多殺幾個敵人，以便吸食精血元氣，增長自己兇焰。那面制他的法牌令符忽為敵人所毀，這一來好似驕兵悍將，早就蓄有逆謀意圖反叛，一旦遇到良機，立時暴發，紛紛怒吼，齊朝主人爭先撲去！

鐵姝見狀大驚，又因令符一破，防身至寶「秘魔神裝」立時暗無光華，不經魔法重煉，已難應用。一見群魔紛紛反撲，勢急如電，慌不迭解下腰間那面三角權杖朝前連晃，牌上有一股紫綠色的火彈朝前射去，打得為首三魔滿空翻滾。暫時雖被擋住，三魔仍自不退，口中連聲怒吼，滿嘴獠牙亂挫，聲勢反更兇猛。四外千百成群的惡鬼又各頂著一朵綠陰陰的鬼火，口噴毒煙，悲聲呼嘯而來。

趙長素隱在身旁，本可無事，因見令符被毀，神魔惡鬼齊向主人倒戈。明知鳩盤婆不來，乃是為他，暗想鐵姝是你相依為命的愛徒，如今連失至寶，看你是否袖手不問！正在幸災樂禍，心生毒計，意欲激怒魔鬼使與鐵姝拼命，以便誘激悍妻出場。便假意助戰，將手中「秘魔喪門箭」對準神魔，口中大喝：「無知魔鬼，不去殺害敵人，如何忘恩叛主！」

第十回 自相殘殺 九鬼啖魂

鐵姝本因乃師遲不出場，料定痛惡老魔，不肯違背昔年誓約之故。魔鬼群起反噬，揮權杖施展魔法抵禦均擋不住，這些魔鬼均經多年物色而來，如以全力克制，雙方元氣均要大耗。心正為難，忽聽趙長素這等說法，猛想起師父性情剛愎，言出必踐，不將老魔殺死，決不會來！自己連失重寶，還受魔鬼圍攻，情勢已是危急萬分，這廝雖是師父昔年情夫，雙方早已恩斷義絕，當此重要關頭還顧惜他作甚！

鐵姝心念一動，竟起殺機，獰笑一聲，冷不防施展玄功變化，元神化為一條碧光閃閃的鬼影，朝趙長素當頭罩下。跟著把三角權杖一晃，為首三神魔立捨鐵姝，朝趙長素呼嘯撲去！

趙長素不料鐵姝突然翻臉，偏巧手中「喪門箭」剛發出去射在三魔頭上，越發暴怒，來勢更急。趙長素見狀大驚，想要逃遁已自無及，怒吼：「大膽鐵姝，意欲何為？我此來原為向你師父請罪，還未見面，為何下此毒手？」話未說完，三魔頭已咧著一張血盆大口撲上身來！

趙長素已知道鐵姝欲拿自己的精血去餵神魔，以圖緩和危機，情急之下厲聲急呼：「鐵姝何必太毒，就要殺我去制神魔，也請將元神保住與你師父見上一面！」

隨聽一個老婆子的口音冷笑道：「昧良無義的老鬼，還有面目見我？昔年你對神魔所發誓言今已應驗，我因不願見你死時醜態故未前來，累我徒兒傷了好些法寶。既再三求告，容你見上一面，使我快意也好！」

易靜聽那語音宛如梟鳴，聽去若遠若近，十分刺耳，知是鳩盤婆飛來，心神立時一緊。因見石慧年約十三、四歲，貌相靈慧，美秀入骨，滿頭綠髮。自從見面便連笑帶說親熱非常，身困魔陣，強敵當前，絲毫不以為意。恐其冒失受傷，剛在低聲警告，長嘯聲已劃空破雲而來。同時目光到處，一溜黑煙其疾如箭，凌空飛墮。煙中現出一個身材矮小，蓬頭赤足，身穿一件黑麻衣，手持鳩杖，貌相醜怪的老妖婦。

鳩盤婆才到陣中，左手一揮，立有一片黑雲鐵幕也似由眾人頭上飛馳而過。黑煙中閃動起億萬金碧光雨，來勢萬分神速。只一閃，便將那頭頂鬼火的無數惡鬼捲去，慘嗥厲嘯聲中，惡鬼全數不見，連那萬丈血雲也同收淨。只天色仍不見透下，四外茫茫，一片昏黃色的暗影籠罩當地，無論何方均看不出一點人物影跡。只鳩盤婆師徒各在黑煙飛動中，凌虛而立。鐵姝腰間「人皮口袋」已然不見，所穿翠羽織成的雲肩戰袍仍在身上，金碧光華卻減了許多，滿臉愧忿狠厲之容。

這時趙長素已被那三個魔頭咬緊身上，神魔剛一咬住人身，便自縮小，仍只拳頭般大，白髮紅睛，目射碧光，各將利口在趙長素的肩臂前胸連吮帶吸，咀嚼有聲。趙長素滿臉驚怖之容，痛得連聲慘嗥，已無人色。右手戰戰兢兢掐著一個魔訣，口噴魔光緊護頭臉，強忍苦痛，意圖死裡逃生，尚在強行掙扎。鳩盤婆分明見易靜、石慧同在寶光籠罩之下靜坐相待，直如未見。

那三魔鬼在吮吸人的精血，就這共總幾句話的功夫，趙長素人已消瘦大半，成了皮包骨頭，疼得凶睛怒突，目光如火，佈滿紅絲，周身冷汗淋漓。神魔還在咀嚼不已，正在慘嗥悲呼苦求饒命，鳩盤婆也自飛到。朝趙長素冷冷的看了一眼，隨把鳩杖一指，鳩口內立有三股中雜金碧光針的黑煙將三魔罩住，魔頭立被禁制，停了呼吸，同聲悲嘯起來。

趙長素還以為五行有救，悍妻發了慈悲，肉體雖失，至少元神當可保住。連忙哀聲求告，痛悔前非，欲求寬恕。

鳩盤婆始終冷冷的毫不理睬，等趙長素悲哭求告了一陣，方始冷冷的答道：「想我當初年輕貌美，求婚男子何止千百，只為從小好道，不肯嫁人，後來你花言巧語百計求婚，致被你哄騙了二十餘年。你人面獸心，見我年紀稍長，另外戀一妖婦，寵妾滅妻，仗著魔法對我虐待！」

鳩盤婆語言尖利，易靜、石慧皆清晰可聞，因聽她在述及往事，二人暫也按兵不動。只聽鳩盤婆又道：「我一時悲憤無計，暗往鐵城山師祖魔宮叩關求死，歷時四十八晝夜，受盡諸般苦難恐怖艱危，魔宮忽然開放。我正求生不得求死不能，泣血痛心悲號無門之際，不料福緣巧合，此時竟是師祖七百二十年一次開關之期，師祖忽現法身指示玄機，並授三部魔經，命為『赤身教主』。我因嫁你，元嬰已失，所創赤身教已是上乘魔法，必以童貞成道。為踐宏願，又受了許多苦難，方始自孕靈胎，修復元貞，按照祖師大命建立教宗。因想你昔年對我無情，由於年老色衰而起，為報前仇，特意煉成這般醜怪形貌，將妖婦擒來。對你仍念前情，並無惡意，誰知你忘恩負義，一味袒護妖婦，得信趕來，與我反臉成仇。又對本命神魔立下毒誓，從此永不相見，見面必有一死！今日你還妄想保得元神回去，豈非作夢！」

（注：鳩盤婆、趙長素之間的恩怨，後文還有大段描寫，驚心動魄之至。鳩盤婆的「赤身教」，在本書邪派中十分獨特，另樹一幟，其修煉過程如「自孕靈胎，修復元貞」等等，簡直匪夷所思。）

趙長素知鳩盤婆為人忌刻剛愎，言出必踐。昔年雖然同是魔教中人，彼此各有師承，彼時鳩盤婆法力不如自己遠甚，以致受盡欺壓。自從情場失意，妒忿入山，巧遇魔教中一位閉關多年的長老，奉命創設赤身教後，因受刺激太甚，性情越發變得殘忍險惡，冷酷無情。聞言才知錯會了意，本是多年夙仇，以前曾經千方百計想為愛妾報仇，無如悍妻曾修上乘魔法，萬非其敵。隱忍多年，懷恨已深，本已立誓，除非能報前仇，永世不與相見。不料打錯主意，自投死路。

趙長素面色慘變，鳩盤婆瞥見老魔手挽魔訣，知其死前還想用魔教中最陰毒的惡誓，拚著多受苦痛來咒自己，心中憤怒，表面聲色不動。

等到老魔把手中魔訣照準自己頭上發出，待要把手伸向口內，倏地獰笑一聲，面色一沉，把手中鳩杖往前一指，立有一條血影由鳩口內電掣而出，朝老魔身上撲去，當時合而為一！

趙長素原想暗施陰謀，冷不防猛下毒手，以本身元神與敵一拼。雖然雙方法力相差懸殊，想要同歸於盡決辦不到，只要驟出不意搶先發難，鳩盤婆惟恐受傷，必要猛下毒手將己殺死。這樣仇報不成，當可求得一個痛快！哪知鳩盤婆因他寵妾滅妻，忘情負義，飲恨了多年，立意報復，連大敵當前均無暇顧及，表面不動聲色，暗中卻以全神貫注在他身上，早有準備，魔法又高，動作比他更快！

趙長素手才入口，還未咬斷向外噴出，血影已自上身，為神魔所制。想起仇人先前口氣，不知還有什麼殘酷花樣！事已至此，只得狂吼一聲，眼睜睜望著仇敵將下殺手，休說抗拒，連耳目五官均不能隨意啟閉。

最難受的是那被「三梟神魔」吸去精血，只剩皮包骨頭的一隻右手剛塞到嘴內，牙齒已自下落，深嵌入骨，但未咬斷便為魔法所制，通身和廢了一樣，不能拔出。所施魔法又最陰毒，已然生效，變為反害自身。仇人對此偏是不加禁制，只覺利齒深嵌指骨之內，奇痛攻心，一陣陣的血腥氣直往鼻中鑽進，深入喉際，臭穢難聞，嘔是嘔不出來，空自痛苦激怒，冷汗交流，連想暫時急暈過去，少受片時的罪都辦不到！

趙長素料定鳩盤婆所下毒手還不止此。苦熬了一會兒，果然鳩盤婆先朝鐵姝嘴皮微動，然後冷著一張醜臉，微笑說道：「以你忘恩負義，對我那等殘暴，容你今日慘死還是便宜。你不是想你那心上人麼？我命鐵姝將她喚來，容你一見如何？」

妖婦機智刁狡甚於老魔，邊哭喊咒罵，早在暗中留意查看。見老魔眼含痛淚，不言不動，喉中不時發出極微弱的慘哼，料為魔法所制，斷定凶多吉少。暗忖這老鬼一向自私，自己雖是他最寵之人，也常受其哄騙，多年不加過問還好一些，這一來反更使我受害！越想越恨，由不得氣往上撞，惡狠狠厲聲怒喝：「你這老鬼，害得我好苦，今日與你拚了！」說罷張口便咬。

妖婦口小，卻生著滿嘴又白又密的利齒，只一口，便將老魔又小又扁的鼻頭咬將下來。正待伸手朝臉抓去，猛想起老鬼魔法頗高，怎會始終不發一言，難道對頭故意幻形相試不成？所料如中，索性裝得凶些。心念才動，忽聽身後有人冷笑，回頭一看，心膽皆裂，慌不迭跪伏地上，哀聲急喊：「教主恩寬，饒我殘魂！」

鳩盤婆冷笑道：「當你二人合謀害我時，何等恩愛情熱。今日你們患難相逢，如果兩心如一，寧死不二，我也至少總可給你一個痛快。誰知你們全是自私自利，為想求我寬容，一個不惜卑躬屈節向我求饒，一個只圖自保，惡形醜態一齊落在我的眼裡。這等狗男女我也不值動手，現將神魔放起，每人均有一個附身，相助殘殺對方。你們如能恩愛到底，選出一人獨任艱難，在我歡喜獄中受盡諸般酷刑，自身受完孽報，再代心愛的人受上一次苦難，事完之後將元神獻與神魔，所代的人雖仍不免挨上九百魔鞭，卻可放其投生，不再過問。你們可去商量回話吧！」

鳩盤婆說罷，鐵姝把手一招，老魔趙長素因受鐵姝元神禁制，身受奇慘，骨髓皆融，四肢酸痛，周身和癱了一樣。及至附身元神一去，緊咬身上的「三梟神魔」也被鳩盤婆魔法收回。禁制一失，方才所受奇癢酸痛一齊攻心，悲號一聲暈倒在地。正在強行掙扎，默運玄功行法止痛，兩條血影已自分頭飛來。當時聞到一股血腥，便被附在身上合為一體，痛楚雖仍未消失，精神卻倒強健起來。

趙長素早看見愛妾先前驚喜交集，眼含痛淚，想要抱頭痛哭。忽然面容慘變，亂罵亂咬，知道鳩盤婆師徒心狠意毒，這多年來不知受了多少殘酷的報復，本來心中憐憫。繼一想：「泥菩薩過江，自身難保。」又見愛妾形貌已變老醜，骨瘦如柴，心情也就冷淡下來。及聽鳩盤婆那等說法，深知歡喜地獄中三百六十五種慘刑，要經一年之多才能受完。身在其中，休說度日如年，便是一分一刻也使人肝腸痛斷，受盡熬煎，等到歷盡痛苦，至多剩上一縷殘魂餘氣，肉身早已消滅，這等罪孽勝於百死，何況仇敵怨毒已深，必定盡情報復，一個忍受不住，仍是形神皆滅，平白多受好些苦難，如何肯去受罪！

另一方面，妖婦因這多年來受報奇慘，又知求告無用，當時想：「除非老鬼真個情深，想起以前恩愛，拼著多受苦痛，保全自己殘魂前往投生，免得一同葬送，才有一線之望。」自覺有了生機，朝著鳩盤婆師徒叩了兩個頭，便往老魔身前撲去。

妖婦因知鳩盤婆說話算數，當此千鈞一髮之際，不如實話實做。以為老魔最喜花言巧語，一到身前便施展昔年狐媚故技，抱頭哭喊道：「事到今日，我也無話可說，只求你念在昔年恩愛之情，反正難逃毒手，與其兩敗俱傷，何如為我多受一次磨折，保我殘魂前往投生？」

老魔正當創巨痛深之際，便是月殿仙人橫陳在側，也無心腸多看一眼。何況妖婦在黑地獄中沉淪多年，變得那麼枯乾醜怪，方才又咬了他的鼻子，心早不快，嫌她只顧討好仇人，做得太過！本和妖婦同是自私自利，一般心理，不料還未開口，妖婦已撲上身來，連哭帶訴，由不得心生厭惡。但在性命交關之際，一心想用巧語哄騙，勸妖婦做替死鬼。於是故意回手一把抱住，先用溫言慰問，然後曉以利害，說：「仇人恨你入骨，不比對我還有舊情。反正不能保全，與其同歸於盡，何如為我多受一點苦難，使我保得元神逃走，將來還有報仇之望！」

妖婦深知老魔卑鄙懦怯，專一自私，聞言料知生望已絕，不等說完，便朝老魔迎面一掌，奮身掙起，厲哭罵道：「我早知你這沒良心的老鬼，專一花言巧語騙人供你快活，到了緊要關頭，決不替人打算。當初我雖謀嫡爭寵，播弄是非，還不是受你的騙！我此時已把你這狼心狗肺看了個透！想你捨己為人必是無望，想我助你更是做夢！休說歡喜獄中每日須經七萬次以上慘刑熬煎，非我所能忍受，即便舉手之勞，照你這等薄情無義，卑鄙自私之人，寧甘與你同歸於盡，決不會再上你當。」

趙長素原知妖婦恃寵驕狂，仍想騙她上套，任其哭訴。後來越聽口氣越覺不對，再一偷覷鳩盤婆正朝自己冷笑，及聽妖婦口氣堅絕，知難挽救。

一片黑煙飛動中，鐵姝忽在二人面前現身冷笑道：「老鬼你也得道多年，有名人物，為何還不如賊潑賤有骨氣。時已不早，易靜賤婢尚困在陣中不曾納命，師父雖許你們在臨死以前說幾句心腹話，原因你二人昔年那等恩愛，當這千鈞一髮之間，定必爭先求死。互相憐愛。果能始終如一，為對方設想，只求所愛之人無事，歷盡千災百難也非所懼，也還有點商量。師父或許為你二人至情感動，將元神一齊放掉都在意中，誰知這等膿包！」

剛才鳩盤婆放起神魔，已附在趙長素和妖婦身上，存心要令二人自相殘鬥，鐵姝話說完，獰笑一聲，把手中魔訣一揚，便自飛走。二人便在神魔主持之下互相惡鬥殘殺起來。神魔暗中捉弄，越發眼紅，都恨不能把對頭生嚼下肚才稱心意。

易靜、石慧旁觀者清，見鳩盤婆行為殘忍慘酷，這男女二妖人先前身受已是那等慘狀，臨死以前還要互相殘殺。只見老魔和妖婦已扭結一起，雙方竟和常人打架拼命差不許多。女的扭住老魔連抓帶咬，晃眼功夫便皮開肉綻，因精血已被魔鬼吸去，直流黃水。老魔空有法力，適被扭緊分解不開。妖婦又是元神，並非肉體，不怕還手。急得老魔連聲怒吼，一面掙扎推拒，一面口噴魔光邪焰，燒得妖婦連聲慘號，狼狽不堪。

不消片刻，一個周身稀爛，一個為魔光邪焰所傷，受創甚重，兀自糾結不解。

鳩盤婆始終冷冷的望著二人，一絲表情俱無。鐵姝手中拿著一個晶球，不時注視，偶然也朝老魔、妖婦看上一眼。忽似發現球中有甚警兆，朝鳩盤婆把球一揚，說了幾句。微聞鳩盤婆說了一句：「便宜他們！」鐵姝隨向老魔、妖婦戟指喝道：「你們今日真個成了歡喜冤家，糾結不開了，我看這味道不甚好受罷！」

老魔早已痛得面無人色，氣喘汗流答不上話來。鼻子早已咬掉，那隻痛手剛由口裡拔出，便被妖婦搶先下手，撲上前去把那咬而未斷的五指相繼咬折。兩眼抓瞎了一隻，滿臉稀爛，周身奇痛鑽心透骨。

老魔雖受神魔暗制，畢竟修道多年，是個行家。見此形勢，忽然醒悟，知道慘禍必不能免，勉強掙扎，厲聲喝道：「鐵姝，我雖與你師父有仇，你我以前終是師徒情分，何苦助紂為虐！眼前強敵尚未除去，仇敵人多勢眾，早點將我二人殺死要好得多！」

鐵姝聞言獰笑答道：「本來打算令你二人受完孽報，再用魔火緩緩煉化，使峨嵋派賤婢看個榜樣。是我再三代你們求說，方始改了前計。現時便用魔火化煉，你二人如想早脫苦海，休再強抗，免將師父激怒，多受罪孽！」說罷，把手一招，兩條比血還紅的魔影由二人身上飛起，一閃不見。妖婦自知無幸，倒也認命，靜待仇人宰割，分毫未作逃走之想。

趙長素老奸巨猾，魔法又高，擅長玄功變化，附身神魔一去，靈智恢復，不由又生妄想。故意癱倒地上，口中急訴，哀求鐵姝寬容，求念昔年師徒之情，容他自將肉體脫去，用元神受魔火化煉，少受一次焚身之苦。鐵姝天性強傲好性，見他這等哀求，竟為所動。偷覷鳩盤婆正朝手中晶球注視，不曾留意，心想似此稍為徇情，師父當不至於見怪。心念一轉，故意怒喝：「老鬼枉自修道多年，這等怕痛，先除妖婦給你看個榜樣也好！」揚手一蓬黑煙將妖婦元神罩住，當時發起火來。烈焰熊熊將妖婦全身裹緊，疼得悲聲厲嘯，滿空亂滾，慘不忍聞。

趙長素見鐵姝答應，心中暗喜，裝著喘息狼狽不能自主之狀，暗中默運玄功，打算冷不防施展魔教中「解體分身」大法逃走。如再不成，反正一死，沒有兩死，索性把身帶幾件未用過的法寶齊以全力向仇敵暗算，報仇縱然無望，多少也使受點傷害，稍出胸中惡氣！

剛把毒計準備停當，一見妖婦受魔火焚燒時的慘狀，口中急呼：「鐵姝手下留情！」猛然連身躍起，裝著自殺，一片魔光迸射如雨，整個身子忽然分裂八塊，分八面跌倒地上。同時一條血影在一片魔光環繞之下，比電還快，破空便起！魔女見狀厲吼一聲，將手一揚，一片碧光便朝血影飛去。無如趙長素逃遁太快，鐵姝又正收拾妖婦，不暇兼顧。鐵姝發出魔光追來，已快逃出三層埋伏。

鐵姝魔光迅速，眼看追上，老魔情急，竟把以前準備遇機救走愛妾，隱藏多年始終未用的兩件邪法異寶全數施展出來。鐵姝所發魔光先被老魔所發的一股紫燄敵住，緊跟著煙光又飛出四五十枝飛叉，叉尖上各有三股金碧火花向前衝射，魔光立被衝散！鐵姝本身元靈受了反應，老魔見狀大喜，想就勢把鐵姝殺死，緊跟著又把三枝喪門箭朝下面射去！

這原是瞬息間事，老魔已然逃離上面出口只十數丈，晃眼便自越過。仗著肉身已失，僅剩元神，只要一離崖口到了上面，立可施展玄功變化幻形逃遁，一任鳩盤婆魔法多高，也難尋蹤。百忙中瞥見鐵姝元神重創，心方一喜，忽聽頭上一聲冷笑。剛聽出是鳩盤婆的口音，心膽一寒，一片暗綠色的魔光擁著九個粉妝玉琢、形似童嬰的少女已當頭壓到。知是仇人所煉「九子母天魔」，這一驚真非同小可！忙運玄功變化待要逃遁，已被碧色魔光罩住。當時聞到一股極濃厚的血腥味，被那九個女嬰往上一圈，元神便受魔法禁制往下飛降，仍舊回到原處。

這一來只便宜了妖婦的殘魂。本來鐵姝因知乃師對這兩人怨毒太深，本意打算把妖婦盡情處置，使其多受痛苦，再用魔火消滅，此際不顧再拿妖婦消遣，把手一揚，魔火邪焰突然大盛，環繞殘魂一燒，只聽連聲極微弱的慘嘯過處，殘魂黑影由濃而淡，最後現出薄薄一條與妖婦形貌相同的淡紅影子，只閃兩閃便被內中一團魔焰震散，化為千萬縷血絲淡影，大蓬魔火往上一圈，當時消滅。

魔女除了妖婦，立往老魔身前趕去，咬牙切齒厲聲咒罵，施展魔法朝前一指。那九個女嬰兒本來環繞老魔身外拍手歡嘯舞蹈不休，看去宛如三五歲的童嬰，一個個生得粉滴酥搓，玉雪可愛，神態尤為天真，任誰看去也應生出憐愛，老魔見了竟是萬分畏懼，滿臉驚怖之容。易、石二女始終在寶光籠護之下旁觀，石慧天真嫉惡，先見妖婦被害時的慘狀，已自憤怒。後見老魔元神遁走，因聽易靜說起老魔的為人，一見要逃，便想仗著家傳法寶防身隱形追去！

易靜大驚攔道：「這幾個男女妖人都是極惡窮凶，正好使其自相殘殺，我們多挨些時候。你那防身隱形之寶任多神妙，決非女魔師徒之敵！與我同在一起還能暫時自保，冒失離開，再想回來決非容易！」話剛說完，老魔便被擒回。石慧笑說：「師伯，你看那些小孩有多可愛！老魔為何那樣害怕？」

易靜說：「此是仇人所煉『九子母天魔』，陰毒異常，一會現出原形你就知道了！」正指點談說間，一片怒吼聲中，那九個女嬰突然就地一滾，化為九個惡鬼朝趙長素撲去。

易靜學道多年，經歷甚豐，見那九魔相貌雖然獰惡，但是面上有肉。一個個白髮紅睛，大鼻闊嘴，除滿嘴利齒十分尖銳細密，其白如銀，閃閃生光而外，並不是以往所遇各種凶魔惡鬼形似骷髏、周身白骨嶙峋之狀。知道九魔平日飽吸修道人的精血元氣，又經主人多年苦煉，已快煉成實質，形體與生人無異，邪法神通之高更不必說，只被上身上，休想活命！

再看前面，趙長素已被那九個魔鬼團團圍住，不似先前「三梟神魔」緊附身上吸食人血，只各咧著一張闊口，由口裡噴出一股暗綠色的煙氣將老魔全身罩定，裹了一個風雨不透，然後頻頻吞吐呼吸不已。老魔被那綠氣越裹越緊，絲毫不能轉動，先還厲聲慘叫咒罵不停，到了後來鬼影越淡，不時發出極微弱的慘嗥。易靜暗忖：「老魔昔年頗有凶名，如何這等不濟，任憑敵人盡情折磨，絲毫抗拒都沒有！」

易靜心中生疑，試取玉環定睛一看，老魔元神已縮成尺許長的一個小人，外層妖魂被九魔裹住，也如真的一樣。料定是老魔元神化身之一，似知不能逃脫，萬分無奈之下，仍想施展詭謀，將所煉三屍元神豁出多受些痛苦，葬送一兩個，然後冷不防乘機遁走，以免形神全滅。因是將元神由外而內一個罩上一個任憑九魔飽啖，卻將最重要的主魂隱藏在內。因外面兩層全是真的，故此敵人不易看破。轉眼之間，那頭一個化身已被九魔把殘魂餘氣吸盡。

鐵姝見老魔元神化去一個又有一個出現，魂氣反為比前加強，惡狠狠厲聲罵道：「無知老鬼，我師父恨你入骨，任你擅長玄功變化，想要逃走仍是做夢！」說罷，將手連指，九魔口中煙氣噴射更急。老魔自知必死毒手，萬難保全，早就想好陰謀毒計，準備遇機拼命。表面任憑魔鬼吞吸精血，暗用玄功，將那一滴元精心血暗自收去了。

易靜旁觀者清，暗查老魔在「九子母天魔」環攻之下哀叫求恕，魔女鐵姝著名凶殘，不會絲毫寬容，何苦丟人向其哀聲求告？越想越怪，隨拿「眾生環」再一注視，內裡竟有三層血影。外層神情痛苦萬分，內裡一層血影要少得多，精氣卻極凝煉，身外並有薄薄一層魔光暗中隱護，不用法寶查看絕看不出。胸前還懸有兩片寶光，正在暗指仇敵切齒咒罵，暗忖這老魔頭真兇，樂得讓他二虎相爭，相機下手。

只聽老魔哭訴道：「我多不好，以前也是一家，現受天魔環攻，萬難逃脫。賤婢易靜卻是你師徒心腹之患，再不發動『九子母天魔』，救兵一到，仇報不成，還受慘害，何苦來呢？」

老魔口中發話，胸前突現一團紅影，內層元神碧光微閃。說時遲，那時快，一聲大震，老魔身外魔光首被震破，一團形如日輪的暗赤光華，中發千萬點金碧光花，已電也似疾迎面打到。同時一條老魔的人影在另一片深碧魔光環繞之下向空射去！老魔經歷較多，機詐絕倫，發難更快。

鐵姝當時先被金碧火花射中身上，如非飛遁神速，就這一下不死也必重傷，不禁怒發如狂！正待行法抵禦，猛瞥見老魔元神刺空而逃，不知老魔聲東擊西，以為老魔拼送一件至寶，元神就勢逃走。

正將元神遁往上空，暗用諸天秘魔大法將方圓千里的九環山魔宮上下一起隔斷，免被外人得知跟蹤尋來，元神離開，鐵姝卻不知道。一見老魔乘機逃走，便朝上空追去。鐵姝只顧朝那魔影追趕，以為那團形如日輪的火球有師父在場，必能將其消滅！

一時疏忽，不曾理會，專朝上空追，雙方飛遁均極神速，鐵姝驟出不意，先為老魔所傷，起身稍緩，唯恐追趕不上，一面加急猛追，口中厲聲急呼。晃眼之間老魔元神已快逃出禁網，忽聽上空傳來一聲怪笑，聽出是鳩盤婆的口音，斷定老魔難逃毒手，厲聲喝道：「老鬼無恥！」口中發話，元神早化碧光電掣追上。老魔原是故意做作，拚著再葬送一條元神，仗著法寶之力，暗用「滴血分身秘魔大法」冒險逃走。此舉機密神速，連鳩盤婆也未想到。

鐵姝一聽上面師父笑聲，越發得意，剛追上前用元神所化魔光將老魔罩定，待要擒往陣中放出天魔重加荼毒，忽聽腦後風雷之聲甚是迅急，閃身回顧，正是先前所見形如日輪中發億萬金碧火花的那團暗紅光華，由內裡發出風雷之聲，自下面電掣追來！百忙中也未看出此寶來歷，正上前抵禦，不料老魔虛實兼用，中藏毒計。那團紅光在老魔主持之下，如影隨形，其急如電。鐵姝心更憤急，竟將專戮道家元神，奉有嚴命，輕易不用的「玄陰二五斬魂刀」放將起來。一溜灰白色冷森森的刀光帶著一股陰風慘霧，照準紅球迎面斬去。

此寶乃用一甲子的苦功煉成，專破魔教中的至寶和修道人的元神，陰毒非常。滿擬手到功成，誰知老魔懷仇多年，所有法寶均為對付他師徒二人而煉，鐵姝這一發難，正合心意！兩下才一接觸，一聲大震，千重血雨中雜億萬金碧火花，突隨紅光一同爆炸，立有一條兩尺來高與老魔形貌相同的血影自內飛出，晃眼幻出無數化身，同時暴長，迎面撲來。

鐵姝這才看出老魔法力高強，出乎意外。忙運玄功往側閃避，不料先被魔光所困那條魔影，突然怒吼一聲 閃不見。耳聽鳩盤婆急呼：「徒兒速退，免受老鬼暗算！」情知不妙，忙即退逃，已自無及！說時遲，那時快，這一驚直非小可！急怒交加之下一看，老魔所現化身竟有百十條之多！

那些化身除當頭迎面撲來的幾個而外，下餘均帶著一縷縷鮮紅如血的火焰，比電還快，分朝四面射空逃去。知道這類「滴血分身」上乘魔法，只要逃出一絲殘魂，一任對方禁制如何神妙，只要行法一收，立被其全數收去合為一體。休看三屍元神已喪其二，仍能吸收別的遊魂冤鬼的精氣，重煉上十餘年便可復原如初。照此情勢，恐師父也未必能全數收回！

心正惶急，眼前倏地一亮，一片深碧色的魔光突在天空出現，天塌也似猛壓下來。只一閃，便將所有血影似網魚一般全數網住，當空立即成了一片碧海，一任妖魂在裡面往來衝突，只逃不出去。老魔化身也越變越多，為數不下千百，在光網中悲聲厲嘯怒吼不已。光網方圓不下百畝，也不往中心收攏，任其呼嘯衝突，始終懸空不動。

易靜、石慧仰望上空，看得逼真。鳩盤婆元神在上空施為，本身仍坐原處未動，忽然手指上空冷冷的說道：「我用『碧目天羅』將你困住，再將『九子母天魔』放在裡面由其緩緩吸你的殘魂。你以為化身多，逃走一兩個便可如願，卻不知我方才已在暗中行法。每一元神均有『諸天五妖絲』緊附其上！一經上身，便如影附形，等『九子母天魔』飛入網中方現形跡。任你多大神通，除多受苦難而外，只等滅亡，並無絲毫生路！」

說罷，將手一指，那「九子母天魔」先被鐵姝用魔法飛起一團血光將其制住，本來同困光中掙扎不脫，一個個急得厲聲怒吼，老魔一逃，竟朝鐵姝磨牙怒吼，目射凶光，似要反噬主人神氣。吃鳩盤婆一指，血光立散，九魔飛身而起，待朝鐵姝撲去。鳩盤婆厲聲喝道：「無知野鬼，放著現成美食不去享受，意欲何為？」說罷，揚手一蓬碧森森的光影猛朝九魔撲去。光中立現無數金針，打得九魔紛紛慘嗥。

鳩盤婆重又喝道：「無知野鬼，此後忠於主人，免遭無邊苦難！我『碧目天羅』之中困有仇人三屍元神，這老鬼得道多年，元氣凝煉，正可供你們享受，還不快去！」說罷，手又一指，那蓬碧光金針立押了九魔往光網中飛去。

趙長素一聽仇人口氣，自知萬無生理，情急之下仍然想趁著九魔入網，魔光分合之間衝逃出去，在網中連聲怒嘯，待機而動。誰知「九子母天魔」尤為神妙，那數十百條魔影守在網側止待相機前衝，九魔在鳩盤婆法力主持之下竟透光而入！這一來所有妄念都絕，剛慘嗥得幾聲，已有九個化身被九魔擒住！明是一條虛影，竟與實質無異，吃九魔利爪一把抱緊，嘻著一張血盆大嘴，猛力一吸，趙長素的魔影立時由濃而淡，晃眼化為烏有，又改朝別的元神撲去。

九魔動作如電，來勢快得出奇，晃眼之間元神化身又被吸去了好幾個。這類化身均痛癢相關，老魔負痛情急，又知慘禍難免，只得用十八條化身分為兩起去供九魔吞噬，以緩來勢。把下餘百十條元神聚合一處，剛往當中會合，未及施為，就這晃眼之間，猛覺身上微一迷糊，每條元神均有五色彩絲纏緊。通身軟綿綿的，絲毫行動不得，休說聚合所有元神發動魔焰神火傷敵，連往一起聚攏均辦不到！

老魔功力甚高，所煉三屍元神精氣凝煉無異生人，一個為九魔所殺，下餘百十個化身同時感受苦痛。先前妄想脫身報仇，此時九魔啖吸生魂之慘萬難禁受，已然變計，不再求生，只想早死！無奈仇人立意使他多受苦痛，並向易靜師徒示威，除開頭才一照面便將老魔化身吞食了二十七個而外，下餘便改快為慢，由九魔在光網中分頭捕捉，慢慢吞噬。

老魔幾次想把元神合為一體，均為柔絲所制，行動不能自如。眼看化身一個隨著一個消滅，所受苦痛其慘無比，想求速死都是萬難。敵人師徒二人坐在一旁互相說笑，直如未見。

易靜見老魔元神被擒，又看出上空伏有極嚴密的魔網，深幸先前不曾冒失逃遁。後見老魔困入羅網之中，被九魔鬼吞噬，身受奇慘，令人不忍目睹。

鳩盤婆師徒連理也未理，覺著敵人殘忍太過。石慧年少天真，早就激於義憤，這時又在一旁慫恿，易靜也忍耐不住氣憤，大聲怒喝道：「老女魔，眼看惡貫滿盈，大劫臨身，還要如此殘忍！」

鳩盤婆原意想把易靜嚇退，此際易靜一發話，鳩盤婆並未出聲，鐵姝一心想對付易靜，「九子母天魔」原是師徒合煉，驅以害人，卻能指揮如意。於是手指趙長素口喝：「老鬼，便宜了你！」隨說，手掐法訣朝空連指，九魔立時施威，同聲歡嘯擁上前去。這時老魔僅剩二十幾個元神，吃九魔搶上前去各抱一個互相吞噬，一片慘嘯聲中晃眼全被九魔吞吮盡淨。鳩盤婆也未阻止，等老魔元神吸盡，揚手一招，那「碧目天羅」立似碧海飛墮，將當地籠罩在內。

鳩盤婆這才對易靜微笑道：「白道友（易靜前身名白幽女），昔年你我成仇，至今已歷三世。你今世煉成元嬰，投到峨嵋門下。雖然兩遭慘劫，今已轉禍為福，不久即可成道，只肯知難而退，稍為服輸，便可放走。否則『九子母天魔』、『血河大陣』威力之大不可思議，你雖持有師傳七寶，能否守住元神不為『九子母天魔』所啖，尚自難料！」

易靜久經大敵，深知敵人凶殘強暴，魔法神奇，已然打定主意穩紮穩打，相機應付。暗用「眾生環」查看對方言動，並未答話。

石慧因乃祖石仙王將她鍾愛，賜有兩件防身隱形之寶，萬邪不侵，早就不耐久候。一見空中魔光往下飛墮籠罩全陣，見那魔光形似一個極大的網罩，光色深碧，最奇是上面網眼形似人目，彷彿億萬鬼眼合織而成，看去冷冰冰的由不得使人生出一種淒厲陰冷之感。

第十一回

兩天交界　天府金花

易靜傳聲低語說：「那魔網是用無數凶魂厲魄和新死人的雙目和千萬年陰燐合煉而成，專制道家元神，一經入網，休想逃脫。內中更有不少『諸天五淫絲』，凶威越盛。只有『五行神火』和『乾天靈火』或者能破，多高法力遇上也無倖理。此外還有好些陰毒邪法，件件厲害。如非定力高深，身旁帶有至寶奇珍防護，萬無生理，千萬不可冒失出鬥。」

石慧聞言心中不服，早就躍躍欲試，不等鳩盤婆說完，便怒喝道：「醜魔鬼，你日內大劫臨頭，形神皆滅，易師伯便是你的追魂使者！你不早跪下求饒，還敢口出狂言，我先叫你嘗嘗味道！」話未說完，揚手便是二十餘團「石火神雷」連珠發出，照準鐵姝師徒和上空魔網打去。那「石火神雷」乃石仙王採取數千年前地底和山腹中蘊結的靈石真火，費數十年苦功凝煉而成之寶，正是陰魔剋星！

鐵姝正在將「血河陣」主旛一齊施為，四十九面高約三丈六尺，上面滿布汙血，隱現無數魔鬼影子的魔旛一齊出現，雙方恰巧同時發動。只見二十餘團酒杯大小，墨綠、銀白二色的火星作對飛出，比電還快，到了外面閃得一閃，立似震天價的迅雷互相衝擊，當空爆炸！一串連珠霹靂聲中，那四十九面魔旛吃那連珠神雷紛紛爆炸，首被震破了二十來面。旛上魔鬼血影一齊粉碎，惡鬼慘嗥厲嘯之聲紛紛四起，「血河大陣」竟被石慧無意之中減卻好些威力！

鳩盤婆早就看出石慧髮作翠綠，根骨靈秀異常，不類常人，正用魔語傳聲向鐵姝探詢來歷，微一分神，遭此慘敗，不由暴怒，厲聲大喝：「無知賤婢，今日有你無我！」說罷，手中魔訣往外一揚，回手一按左肩，立有四十九把血焰金刀朝易靜飛去，同時滿陣均被血光佈滿，成了大片血海！易靜忙囑石慧千萬不可妄動，忽聽上空有一少女傳聲急呼：「恩師你在何處？弟子上官紅在此！」

易靜知道上官紅道淺力微，如何能是鳩盤婆師徒對手，忙用傳聲急呼：「即速回山，不可停留！」話還未完，忽聽鳩盤婆笑道：「此女倒也膽大，鐵姝可撤禁網放她進來！此女根骨甚佳，用她生魂祭煉法寶，再妙沒有！」鐵姝未及回答，一片青霞帶著千萬根巨木光影和轟轟發發風雷之聲已自空中飛墮，當頭血焰吃青霞一衝蕩，雪崩也似四下飛散，立被衝開一條血衖！

易靜見上官紅施展「先後天乙木神光」，竟將上空「碧目天羅」禁網衝破，所到之處青霞閃閃，巨木橫飛，金光萬道，霹靂連珠，衝行血海烈焰之中，如入無人之境！暫時看去雖具極大威力，但是敵人神通廣大，魔法高強，決難持久。果然晃眼之間，血焰烈火倏地加強，前面剛被青霞衝開，兩旁身後又復排山倒海潮湧而來。加以鳩盤婆連將陣法倒轉，不令雙方會合，一任傳聲急呼，相隔仍是甚遠。

易靜眼看青霞只管加強，精光迸射宛如暴雨，魔光血焰也越來越濃，忙用傳聲告以方向，一面取出三粒「滅魔彈月弩」、一粒「牟尼散光丸」，再將「六陽神火鑑」準備停當。正想候到時機，只要上官紅和自己一對面，立將三寶同時發出，衝開血浪把人接應過來。忽聽上官紅傳聲急呼：「師父不必擔憂，弟子得有陳仙子仙法相助，賜有一道靈符，決可無慮！」

易靜聞言將信將疑，猛瞥見一片碧森森的魔光由左側飛起，朝上官紅當頭罩去，當時師徒二人便隔為兩段，憑著易靜的目力竟看不見一點人影，這一驚真非小可！原來上官紅自從聽說恩師將有一次大難，每日憂心如焚。易靜離山之日，上官紅恰巧奉命在後洞煉那「五行仙遁」。等到煉完仙法，遍尋師父不見。「墨鳳凰」申若蘭忽偕裘芷仙匆匆飛來，告以易、朱二女追敵之事，上官紅已自愁急。

等到朱文回轉，上官紅聽朱文說起途遇白犀潭韓仙子，得知易靜窮追凶魔，誤入魔宮，已在九盤山絕壑之中被困等語，越發心魂皆悸。「噯呀」一聲，悄悄退出。惟恐癩姑攔阻，也未告知眾人，立縱遁光，往西藏趕去。

鳩盤婆老巢，上官紅曾聽師父說過。行時匆忙，心亂如麻，也忘詢問九盤山是在何處，照直便往魔窟老巢飛去。仗著近來功力大進，飛行神速，不消多時，便飛到川藏交界的大雪山。眼看前面凍雲瀰漫，冷霧沉沉，冰雪萬丈，綿亘不斷。天氣儘管奇寒，下一面卻一點風也沒有。萬山叢雜，全被堅冰積雪佈滿，陰森森的宛如死域。休說人跡，飛了一陣，連個禽鳥生物均未見到。

後聽下面冰裂之聲，雜以巨響，轟轟發發，山搖地動，料有冰崖坍塌。上官紅想起：「這類前古冰崖時有變動，禁不起絲毫震撼。人行其下，偶然大聲說話，均能將萬丈冰壁震塌。最厲害的是，只要一處斷裂，發出巨響，震波所及，往往雪嶺冰崖全遭波及，一時雪塵高湧，冰沙橫飛，宛如萬雷怒鳴，天崩地震。聲勢猛惡，出人想像之外。」以為自己飛行太低，下面凍雲受了衝蕩所致。又加雪山雖極荒寒，卻有大群野獸不時經過，如野騾、黃羊之類，常是千百為群，好幾天才能過完。驟然遇到這等變故，十九埋葬在內，何苦多傷生靈？心念一動，立把遁光升高。

雪山本就極高，這一上升，不覺入了罡風層內。上官紅溫柔謹厚，用功極勤，從不恃強賣弄，平日空中飛行，俱都適可而止，避開地面上俗人目光已足，似此高飛，尚是初次。上來還不覺異，及至飛行一陣，突又遇見天際罡風旋飆。因趕路心急，不曾防備。

這類罡氣乃兩天交界最厲害的氣流，離地已在萬丈以上。如是常人，早被吹化，便功力稍差道術之士，也必禁受不住，或被捲入風漩之中。如若不死，超出大氣層外，只要真氣凝煉，能夠辟穀，不特無妨，湊巧還許遇見仙緣都不一定。

人一到此，身輕如燕，天氣也頗溫和，絲毫風也沒有。仰視星辰，多在頭上，彷彿可摘，比常見要大百倍，到處明星燦爛。一輪紅日，與明月東西相對，時近時遠。月光只是一團冰輪，光並不強，卻極好看，更無晝夜寒暑之分。只想下降，卻被那萬丈罡風隔斷。非遇機緣，遇到風洞，或是再遇由上而下的風漩罡飆，還須深知底細，拼受數日夜的苦難，才得如願。但是這類機會極少，由上望下，只是一片紅黃沉沉的霧影，隨著罡風吹動，宛如狂潮起伏，萬馬奔騰，非有極好慧目法眼，或是帶有透視雲霧之寶，休想看出風氣中有甚空隙。

上官紅畢竟修道年淺，無甚經歷，哪知厲害！先見罡風猛烈，似難禁受，便將身劍合一，又把陳岩新近所賜法寶取出防身，居然無事。心中一喜，又是順風，滿擬這等走法只有更快。忽聽異聲起自身側，宛如海嘯。心想：「怪不得師長常說罡風厲害，單這聲勢，已有如此驚人。且喜寶光神妙，身劍合一，吹不上身，反倒加快，否則如何忍受。」

心念才動，猛覺眼前一暗，身子一緊，連人帶寶光全被捲入風漩之中，往上飛去。先仍不知入了危境，只覺風力奇猛，無法與抗，轉瞬之間，身竟和轉風車一般，一路激旋隨風上升，這才看出厲害。先因那風與尋常不同，色作深黑，目光不能看遠，忽略過去，及至身被狂風捲入漩渦，不能自制，稍不留意，連防身寶光也受了震撼，絲毫不能與抗，這才心慌，定睛一看，才知捲入風柱之內。

風色青濛濛的，好似一幢錐形的青風，其大無比，用盡目力也看不出。人在中心，隨同急轉，勢子比電還快，威力之大，重如山海。如不與抗，不過隨同向上滾轉急飛，還好得多，只朝相反方向略一掙扎，休說敵它不過，絲毫無用，連身外寶光也似要被風絞散，威力大得出奇。沒奈何，只得聽其自然，往上升去。

上官紅想起恩師現入危境，心如刀割。無奈身外寶光已被罡飆裹緊，晃眼便是千百轉，早已頭昏眼花，更須鎮靜心神，運用飛劍、法寶防身。雖有法力和別的法寶，也難施為，空自惶急，無計可施。

似這樣，吹了一天一夜，也不知飛有多高。後來快要力盡神疲，暗忖造化威力如此猛烈，不可思議。如今凶多吉少，風再不散，非死不可。恩師尚未見到，反倒送了性命，不特冤枉，也實辜負恩師與各位師叔朝夕愛護厚恩。又想起從小孤苦零丁，受人虐待，逃來依還嶺。長了一身綠毛，簡直成了野人，和畜生差不許多。幸蒙聖姑垂憐，傳以「乙木仙遁」，又蒙恩師收為弟子，好容易才有今日。哪怕見上恩師一面，再死也好，否則死不瞑目。

越想越傷心，不禁悲從中來。正在傷心哽咽，猛覺身外漩勢忽止，身又不住東搖西擺，顛盪之勢更加猛烈。心想：「我命休矣！」

緊跟著，腳底突有一股大力朝上湧來，同時「波」的一聲震天價的巨響，震耳欲聾。頭上倏地一鬆，人也被那股大力托住，猛然朝上拋起。驚悸百忙中，上官紅還不知身已脫險，人被拋起老高。

因這一日夜間，只是運用玄功守住心神，不令寶光離身，不曾主持飛行，身外一空，便往下落。目光又被罡風裹住，急轉了不知多少億萬次，眼前發花。先未看真，後覺身似落葉飄蕩，身外壓力全數消散。料是脫險，方始定睛一看，面前立現奇景。只見滿天星斗，大如盆碗，天色分外清明，微風不揚。俯視腳底來處，數十百幢又高又大的風柱，宛如狂濤山立，突作雪崩往下分散。一片紅黃色的風煙，似海中波浪一般，接連幾個起伏，便自平靜下去。相隔腳底約有千百丈，竟不知方才怎麼會上來的？知道身已衝出兩天交界之上。

想起平日師長所說，到此地步再想下去，便是萬難。估計離地少說也有幾萬丈，試按遁光往下一衝。誰知腳底看似無邊無岸，一片紅黃色的霧氣，那阻力大得出奇，連用法寶、飛劍試探，均被擋退。端的來也艱難，去更麻煩！

上官紅末一次施展乙木神光，幾乎受了反應，身遭重傷。見此情勢，分明下降之望已絕。想起師恩深厚，從此遠隔人天，何時才能相見？驚魂乍定，重又傷心起來。當前奇景也無心觀賞，方向早已失迷，寄身氣層之上，俯視腳底，朝前急飛，打算尋到空隙再試一下。偶一回顧，平日所見明月，竟有數十丈方圓，明鏡也似，停在空中，月光已為星光所掩。

上官紅心正稱奇，猛瞥見一點白影由月旁掠過，待了一會略為隔近，看出是條人影，腳底還托著一片白雲，朝自己這面飛來。心想這兩天交界之上，至少也是地仙，我正走投無路，何不去朝仙人求救？忙催遁光迎上前去。同時又發現斜刺裡也有兩個同樣白點移動，無心多看，仍朝近的一個飛去。

晃眼臨近，果是一位仙人，由一片白色仙雲托住迎面飛來。看出是位貌相清秀的女仙含笑而至，剛一下拜，女仙已先問道：「你可是被罡風狂飆由下界捲上來的麼？此處已超出人天界外，比子午、來復兩線還高，憑你功力已難回去。看你仙骨仙根，靈慧可愛，難得有此曠世仙緣，拜在我的門下如何？」

上官紅跪稟道：「仙長厚愛，感謝萬分。無如弟子初入師門，受恩深重，家師『女神嬰』易靜現為仇敵魔法所困，急於往赴危難，偶過雪山，為罡風捲來天上。蒙仙長垂青，實不敢辜負師恩，還望大發慈悲，施展仙法助弟子回到下方，有生之日，皆戴德之年！」

女仙聞言，面容一沉道：「此是兩天交界，尋常修道之士日夜清修，想過此關而不可得，你只微末道行，逢此奇緣，他人求之不得，如何反要回去？便你師父見你自誤良機，也非怪你不可！」

上官紅看出對方法力甚高，對於自己甚是看重，恐其行強相迫，躬身笑道：「弟子本是依還嶺上一個毛女，幸蒙恩師收留，得有今日。恩師現在危難之中，心如刀割，除赴師難外全非所望。休說天仙位業，便墮地獄輪迴，也絕不敢背棄恩師！如蒙憐念愚忱，助弟子回往下界，固是終古不忘大德，否則弟子任受千災百難，也必冒著罡飆凶威穿雲而下，雖死無悔，還望仙長寬恕才好！」

女仙聞言好似觸怒，才說：「你這女娃叫甚名字？為何不識抬舉？」忽聽遠遠有人高呼：「道友不必介意，容我一言！」

上官紅回看，正是方才所見兩朵仙雲，已自飛近。雲上立著兩位女仙，雲裾霞裳，明麗絕倫。內一穿青羅衣，身材微高，容貌更美。見面笑對上官紅道：「你是峨嵋門下再傳弟子麼？」

上官紅見二女仙笑語溫和，令人可觀，忙即下拜說了來意。穿青衣的笑對前一女仙道：「蔣道友，這是峨嵋派再傳高弟，入門不久已有如此功力，根骨之好更不必說，休看她不知好歹，這正是她的好處！假如辜負師恩，只圖自己成仙，這等門人有甚稀罕！我令她向道友陪罪罷！」

上官紅會意，忙向女仙下拜，說自己恩師深重，此後便歷千劫，也決不敢違背，乞恕無知之罪！

女仙笑道：「我不過見你根骨太好，愛之過甚，一半憐才，一半也在試你，這等說法反顯我氣量太小了。今日終算有緣，現贈你金花一朵，此是清虛仙府奇珍，防身禦敵，頗有靈效，他年有緣當能再見，好自潛修，仙業不遠，行再相見吧！」說罷，舉手轉身往側飛去，仙雲冉冉，轉眼不見。上官紅一看手中金花，形似兩寸方圓一朵菊花，金光閃閃，耀目難睜，知是異寶奇珍。

穿白衣女仙笑道：「蔣仙子近修上乘道法，欲求天仙位業，如何還是當年盛氣。」

穿青衣女仙道：「即此已是難得，為了強迫收徒，不好意思，倒便宜上官紅得了一件法寶。此寶只要學會『太清仙法』，便能應用。」

上官紅近習「太清仙法」，已能應用，聞言甚喜。忽想起師父被困，心又愁急，忙問二女仙姓名，方欲求助，穿青衣的已先笑道：「貧道陳文璣，此是師妹趙蕙。我另贈你靈符一道，神雷一丸，此是九天罡煞之氣所煉，任何邪法均可衝破。老魔師徒移居九盤山大壑之中，下設『血河大陣』，上有『碧目天羅』籠罩，到時可用神雷開路，另用『乙木神光』破陣而入。」

上官紅聽師父講過靈嶠三仙門下弟子陳、趙二女仙，和各位師叔頗多交厚，不禁喜出望外。看那靈符，乃是一片玉頁，上有朱文符籙。神雷只有豆大，托在手中滴溜亂轉，時紫時青，時黃時紅，五色均備，變幻不停，忙又拜謝。陳文璣伸手一拉，趙蕙揚手飛起一片仙雲，將三人一同裹住，由九天高處朝下飛墮，晃眼衝入罡風層內。

上官紅見那仙雲宛如一片輕綃籠罩身外，可是那麼強烈的罡風竟吹不到身上。最奇是下降千餘丈，由內望外，先前纏繞自己上升的大風柱隨時可見到，都是高如山嶽，電旋星飛，凌空急轉，「呼呼」之聲，雜以一種極尖銳刺耳的厲嘯，震耳欲聾。仙雲共只薄薄一層，在陳、趙二女仙主持之下由那風柱之中穿行繞越，一個也未被捲上，只在裡面時東時西、時上時下往地面降去，心中驚佩，羨仰已極！

陳文璣笑道：「你不必羨慕我們，將來成就還在我們之上呢！」上官紅自是遜謝。

文璣又道：「我是實話，並非誇獎。這類風柱佈滿兩天交界罡風內層，為數何止億萬。照例互相激盪，分合無端，終古以來永無休息。你方才如非法寶神妙，比你功力還高的人也非受傷不可！除卻仙佛兩道具有極大神通之人才可任意往來，你沒見我們上下繞越，多費事麼？」

飛行神速，仙雲已越過罡層直往下降，上下相隔仍有三、四千丈。

陳文璣執手笑道：「我二人尚還有事，不能送你前去，照我手指朝西北方直走，越過雪山最高峰不遠，如見亂山之中有一廣大絕壑，便是九盤山魔宮所在，小心應付，再相見吧！」說罷，把手一揚，同駕仙雲飛去。上官紅連忙下拜，人已飛遠。一看當地，乃是武夷山上空，離開雪山甚遠。心想經此二三日，不知師父光景如何？心中一急，忙催遁光往雪山飛去。全力飛行，遠望直似一道銀虹，衝空破雲而渡，其急如電，不消多時便達雪山上空。

亂山羅列之中出現一大片凍雲冷霧，知已到達。因見地域廣大，拿不準師父是在何處，打算問明地方遠近，以便冷不防衝開魔網破禁而入，一到便與師父會合。用傳聲朝下詢問，果聽師父回應。因聽傳聲來處就在腳底，忙把「神雷」連同「乙木神光」一起施為，猛力朝下衝去。初意那丸神雷至多和「乾天一元霹靂子」威力相同，即使再大，也是一發就完。誰知那丸神雷威力大得出奇，並還生生不已，能延七日以上方始逐漸消滅。

上官紅見神雷宛如飛星下瀉，並未爆炸，心正奇怪，忙催遁光追去。神雷在前相隔也只一兩丈，目光到處發現腳底現出一片奇怪碧光，宛如億萬隻碧綠怪眼閃閃生光，神雷已然射將下去。兩下才一接觸，只聽密雷爆發，連珠霹靂聲中，腳底數畝方圓一片魚鱗也似的碧光立被炸開一個大洞，千萬形如人眼一般的鬼火化為碧螢暴雨，四下迸射，滿空飛舞。俯視腳底血海，烈焰飛揚，鬼哭神號，師父同一少女在好幾層劍光寶光織成的光幢之中凌空而立。

神雷爆炸以後，化為大蓬五色火球，其大如杯，與「乙木神光」會合一處，連珠爆炸，直似百萬天鼓同時怒鳴。雷火往外飛射，所到之處，身外血焰、魔火、金刀、毒叉宛如狂雪山崩，驚濤飛舞，紛紛四散，以為晃眼便可會合。誰知鳩盤婆神通廣大，揚手一片暗碧色的陰影飛將出去，一面倒轉陣法，易靜師徒立被隔斷，各不相顧。

上官紅本以為相隔咫尺，當時便可衝到師父面前與之會合，誰知衝行了一陣全無用處。始而覺著身上一緊，四面血焰魔光倏地加盛，內中帶著一種黏滯之力，衝行逐漸艱難。心方一驚，緊跟著一片碧影當頭罩下，被身外「乙木神光」擋住，一閃不見。先也不曾理會，及至往前一看，師父那幢防身寶光本來停在離身不遠的右邊一帶，就在這晃眼之間無故失蹤！

上官紅正自驚惶，面前倏地碧影一閃，現出一個鳩形鵠面、奇醜無比的瘦老太婆。下面赤著雙腳，瘦硬如鐵，卻穿著一身金碧輝煌、非僧非道的服裝，手持一根鳩杖，鳩口內黑煙縷縷，目射碧光，神態醜怪，無異鬼物。那麼強烈的神雷寶光竟會擋她不住，突在身前出現，含笑而立。上官紅不知此是鳩盤婆元神幻化的虛影，有意迷惑人的目光。如非陳文璣所賜靈符，只這一眨眼的功夫元神已被吸去，除卻降伏，休想活命！

鳩盤婆本意來人仙根仙骨，秉賦奇厚，從所未見，打算強收為徒，先將元神攝去。求得之心太切，明見敵人寶光強烈，威力甚大，竟不惜耗損元氣，把多少年來輕易不用的魔教中「化體分身」之法施展出來。這類魔法一經施為，萬一遇見強敵棋高一著，害人不成便要反害自身。行法時必將本身肢體用魔刀行法切斷作為化身，對敵時看是一條似虛似實的人影，和本身一樣具有極大威力。

鳩盤婆也是自恃太甚，上官紅靈符發動，發時一片極淡青光微微一閃，便將人全身包沒，暗中具極大威力。邪法離身丈許便被一種潛力阻住，莫想上身。老魔頭先覺對方五色神雷和那「乙木神光」猛烈非常，雖得衝入，本身元氣已消耗了一些，心中已自驚疑。再一對面，還待前進，無形中忽有一股不可思議的潛力把路擋住，休想再進分毫，不禁大驚，才知來人年紀雖輕，不是易與！

當下鳩盤婆手指上官紅，陰惻惻笑道：「小姑娘，你師父易靜連那綠髮賤婢，均已被我擒往魔宮聽候發落。你只要肯降伏拜我為師，從此受用無窮，她師徒二人也可看你面上容她活命。否則，此間上有天羅，下有地網，我一揚手之間立成齏粉，元神還要被我擒去受那煉魂之慘，永世不得超生，豈非自取滅亡！」

上官紅見師父失蹤以後身影皆無，這醜怪婦人那麼猛烈的神雷和「乙木神光」竟會被其從容飛進，一任全力運用，青光神雷打將上去，敵人直惟一條虛影，立在神光火雨之中若無其事，心已萬分驚疑。再聽這等說法，越發惶急，以為敵人既然不畏寶光神雷，凶多吉少！

當時悲憤交加，情急心橫，哪還再暇尋思！蔣仙子所賜金花又只要稍會「太清仙法」的人便能使用，當由兩天交界衝破罡風氣層往下飛降途中，又經仙女陳文璣傳授指點，更是收發隨心。一急之下，心想危機業已臨身，這朵金花聽陳仙子說得那麼大的威力，反正凶多吉少，何不冷不防拼一下？念頭一轉，為了傷心惶急太甚，連用金花防身之意俱都沒有，手中靈訣往外一指，那朵金花立由頭上飛起！暴長數十百丈，光芒萬道，中雜細如游絲的金色光線，朝著對面魔影當頭罩下來！

鳩盤婆原用一節手指化身行法，先見上官紅鬢邊插著一朵金花，寶光閃閃，映得容光分外美豔，知是一件法寶，經陳、趙二仙用仙法將寶光掩蔽了一大半，看去彷彿尋常。及至面前倏地奇亮，金花耀眼，強烈非常，方覺出中雜威力極猛的絕滅光線！心中一驚，來勢神速，逃避無及！只一閃，全身便被億萬金光神線罩住，由下而上急翻過來。四圍花片也似的金光再往上一合，成了一朵將開未開，大約三四丈的金色菊花，停空而立。只聽一串輕雷微微響過，花朵由合而開，魔影便自消滅！

鳩盤婆無端失去了一指，成道以來第一次遭到這等慘敗，不禁大怒。看出那朵金花是件降魔至寶，急怒交加之下，便將全陣一起施為，等待時機下毒手。上官紅還不知道大材小用，見鳩盤婆已被金花消滅，四外血焰魔光反而更盛，這才疑心前見乃是幻相。那金花尚停面前，四外血焰魔光潮水一般衝將上去，近前便即消滅。

上官紅猛觸靈機，想起此寶還有防身妙用，伸手一招，花便飛回，立時停身其上。鳩盤婆初受重傷，瞥見敵人持有這樣從未見過的仙府奇珍，竟不會運用，任其停在身前，以為有機可乘。連傷也不暇顧，就著那截斷指往前一揚，立有一粒血珠飛將出去，到了上空化為一片暗赤色的陰雲，正朝敵人當頭罩下。這類魔教中的碧血神焰，乃靈元真氣所化，本身功力越高，威力越大。鳩盤婆是魔教中數一數二的人物，自更厲害得多。

誰知共總不過一眨眼的功夫，敵人將金花收轉飛身其上。同時施為，兩下恰巧撞上。花心之中射出一蓬大如米粒的金色光雨，只一閃，全部爆炸，化為無數細如牛毛，長才尺許數寸不等的光線，滿天花雨繽紛電射，奇麗無儔，當頭魔光挨著立被衝散！鳩盤婆當時心神一震，知道不妙，又驚又急。此是本身元氣所化，忙即回收，已損耗不少！經此一來，越發暴怒。

鳩盤婆接連兩次重創，敗在一個無名幼女之手，並不發怒，反更從容。二次把手一指，現出一個化身，獰笑道：「小女娃不知輕重，早晚形消神滅了！」

上官紅戟指怒喝：「老魔鬼，你快引我去見師父，否則我囊中還有專破『九子母天魔』的至寶，乃是紫虛仙府一位天仙和陳仙子所賜！」

鳩盤婆竟受了上官紅的騙，信以為真，心中惶急，冷笑一聲便退了下去。上官紅測不透仇敵是何用意，所說原是假話，以為敵人不會相信，便未再提。鳩盤婆心中痛恨，只管以全力運用陣法，「九子母天魔」始終不曾施展，便宜了上官紅，乘此時機運用「太清仙法」，使金花與心靈相合，無形中增加了不少威力。

上官紅已將鳩盤婆哄信，就此相持下去，原可不致受難。只為對師忠義，時候一久，仍不放心。到了第五日，忽然想起老魔二次現身時，對自己說了一套假話之後便自退去不曾再見。便想用前言再試一下，誰知弄巧成拙！鳩盤婆一時受愚，她這一開口，越發露出馬腳，鳩盤婆心想若帶有降魔之寶，斷無不用之理。暗罵自己陰溝翻船，竟被一小孩子瞞過，不禁又好氣又好笑。

鐵姝這時見雙方相持已好幾天，費了許多事，毀掉好些神魔異寶，只將敵人師徒暫時隔斷，並未占著一點上風。不特「九子母天魔」不曾放出，連好些魔法均未施為，坐視敵人在飛劍法寶防身之下靜待援兵，毫髮也未傷到一根，實在看不下去，忍不住拿話點道：「恩師遲不下手，可是算出敵人還有後援，想要一網打盡麼？」

鳩盤婆冷笑道：「你既不耐久候，可去代我主持中央神壇，我先給他一個厲害。」

鐵姝看出乃師說話面色陰沉，一雙碧綠的怪眼隱蘊凶毒，當時諾諾連聲，鳩盤婆說完，方始冷冷的朝著易靜說道：「就算前仇深重，道友不經此劫，何能轉禍為福？事須三思，免勞後悔！」

易靜罵道：「無知魔鬼少發狂言，想你行為何等凶殘，如有本領，只管施為，誰還怕你不成！」

鳩盤婆聞言自是憤急，心中恨毒，表面仍不露出，陰惻惻笑道：「你既不知好歹，休怪我不看你師父情面。你那愛徒上官紅實是美質，可惜隨你一同葬送。我特容你兩師徒一見，免其死不瞑目。」

易靜本來心中懷念，一聽這等說法，心想如能見面，自然是好。同時想到敵人陰險狡詐，所說也許藏有陰謀！心念一動，冷笑答道：「老魔鬼，你那邪法毒計我全知道，休看我門人年幼道淺，你決害她不了！」

鳩盤婆冷笑一聲，重又不見。易靜見多識廣，情知仇敵不懷好意，持久無功，必下毒手，暗中戒備，暗命石慧不可亂發「石火神雷」，以免一時疏忽受了魔法暗算。眼前倏地一花，先前密佈陣中的血焰魔光連同百萬金刀、烈焰、飛叉全數不見。

上下四外只是一片昏黃暗赤色的沉沉霧影，不見一絲天光。仇敵師徒仍是不見，卻在東南角上現出大片金光霧影。易靜定睛一看，正是上官紅在五朵金花之上盤膝而坐，身外有飛劍法寶金光籠罩，外層又有「乙木神光」籠罩其上，無數巨木光影排列若城，把人圍在其內。

青霞湛湛，時隱時現，那菊花形的金光由外而內往裡合攏，看去恰將三四層寶光一齊包住。看出不是幻相，暗忖：「紅兒哪裡得來的仙府奇珍，便此坐守之法，也似受了高明指教！」心中大喜，試用傳聲笑呼：「紅兒可曾見我？」

上官紅原因用盡方法不能傳聲，第二次發話恫嚇又未回答，只得澄神定慮端坐金花之上，靜守待援。忽聽師父傳聲相喚，不禁狂喜，忙即抬頭一看，師父同一未見過的綠髮少女同坐「兜率寶傘」之下，身外光芒萬道，寶氣騰輝。鳩盤婆居心殘忍，凶毒無比，此際表面二人東西相對，實則中有魔法禁制，可望而不可及。並還利用對方七情哀樂分神，以便進攻。

上官紅初經大敵，自然不知。因見師父並未被擒，心中歡喜，忙用傳聲回答，立時便要過來會合。

易靜一見，不禁大驚，忙喝：「紅兒千萬不可妄動！」

鳩盤婆覺出敵人各自鎮守，直如無事，心中奇怪，試一查看，上官紅目注前面，櫻口微動，一字也聽不出，想起峨嵋「千里傳聲」之法，一時疏忽，忘了禁制！易靜必令愛徒靜守，陰謀已難成功。恨到極處，先朝上官紅冷笑道：「無知女娃，許你師徒見上一面，再不見機降順，就來不及了，我先給你嘗點味道！」說罷，把手一揚，立有一條魔手，看去比血還紅，由左臂上飛起。晃眼加大，佈滿空中，朝上官紅當頭罩下！

魔手罩下之際，被金花寶光往上一衝，便自回飛。上官紅先覺金花寶光強烈，魔手難侵，尚自心喜。因奉師令不令言動，也未出聲發話。猛覺那帶著大蓬黑煙的血手只空抓了一下便自撤回，不知怎的，心旌搖動，神魂似欲離體而去！忙運玄功鎮攝，忽聽遠遠鬼哭之聲，十分淒厲刺耳，若遠若近，慘不忍聞，聽去似在呼喊自己的名字，剛寧靜的心神重又起了震悸，老想朝那哭聲奔去！料知仇敵正用「呼音攝神」之法意圖暗算，忙用本門心法潛光內視，不令心神稍受搖惑，一切付之不聞不見。

那血手魔影和鬼嘯呼名之聲循環不停，此去彼來，不勝其擾。到了後來魔法越來越凶，只得把雙目閉上，連師父也不敢看。心神雖得勉強鎮靜，但是身上時冷時熱，煩躁不安，有時更如芒刺在背，說不出那樣難過。唯端坐花中，用本門心法入定起來。也不知過了多少天，忽聽有人怒喝：「鳩盤婆魔鬼，你惡運已終，還敢害人！」口音是個熟人，因前數日雖然受了許多無形無聲的侵擾，苦痛非常。近三日因為定力日定，金花已與元靈相合，鳩盤婆的秘魔六賊已無所施其技，心智澄明，一聽有人呼喝，忙即睜眼一看，不禁心神皆顫！

只見易靜仍在神光寶光籠護下，端坐「兜率寶傘」之內。只是上半身衣服已全毀去，身上釘著九個拳大死人頭顱，都是白髮紅睛，獠牙森列。不知何時被其侵入寶光層內，將前後心和左右膀一齊咬住，二目凶光四射，口中呼吸有聲！寶光層外更有一幢時碧時紅的血光，似一口極大的鐘，連人帶寶光一齊籠罩在內。石慧不知何往，易靜頭上似有一圈淡微微的金光將頭罩住，和畫上佛光一樣，但是眉頭緊皺，咬牙切齒，滿臉均是痛苦之容！方才發話的正是師父三生好友陳岩，獨自一人肩上背著一個花籃，身外裹著一片白色仙雲，手指一道朱虹，口中喝罵，正朝師父身前趕去。

這一驚真非小可，情急欲起。忽聽一幼童傳聲說道：「紅兒不可妄動！陳哥哥不聽話，說好待機而動，他偏心急，見你師父受難，便不顧命一般趕去，其實並無用處。鳩盤婆老魔魔法之高，與屍毗老人各擅勝場，你我只能在她緊要關頭尋她晦氣，要憑我們除她，實是萬難！只管放心，聽我調度。」

上官紅聽出李洪口音，驚喜交集，忙問：「李師叔怎得到此？師父何時出困？」問完並無回應，陳岩已往光層之中衝進。百忙中似見師父微微睜眼朝陳岩嘆了口氣，寶光分而復合，電也似疾閃得一閃，最外層血光先被陳岩衝破，竟似活的一般待要隨人侵入寶光層內，勢甚神速！陳岩似有防備，回手一揚，手上飛起一片明霞將血焰擋得一擋，人也隨著飛入。

陳岩與易靜會合一起，揚手一片紅光待朝那九個魔鬼飛去。易靜突把雙目一睜，急呼：「玉哥不可妄動！不受此苦，如何成道！此時我以全力在此苦熬，你如動手，累我前功盡棄！」陳岩見她說時忍痛掙扎慘狀，越發不忍，只得停手，空自愁急，無計可施。

易靜只是身受奇慘，如非將本身元神隱向頭上，早為九鬼所啖！因知陳岩情深愛重，不惜死生相隨，故意如此說法好使放心，免得知道此是自己存亡關頭，稍一疏忽便鑄大錯，哪有心腸聽話！陳岩不知心上人心意，為想減少易靜苦痛煩悶，一面戒備防那九鬼暴起傷人，一面將別後情形詳細說出。

原來陳岩自從同了笑和尚、李洪、甄艮、甄兌在北海絳雲宮，聽蘇憲祥、歸吾、虞孝、狄鳴岐說易靜誤入魔窟，被鳩盤婆師徒困入魔陣，心如刀割，恨不能當時飛走。及至離開水宮，李洪道：「你只顧情急赴難，可知被困魔陣，元神必有損耗，不將藍田寶玉先取到手，就算手到成功將人救出，試問用何靈丹培養她的真元？」陳岩一聽，只得一同起身往靈嶠仙府飛去。

那靈嶠仙府乃東海盡頭落際過去高接天界的一座海上神山，由中土前往，中隔十萬里流沙始到天蓬山下。上面還有七層雲帶，離地萬丈以上，罡風凜冽，冰雲蔽空。更要經過三、四處寒冰風火之區才能發現生物，由此往上始見嘉木繁花，沿途景物也越往上越靈秀，再衝過末了一片雲層，快到絕頂，靈嶠仙府便在其上。眾人久已聽說，心生嚮往，除陳岩一人心中有事，愁悶不解，全都興高采烈，亟欲前往觀光。

當下便由笑和尚為首，甄氏弟兄指點途向，陳岩、李洪、蘇憲祥三人主持遁光，一同飛行，餘人全都藏在裡面。這一來飛行自快得多，尤其笑和尚東海面壁以來功力大進，煉就師傅佛家「心光遁法」。蘇、李、陳三人又都各有擅長，四道遁光聯合一起，把餘人擁在其內，上來先似一道帶有金花銀霞的五色彩虹，衝空破雲，橫海飛渡。後來蘇憲祥見四人遁光過於強烈，惟恐招搖，令將遁光行法掩蔽。

果然飛不一會，兩次強烈遁光由斜刺裡飛來，內中一道也分不出是邪是正，看那神氣竟似在遠處發現眾人遁光追蹤而來，在眾人來去路上往來疾飛了好幾次方始退去，看神氣好似有心尋事光景，功力也似不弱。眾人見狀多半不忿，依了李洪，竟想離開眾人向其詢問。陳岩惟恐多生枝節，力主不要理睬，再三勸阻。

飛行神速，不一日已到東海落際上空，遙望前面烈焰飛揚，熱煙瀰漫，時見大量山石熔汁由高就下，瀑布也似流向山腳大海之中。海水和開了鍋的沸漿一樣，熱氣蒸騰，高湧數十百丈。天空被火雲佈滿，上面火山噴口被那千百丈濃煙火雲遮住，只近海面數十丈略為看見一點熔汁沸漿當年沖刷的大小凹槽，哪還看得出山底的形貌！仰望一片暗赤濃黑的煙霧，更見不到絲毫天色。海沸之聲轟轟發發，震耳欲聾。

眾人雖在飛劍法寶防護之下，衝行熱煙火震之中不曾受傷，但也覺著天時奇熱，不甚好受。

再向前去，只見前面愁雲低幕，天水混茫，煙霧越發濃烈，黑壓壓好似天連水、水連天，兩下合為一體，光景黑暗異常。可是一片濃黑影裡，卻現出兩根沖天火柱，一大一小。四外那等黑暗，火柱光色卻是鮮明已極。海上萬丈洪波，無邊惡浪，全被映成異彩，奇麗奪目。

眾人正在讚嘆，猛瞥見兩道亮晶晶的青光由斜刺裡飛來，直投兩根火柱之中。那麼強烈的「雷澤神沙」，眾人有寶光防身，相隔百餘丈外便難忍受，似此奇熱，來人竟如無事！那兩火柱本是靜靜的矗立黑煙之中，青光剛一飛進，立生反應，發出一股比電還亮百倍的火星將來人裹住。眾人因見青光不帶邪氣，當是海外散仙，妄恃神通來此涉險，又深知「雷澤神沙」的厲害，全代來人擔心。李洪更是義俠仁厚，惟恐來人受傷，一縱遁光離群飛起，揚手先是一圈佛光金霞朝前飛去。緊跟著放出「金蓮寶座」，救人心切，動作太快，人還未到，那分合由心的「如意金環」已電掣而出！

誰知目光到處，那兩股火花已將人裹住沖霄直上，青光也自收斂，現出兩個妙齡少女，各在一片青色光影籠罩之下，吃那兩股火花擁住，電也似急便往上升。李洪先覺火花強烈，只一閃便將人裹住，青光立時消去大半，一時不查，誤認來人已入危境，人還未到，「如意金環」先自出手。等到金環佛光把人罩住，看出對方故意如此，已自無及！那兩股火星吃佛光一擋，一閃即滅。二女立時面現怒容。李洪把金環撤回，兩下人已對面。

笑和尚和蘇憲祥首先看出不妙，忙率眾人趕上。兩少女本要發作，及見李洪坐在「金蓮寶座」之上，通身都是金光祥霞籠罩，同來眾人所用法寶飛劍又無一樣不是仙府奇珍，料知不是好惹。

內一年紀稍長的朝同伴看了一下，另一少女朝長女冷笑道：「我和他們素昧平生，無故作梗，莫非還不容人說話不成？」憲祥終較老練，聽出話風不妙，忙道：「二位道友不必介意，這位李道友因見『雷澤神沙』厲害，惟恐道友犯險，情急相助，不知道友欲藉神火飛遁上升，一時疏忽，出手稍快，望勿見怪！」

少女冷笑道：「既連這一點都看不透，現世作甚？此時叫我上去，可知我們是容易麼？這無知頑童叫甚名字，可有師長沒有？也不知入門才幾天，便藉著兩件法寶出來闖禍！你們人多勢眾，我姊妹已然掃興，不願再上，暫時也無暇和這無知頑童嘔氣。是好的，報上姓名來歷，一年之內我自尋他！」

憲祥還未及答，李、陳、虞、狄四人已越聽越有氣，方要開口，笑和尚已笑嘻嘻搶先發話道：「你兩姊妹不必生氣，此是我小兄弟李洪，家師妙一真人之子，『寒月禪師』謝山門人。他常年不在峨嵋，便在武夷，如有清暇，只管賜教！我這兄弟雖是頑童，並不怕事。你兩姊妹說話頗有道理，想必沒有師長，日後既要見教，何不把名字來歷留下呢？」

（注：本書人物極多，有的出一出場就此不見再提，這類人物大都已被刪去。百花島農家姊妹也是這一類人物，其所以保留，因為笑和尚這一番對話，十分有趣，李洪來頭之大，更是驚心動魄。事實上，書中任何幾個無關緊要的人物，展開來都可以寫好幾

萬字，可知本書之博大浩淼，無與倫比。）

二女面上一驚，長女也冷笑道：「你們連百花島農家姊妹都不知道，也敢遠來東荒氣人。此時我們有事，無暇理論，到時自會往中土去尋你們！」說罷，朝少女一拉，青光一閃，立時刺空飛去。仍是一道青光，但與常見不同，作圓錐形，光不甚強，但是極快，一晃刺入黑煙火雲之中，聲影皆無！

憲祥笑說：「這才叫好心變作惡意，但是神沙火氣已然試出，我們不賣弄家當恐難上去，只好被主人見笑了。」隨聽上空有一少女接口道：「嘉客遠臨，求之不得，現奉師命來迎。只為農家姊妹氣量太小，不願被其看破，請諸位道友仍用原來遁光由右面海峽中上升，只飛近頭層雲帶便無須禦遁飛行了。」

眾人聞言大喜，忙即朝上行禮，請問姓名，上空少女答道：「貧道管青衣，現奉家師之命來迎諸位道友上山一敘。」

李洪和甄氏兄弟前在峨嵋曾經見過管青衣，知是靈嶠三仙中丁嫦的得意弟子，一面應謝，隨照所說越過火柱不遠，果有一片海峽。同駕遁光往上飛升，忽見一片彩雲冉冉飛墮，中一女仙，雲鬟霞裳，貌甚清麗。

李、甄三人首先認出來人是管青衣，連忙上前行禮，管青衣拉著李洪的手笑道：「李道友九世修為，果異恆流。回憶峨嵋開府光景，如在目前，彼時道友轉世未久，尚是一個童嬰，想不到此時相見便有這高功力！」

李洪自是謙謝，雙方禮敘了幾句便同起身。眾人知道靈嶠諸仙得道年久，便第三代門人和仙府男女侍者，少說也都得道四、五百年以上，均執後輩之禮。靈嶠諸仙個個謙和，青衣更比陳文璣還要溫婉，再三遜謝，說：「家師祖昔年曾與長眉真人相見，大師伯赤杖仙童與大方真人至友。那年峨嵋開府三位師長又與妙一真人訂交在前，我們原是平輩，不必太謙，請到山上再談罷！」眾人笑答遵命，由此一般峨嵋後輩便與陳文璣等同輩相稱，成了至交。不提。

青衣請眾人收去遁光，揚手發出一片薄如蟬翼的青霞將眾人全身圍住，一同上升。剛越過層雲帶，便見外面罡風大作，黑煙如潮。那麼強烈的黑風旋飆，不特吹不上身，也未見有絲毫波動，飛行更是極快，不消片刻便往上升了好幾萬丈。那雲帶過了一層又一層，越高越險，不是飛行烈焰之中，由火山之上衝過，便是遇到冰雪玄霜之險。

等到穿過七層雲帶，已見靈嶠仙府。仰望大片樓閣，已在仙雲縹緲繁霞擁護之中。又有一些少年男女各踏仙雲冉冉來迎，互相禮敘通名之後，又往上升，前面仙山樓閣和大片花林玉田已全在望，眾人正要停下，管、羅二女仙笑說：「諸位道友無須客套，這還有好幾十里路呢！」眾人終覺主人年輩甚高，飛離仙府前面十來里左近，堅持步行。賓主十餘人剛剛走上往仙府的玉階，見兩列侍者走來，請來客入見。

眾人忙即澄神定慮，恭恭敬敬隨向來人往上走去。沿途山靈水秀，萬花齊散，美景無邊。眾人來到殿前，走向平臺之上，殿門內又一女仙迎出傳令。說真人召見。眾人問知女仙正是「兜元仙史」邢曼，忙即下拜。

邢曼笑說：「諸位道友無須太謙，請進去罷。」隨領眾人入門。赤杖真人端坐殿旁玉榻之上，旁立阮糾等兩代男女門人侍者，神態甚是沖和，見眾趨前禮拜，含笑令起兩旁坐下。

真人笑說：「諸位來意我已盡知，藍田玉實現成，行時當命門人分贈。」

陳岩關心易靜安危，向赤杖真人請示玄機，真人笑道：「陳道友急難關心，今另贈陳、李二位靈符兩道、辟邪仙裳各一件，以備應用。」隨命李、陳二人近前，親手交了兩封錦囊，兩件仙衣。眾人見那仙衣看去只是三、四寸方圓一疊輕紗，用時只照所傳太清仙訣往外一揚，立有一片雲光緊附身上，由此萬邪不侵，即使被困，本身元靈仍能守護。知道真人前輩仙長道尊德重，不便殿中久停，一同拜謝，恭禮辭別，退將出來。陳岩知易靜身受十分凶險，恨不能當時趕往才稱心意。無如這類神山仙境，曠世難逢，將來能否重尋舊遊實所難言，眾人貪玩仙景，俱都興高采烈，不肯離去。

蘇憲祥看出陳岩心神不寧，道：「你若關心太過，反而誤事。不如由我先回山，喚門人楊孝和他新婚妻子溫嬌相助，魔女溫嬌有鐵姝以前相贈的魔光信火。這類魔教信火有神魔主持，一接信火便非赴約不可。鐵姝系『九子母天魔』最重要主持之一，一經離開，你便可隨心行事。你如去早，只恐有損無益，何苦來呢！」

陳岩無可如何，憲祥便向主人告別，先行回山。主人盛意殷殷，仙境無邊，眾人遊興極高，陳岩總是無精打采，李洪笑道：「反正遲早要和老魔鳩盤婆動手，岩哥哥既然心急，我與你這就動身可好？」陳岩大喜，拉了李洪、憲祥，匆匆道別，便離開仙府向下飛去。三人遁光迅速，不消大半日，已飛近中土。

二人連合已飛到九盤上空，各仗仙傳靈符衝破魔網，直往陣中飛降。一到陣中，陳岩見易靜已被九鬼咬住全身呼精吸血，不禁悲憤填膺，忙即趕去與易靜相會，李洪也是吃驚，總算近來見聞大增，仍能鎮定，仗著隱身神妙，先不發動。

原來鳩盤婆知道強仇來到，又恰值天劫將臨時分，心中格外焦急，唯求速決，一上來與易靜為敵，就將「九子母天魔」發將出來，初意仇敵已有準備，誰知那九個魔鬼剛一飛近，敵人防身寶光略一抗拒，便自放進！方覺事太容易，寶光已分而復合，將外層血焰魔光擋住。以為敵人自知不是對手，故意將神魔隔斷在內，再施法力將其消滅。心還暗笑仇敵乃佛道兩門高弟，怎會不知厲害呢！

從見易靜在神魔初飛入時放起一片神光，不多一會便被神魔所困，除頭上有一圈佛光護住而外，前後心和兩臂均被神魔咬緊，毫無抗拒。知道敵人欲以定力道法，拼捨原身，專護元神！暗罵：「賤婢，任你多大神通，也必遭我毒手！四外萬丈血焰包圍，加上本教許多魔法異寶一齊施威，便你師長到來也難通行自如。至多挨上幾天，早晚你元神煉就的法體被神魔吸盡，妄想逃走，如何能夠！」

鳩盤婆正尋思間，石慧先見九個大如車輪的魔鬼頭，七竅噴煙，各在一團黑氣籠罩之下電馳飛來。及至易靜用佛家靈符護住真元，一面將魔鬼放進，變成九個白骨骷髏咬住前後心，見那身受之慘，不由氣往上衝，把家傳「靈石真火」用本身元氣運用，發出九股細如米粒的石火神光，穿入惡鬼七竅之中，想將神魔炸成粉碎。這類「石火神光」雖能克制魔鬼，無如這「九子母天魔」變化無方，與鳩盤婆師徒元靈相合，神通甚大，本性又既貪且狠，上來雖將敵人咬住，對方元氣堅定，與尋常肉體不同，彷彿含著一塊美味，但是堅韌異常，空自垂涎，不能真個到口。吃「靈石真火」一燒，不住厲聲怒吼。

鳩盤婆看出石慧搗鬼，本念此女靈慧可愛，妄想殺死敵人之後強迫收徒，因此未下毒手，見狀大怒！恨到極處，竟將魔教中至寶，輕易不用的「六賊陰魂圈」發將出來！

石慧危機將臨，還不自知，正在運用法力燒那九魔，忽聽腳底有人低聲喝道：「快將『靈石真火』收去，隨我出險！」石慧聞言，心方一動，猛瞥見萬丈血焰中突飛起六個光圈，時大時小，五顏六色，晃眼之間化生無數，齊在寶光之外連連轉動。同時鼻端聞到一股香氣，耳聽音樂豔歌之聲十分娛耳，口生異味，身上也有了奇怪感覺，當時覺著心神搖盪，十分不安。一聽這等說法，還想易師伯在此受難，無人陪伴，如何能夠捨之而去！心念才動，感覺頭腦昏眩，人已難支。

石慧覺出不妙，勉自鎮定心神，剛在回問：「你是哪位師伯叔？怎知本門傳聲之法？」

地底答道：「我非貴派門下，總算是你長輩。老魔『六賊陰魂圈』陰險狠毒，再不逃走，悔無及了！」

話未說完，前面地底一聲大震，飛出一條體似蜈蚣，頭作如意形，當中兩頭特大，頭顎特長，下具多足，一張平扁大口宛如血盆，長在數十丈，共有六首九身四十八足的怪物。突然出現，晃眼暴長，由血光之中朝前飛去！猛聽鳩盤婆怪笑道：「此是小南極光明境萬載寒蚿，擒來大是有用，不可放牠逃走！」

說時遲，那時快，只見一蓬綠氣剛由那六個怪嘴中噴出，同時腳底「波」的一聲，一朵形似銀花的寶光出土爆散，顯出一個二尺方圓的地洞。石慧神思昏迷中未及看清，一蓬灰白色的光網已罩上身來。忙用靈石仙劍抵禦，已是無及，竟被來人擒去。心中急怒，入地以後，神志漸清，仙傳靈符已能應用，正待施為。目光到處，上面光影一閃，怪物失蹤，鐵姝厲聲怒嘯，地底立有大片暗綠色的魔光潮湧而來。耳聽前人喝道：「我是干神蛛，魔法已經發動追來，我夫妻冒著奇險救你，如何不知好歹？」

其時易靜初被九鬼附身，受創不重，干神蛛夫妻來歷原聽金、石諸人說過，聞言忙喝：「石慧不可倔強！」石慧也認出干神蛛乃師父的好友，忙即禮見。跟著便是朱靈由地底飛來，急呼：「魔法已然發動，現由地底追來，勢甚神速，我們快走！」夫妻二人帶了石慧，只一閃便同遁去。

易靜不知干神蛛夫婦如何會來，但知同門至交，必有不少人前來相助，心中略安，石慧一走，更不必兼顧，全心全意守護心神，對抗九魔。正在苦苦支撐，忽見陳岩飛來。陳岩一到，不忍心上人受此苦難，自恃法力，當時憤無可洩，竟往寶光層外衝去！

易靜見狀大驚，忙即傳聲喚止，一片暗綠色的陰影突自前面飛起，陳岩立被捲入血影之中不見蹤跡。百忙中似見陳岩身上飛起一片明霞，周身銀光亂爆如雨，閃得一閃便自不見。三生愛侶，終是關心。易靜連受九鬼環攻，本受苦痛萬分，這一分神，魔頭立時乘虛而入，本命元神幾受搖動！忙運玄功鎮攝，吃虧已是不小。由此起，身受苦難越重！

到了後來，簡直不能支持，陳岩忽在面前現身。四外都是血焰包圍，身外寶光漸被魔火煉化，如換別人見此，定必情急心亂。只要心神再一搖動，立有不測之憂！易靜卻知道陳岩既被魔光捲去，忽又出現，不是幻相，也是老魔故意誘敵。當此緊要關頭，不問真假，只索性付之不聞不見，免為所乘！略一觀望，重又強捺心神，固守元靈，苦熬下去。

易、陳二人各有仙佛兩門靈符法寶防護心身，元神雖未受什麼大傷，但那苦痛煩惱直非人所能堪。另一面鳩盤婆見面前兩個敵人均非尋常，連施秘魔大法均未成功，相持多日，一個雖被九鬼圍困，始終端坐不動。男的雖被魔光困住，連用諸般魔法異寶進攻，對方身外有一片明霞防護，至多使其感受一點苦痛，想要攝取元神，簡直無望，另外幾個敵人，略一現身之後，卻又蹤影不見了！

鳩盤婆越發大怒，咬牙切齒怒罵：「我不將你們這幾個小狗男女殺死，誓不為人！」心念一動，立命鐵姝代為鎮壇護法，一聲「桀桀」怪笑，身形一晃，化為兩蓬黑煙，中雜兩隻大約畝許赤陰陰的血手，分朝易、陳二人飛去。到了面前停住，將手連連招動。

易靜元神凝煉，道力堅定，苦難雖然加重，還能忍痛支持。陳岩卻是心魂搖搖，如非至寶防身，早無倖理！易靜先當陳岩現身是仇敵詭計，不去理睬，專顧自己，原可無事。無如二人情分太深，但有絲毫機會，仍不免於暗中查看，後來看出不是幻相，由不得著急起來。鳩盤婆因見眼前三敵，連上官紅一個無名後輩均持有九天仙府奇珍，難於傷害。另外好似還有一個強敵隱身在側，偏觀察不見影跡，一時無暇兼顧。另兩敵人全力防衛，用盡方法，全無用處。心想敵人功力甚深，似此相持，決難成功，於是以退為進，故意誘使上當。

易靜關心良友，暗忖：「我有佛光護身，尚且難支，玉哥哥只憑幾件法寶，如何能是仇敵對手！」後見陳岩神情越來越糟，竟似如癡如醉似要昏倒神氣，心中一急，忙用傳聲警告令其留意。鳩盤婆元神早已化成一片黑影籠罩寶光之外待機而動，見狀大喜，立即施為，無影無形，來勢比電還快！

易靜這一傳聲發話，心神略分，鳩盤婆乘機暗算，九鬼凶威越盛，眼看一髮千鈞，稍一把握不住，連元神帶法體縱不為九鬼所啖，也必損耗一半道力！正在危急萬分，難於支持，忽聽遠遠鬼嘯之聲劃空而至，來勢如電，一團形似陰磷的魔火突似流星飛瀉，直墮陣中，一閃不見，面前兩隻血手影忽然收去。身上微微一輕，立時乘機將本身真元凝煉起來。心方奇怪，又聽魔女鐵姝與鳩盤婆爭論之聲，緊跟著一溜煙沖空而去。

易靜正不知是何緣故，忽聽李洪傳聲說道：「易師姊，陳哥哥對你關心過切，幸而靈符防身仙衣護體，至今不曾受苦。紅兒巧遇仙緣，得了一件仙府奇珍，也未受傷。如今鐵姝已被魔女溫嬌用魔教中的信符將其誘往大咎山絆住。老魔明知事關重大，鐵姝不應離開。無如魔教中信火與要本命神魔互相應合，接到之後如不趕往，行法人必受神魔反噬，沒奈何只得任其飛去。老魔自往魔壇坐鎮。想等鐵姝回來將敵人全數殺死，再帶『九子母天魔』飛往西崑崙星宿海絕頂布下魔壇，等把天劫避過，索性大舉與正教為敵。明日中午是她生死存亡之際，千萬不可放她逃走！」

易靜聞言大是放心。

光陰易過，一晃到了次日辰巳之交。易陳二人自接李洪傳聲，知道仇敵天劫應在日內，心神一寧，元神更是凝固。

卻說鳩盤婆在法壇上，見鐵姝久久未歸，心中又驚又急，使用傳聲呼喚，並無回應。暗忖鐵姝如為敵人所殺，法壇本命魔燈如何不曾熄滅？照此情勢傳聲被人隔斷，分明遇見魔教中能手無疑！眼前同類，屍毗老人已然皈依佛法，不會多事。此外能和自己對敵的只有一個『魔母』溫良玉，但是早已屍解，元神雖在，絕不致於無故為難！正教中人，又不應是這等景象，越想越怪！

眼看天色近午，行法觀察，面前兩強敵各在寶光防身之下，陳岩痛苦全失，朝著自己咬牙切齒；易靜身上雖仍釘著九個神魔，面上痛楚神情已減去一大半，口角上反現出一絲笑容！再一細看，易靜這些日來痛苦雖似受了不少，元神卻不曾搖動，真氣也似無甚損耗！憑自己的法力，這些日來只當敵人元靈逐漸消耗已快不支，誰知竟是假的，上了敵人的當！

鳩盤婆這一驚非同小可，又知本身天劫不久即至，又急又怕。忽然把心一橫，用傳聲把金姝、銀姝喚來，道：「你姊不聽我話，專與正教中人為敵，以致引鬼上門。我料天劫不久降臨，能否仗『九子母天魔』相抗脫離，並無把握。你們兩人品質不惡，急速離去！時機緊迫，少時便與仇敵一決存亡。乘我臨難以前的一念仁慈，將你們本命神魔禁制撤去，急速逃走。再如流連在此，我天性殘酷，到了危機一髮之間，只圖殺敵報仇，便不論親疏是非，就許用你姊妹生魂肉體助長魔法威力，休說性命，生魂也保不住了！」

金、銀二姝雖然心慕正教，不喜乃師所為，對於恩師卻甚感念，聞言想起師門恩義，不禁放聲大哭起來。正跪地下哀聲求告，欲以婉言解勸，仗著前往峨嵋赴會與易靜等正教門下處得甚好，意欲先勸好師父，再向對頭哭求，拼捨一命為雙方和解。

怎知鳩盤婆竟不容開口，冷笑道：「你姊妹隨我多年，難道還不知我性情？再不快走就沒命了！」

二姝還在哭訴，鳩盤婆陰慘慘一張醜臉上突發獰笑，二目凶光遠射，注定二姝，冷冷地說道：「師徒之情已盡，少時莫要怪我心狠！既然如此忠心，且借你二人元神一用！」隨說，形似鳥爪，瘦硬如鐵的怪手已緩緩揚起，手臂上碧光隱隱，一條碧森森的魔手突然出現！

銀姝明知那條魔手一經飛出，生魂立被抓去，竟然一點不怕，吭聲說道：「弟子身受師恩，粉身碎骨均非所計，願為恩師效命！」說罷，不等魔手來抓，首先施展魔法，待將元神遁出往前撲去。

金姝也自激動，哭喊道：「弟子等寧遭百死，不願辜負師恩！」說時，運用魔法，元神竟難出竅，好似被什麼魔法禁住，心方驚奇，忽聽鳩盤婆厲聲喝道：「你二人既不怕死，再好沒有！」說罷，將手一揚，一片慘碧色的魔光電掣飛出。

二姝以為師父已生惡念，這秘魔神光只一上身，休想活命。本來立志殉師，也就不放在心上，剛把雙目一閉，聽其所為，猛覺身子電馳而起，四顧茫茫，除身外一片暗綠色的陰影而外，什麼都看不見。

姊妹二人對看了一眼，抱頭痛哭起來。滿擬轉眼之間便遭慘死，忽聽遠遠喝道：「你姊妹委實真誠忠義，連我這樣殘忍狠毒心腸也會被你感動！無如偶發天良，可一而不可再，為此於百忙中將你二人送往千里外，以你二人心性，本不應在我門下，我向例不收覆水，只一回山，休想活命！」

二姝知道師父生平從未發過慈悲，有此例外之舉，料是臨難以前天良發現。語氣如此堅決，便想回山赴難也辦不到，只得痛哭一場，向空謝恩，自去不提。

鳩盤婆遣走二姝之後，滿腔怒火上攻，正待橫心拼命，施展全力，忽聽東南方天空中起了一種異聲。隨聽有一幼童喝道：「無知老魔，可知天劫已臨，就要形神俱滅了嗎？」

鳩盤婆本就覺那異聲來得奇怪，聞言心動，雖然咬牙切齒痛恨仇敵，臨此危機瞬息、死生繫於一髮之際，也由不得心膽皆寒，不顧再尋仇敵晦氣，匆匆遁回神壇，忙將魔法一齊發動。

只見一朵金碧蓮花離地飛起，射出萬道光芒，當中擁著一個血紅色的光球，將人籠罩在內。一面傳聲喚鐵姝速回，把手一抬，魔陣立收，萬丈血焰立似狂濤湧來，將那金碧蓮花緊緊圍住，當時成了一個百餘丈的大血球停在空中，看似實質一般，由裡到外不下數十百層之多。二十幾面血河妖旛，同時暴長環繞在外。一時光焰萬丈，天空立被映成暗赤顏色。

易靜已知鐵姝被魔女溫嬌誘走，精神大振。乘著老魔改攻為守，又將元神凝煉，不致再陷危境，心越放定。只見鳩盤婆目射凶光，望著自己，看神氣似要運用玄功以本身元神全力來拼，身上九鬼與老魔元靈相合，外層寶光未必抵禦得住，只被衝進九鬼合為一體，就不當時慘死，元靈必受重傷！正自心驚，忽聽李洪又在傳聲急呼：「易師姊，老魔惡運將終，不必多慮。」

聲才入耳，天邊便有異聲隱隱傳來。

鳩盤婆面容立時慘變，前列神壇立化蓮花飛起，魔陣血焰同時撤退。易靜再運慧目定睛四顧，魔陣雖撤，那二十餘面魔旛依然布成一個陣勢，分列血團之外隱現無常。同時瞥見上空突有十餘片金碧光華微微一閃，知道仇敵凶心絲毫未滅，妄想暗用魔法愚弄敵人為她抵禦天劫。表面魔法全收，卻用秘魔大法埋伏空中，比起先前更為陰毒。

鳩盤婆原以為魔陣一收，面前三敵就不群起來攻，也必搶前會合。只一行動，立用「解體分身秘魔大法」附在敵人身上，引那乾罡神雷九天煞火將敵人震成粉碎。誰知敵人一個也不上當！鳩盤婆詭計不逞，惡狠狠向易靜看去。易靜身材矮小，除頭以外全身幾被神魔釘滿，連經多日圍困，直如無事。

鳩盤婆眼看日色已快當午，那九個白骨骷髏咬緊敵人身上，一個個目射凶光，厲聲怒吼。猛想起天劫不久降臨，這「九子母天魔」如何忘了收回！心中一慌，忙用玄功收回，竟無回應！初意九鬼貪吸修道人元精，不顧回轉。後來連收三次不曾如願，只見九鬼口噴毒煙，凶睛怒突，不住怒吼，只得把魔法禁制施展出來迫令回轉。

鳩盤婆把魔鐘一搖，如法施為，惡狠狠猛伸魔手朝胸前所懷三角晶牌拍去。

九鬼受了魔法催動，立捨易靜怒吼飛起，但吃寶光隔斷不能飛回。鳩盤婆見狀大驚！本身元靈雖與九鬼應合，那九個多年苦功祭煉而成的白骨骷髏仍是有質之物，已被寶光隔斷，休想收得回來，這一急真非小可！同時又聽天空異聲由遠而近，聽去來勢神速，始終不見飛到，越發急怒攻心，厲聲喝道：「易靜賤婢，我不將你化煉成灰，誓不為人！」

鳩盤婆說罷，突由千重血焰中射出幾根細如游絲的五色魔光，直朝易靜射去。到了寶光層外看似擋住，那九個拳大骷髏竟受了感應，連聲怒號，同時暴長！一個個大如車輪，又朝易靜撲去。易靜深知仇敵陰毒，早就防情急拼命。

那九鬼二次來攻，並不上身，只作一環將人團團圍住，五官七竅同噴毒煙。易靜看出自己雖能勉強抵禦，時候稍久，便本身元靈在佛光環禦之下不致受傷，元氣也必耗損！心正憂疑，忽聽耳旁有兩個少女同聲笑道：「易姊姊經過多日的九鬼啖生魂，元神精氣均無損耗，雖受十餘日苦痛，反更見出道心堅定，法力高深！」

易靜剛聽出是小寒山二女口音，心中一喜，忽聽謝琳空中嬌叱道：「如今天劫降臨，再想逃命已無及了！」

鳩盤婆把兩隻碧光閃閃的鬼眼注定發話之處，冷冷的說道：「你是何人，怎不出來見我？」隨聽空中答道：「老魔鬼轉眼形消神滅！不必鬧鬼。我乃小寒山忍大師門人謝琳，曾習絕尊者《滅魔寶籙》，專除你這類邪魔，這類鬼眼搜魂的魔法，豈能傷我！」

鳩盤婆原因恨極敵人，人還未見，便將「秘魔六賊鎖魂大法」施展出來。照例這類魔法凶毒無比，對方只要目光一對，元神立被攝去。滿擬敵人隱形多麼神妙，只要目光相對，當時非先下墮不可，不料竟無用處！再聽這等說法，忙抬頭向空一看，天色仍是好好的，只日中心有一黑點似在移動，仔細一看，不禁大驚！怒吼一聲：「罷了！」聲如梟鳴，洪烈淒厲，四山皆起回應，令人聞之心悸。

小寒山二女也自現身，立在易靜旁邊，目注空中，微笑不語。易靜一面運用玄功護住心神，強忍惡鬼所噴魔焰焚身之苦，一面準備待機而動。日光中那粒黑點剛出現時大只如豆，看去無奇。鳩盤婆卻似手忙腳亂，驚怖已極，不住手掐魔訣向外連指，一面朝胸前三角晶牌連擊不已。待不一會，黑點由九天高處日光影裡冉冉飛墮，也只數寸方圓，降勢並不甚快，卻含有一種不可思議的吸力，鳩盤婆身外魔光只管大如山嶽，竟被其吸住，不能移動。

鳩盤婆急得口中連聲厲嘯，頭髮已全披散，神情越來越恐怖。後來黑點離地漸近，鳩盤婆似知無倖，竟朝小寒山二女悲鳴求告起來，大意是說自知孽重，只求二道友作個調人，向易道友求和將神魔放回，且容她一試，免得兩敗俱傷。謝琳笑道：「老魔鬼你做夢哩！此時你惡貫滿盈，自作自受，有何伎倆只管施為，誰還怕你不成！」鳩盤婆聞言自知絕望，怒吼一聲，立時咬破舌尖朝前噴去。九鬼突然暴長數十百倍，立將寶光撐滿，易靜見勢不佳，手往胸前金貝葉一按，金霞一閃，人先脫出光層之外。一面將手連指，寶光也自隨同加大。

鳩盤婆滿擬施展魔法震破光層，連敵人一齊粉碎，不料敵人仗著佛家靈符護身，九鬼剛一施威，便自遁出寶光層外！九鬼不住怒吼厲嘯，衝逃不出。眼看黑點越降越近，身外血焰全被那無形潛力吸緊，黑點已成了尺許方圓一個黑球，四面烏光隱隱，映得日華幻為異彩。一聲悲嘯，通體裸露，頭下腳上倒立金碧蓮花光球之中不住亂轉。跟著身邊現出十八個玉雪一般的男女幼童，都是赤條條一絲不掛，隨同倒立魔光之中舞蹈急轉起來。

李洪見狀，知道老魔已與九天煞火生了感應，至多仗著魔法抵禦片刻，已不能再肆凶毒傷人！一面現身與小寒山二女相見，一面招呼陳岩、上官紅同往會合。

眾人聚在一起，忽聽天空中殷殷雷鳴之聲密如擂鼓。抬頭一看，那團黑光離頭千丈左右待往下落，突由千層血焰包圍的金碧蓮花心裡激射起九股魔光將其托住。就空中星丸跳擲，電旋急轉，時上時下，滯空下降，再看鳩盤婆，以頭拄地，雙腳朝天，八字開張，射起九股魔光。那十八個男女嬰兒已然不見，九鬼越長越大，與外層血焰相接。再一細看鳩盤婆，七孔流血，各有一絲血光朝前飛射，九鬼悲鳴厲嘯之聲也越來越急。

不多一會，空中黑球接連滾轉了數千萬次，突發奇光，烏油油比電還亮，精芒四射，耀眼欲花。鳩盤婆越發情急，突取出一把金刀朝胸刺去，就這同時，空中轟轟之聲大作，雷電交鳴，震得山搖地動。黑球突然由黑而紅、由紅而白，射出萬道奇光壓到！

上官紅見那光芒強烈，恐遭波及，忙往後退。易李二人同聲道：「這類九天煞火專除惡人，我們氣機不與感應，射向身上也無妨害，你只留神老魔鬧鬼便了！」

上官紅聞言忙又前進，那團煞火已朝血焰打下！只見煞火光球在血焰中連起落了三次，光焰萬丈，魔影縱橫，一串悲鳴慘嗥之聲！先是山岳一般的血焰全被煞火爍盡化為烏有，跟著金碧蓮花上面停著的光球也被壓緊，鳩盤婆已成了血人，咬牙切齒，神情慘厲，看去恐怖已極。

似此相持不多一會，忽然一聲怒吼，全身躍起倒跌蓮花之上震成粉碎，成了一灘血肉狼藉。花上煞火往下一壓，那合攏的花瓣連同花心中的血球一齊震散，波的一聲驚天大震，千萬道銀芒迸射如雨，連火帶蓮花同時消滅，一閃不見。

上官紅耳聽謝氏姊妹同喝：「紅侄留意！」就這煞火魔光一閃之間，先是一線黑煙由火中激射而出，晃眼暴長。

上官紅知是鳩盤婆的殘魂，忙把金花一指，百丈金光將黑煙裹住，現出鳩盤婆的魔影，金光一裹便自消滅。忽聽易、李二人同聲大喝，目光到處，原來煞火碧蓮剛一消滅，又有八九股同樣黑煙分向四面八方激射而去。

易、李二人各指飛劍法寶正追過去，內中李洪的「金蓮神座」、「如意金環」最為神妙，晃眼便追上了好幾股，佛光照處，一聲慘嗥消滅。易靜連施「牟尼散光丸」、「滅魔彈月弩」，又打滅了兩股。

上官紅指金花追上，正趕內中一條，被李洪急追過來，迎頭攔住。忽聽一聲悲嘯，那支黑煙倏地化分為二，一股迎面衝來，中現鳩盤婆的魔影，周身碧光亂爆，張牙舞爪，來勢如電，獰惡非常！

上官紅以為元神逃出天劫，有意拼命，心中一驚，忙指金花迎上，另一股黑煙已朝地底射去。等李洪趕到，已自無蹤，方朝眾人笑道：「我們費盡心機，易姊姊還受多日苦難，老魔所煉九個元神化身仍被逃脫一個！雖然元氣已去八九，無足為害，這九個骷髏卻須善為保藏才好。」

話未說完，忽聽破空之聲，抬頭一看，正是南海雙童甄氏弟兄趕到，甄艮首先說道：「幻波池現有急事，且喜易姊姊大難已脫，請快回山主持去罷！」

易靜元神雖未受大傷，苦難太甚，前經一真大師佛法煉成的形體本就瘦得出奇，自經九鬼環攻，大難之後，神氣十分蕭索。

小寒山二女將帶來的一身仙衣與她穿上。一聽幻波池有事，大驚問故。謝瓔笑道：「諸位道友先不要忙，易姐姐新脫大難，身受重傷尚未復原。」先將金銀島靈嶠仙府求取來的靈藥與易姐姐服下，等養好了傷，再將魔宮中的凶鬼厲魄收服，然後再回幻波池不遲！當下眾人回去魔宮行事不提。

請續看《紫青雙劍錄》第九卷　雙凶・黑獄

天下第一奇書

紫青雙劍錄 8 老怪・魔梭

作者：倪匡 新著 ／ 還珠樓主 原著
發行人：陳曉林
出版所：風雲時代出版股份有限公司
地址：10576台北市民生東路五段178號7樓之3
電話：(02) 2756-0949
傳真：(02) 2765-3799
執行主編：朱墨菲
美術設計：許惠芳
業務總監：張瑋鳳
出版日期：2023年4月
版權授權：倪匡
ISBN ：978-626-7153-65-9
風雲書網：http://www.eastbooks.com.tw
官方部落格：http://eastbooks.pixnet.net/blog
Facebook：http://www.facebook.com/h7560949
E-mail：h7560949@ms15.hinet.net
劃撥帳號：12043291
戶名：風雲時代出版股份有限公司

風雲發行所：33373桃園市龜山區公西村2鄰復興街304巷96號
電話：(03) 318-1378　　傳真：(03) 318-1378
法律顧問：永然法律事務所 李永然律師
　　　　　北辰著作權事務所 蕭雄淋律師

行政院新聞局局版台業字第3595號 營利事業統一編號22759935

定價：299元

國家圖書館出版品預行編目資料

天下第一奇書之紫青雙劍錄／還珠樓主 原著；倪匡 新著. -- 臺北市：風雲時代出版股份有限公司， 2022.11
冊；　公分.
ISBN : 978-626-7153-65-9（第8冊 : 平裝）

857.9　　　　111016918